À la vie, à la mort

Candy Calvert

Traduit de l'anglais par
Dominique Chichera

AdA Inc.

Éditeur : François Doucet
Traduction : Dominique Chichera
Révision linguistique : Féminin Pluriel
Correction d'épreuves : Nancy Coulombe, Suzanne Turcotte
Illustration de la couverture : Jonathan Guilbert
Graphisme : Matthieu Fortin
ISBN 978-2-89565-666-1
Première impression : 2008
Dépôt légal : 2008
Bibliothèque et Archives nationales du Québec
Bibliothèque Nationale du Canada

Éditions AdA Inc.
1385, boul. Lionel-Boulet
Varennes, Québec, Canada, J3X 1P7
Téléphone : 450-929-0296
Télécopieur : 450-929-0220
www.ada-inc.com
info@ada-inc.com

Diffusion
Canada :   Éditions AdA Inc.
France :   D.G. Diffusion
                Z.I. des Bogues
                31750 Escalquens
                Cedex France
                Téléphone : 05.61.00.09.99
Suisse :   Transat - 23.42.77.40
Belgique :   D.G. Diffusion - 05.61.00.09.99

Imprimé au Canada

Participation de la SODEC. ꒰ODEC
Nous reconnaissons l'aide financière du gouvernement du Canada par l'entremise du
Programme d'aide au développement de l'industrie de l'édition (PADIÉ) pour nos activités
d'édition.
Gouvernement du Québec - Programme de crédit d'impôt pour l'édition de livres - Gestion
SODEC.

**Catalogage avant publication de Bibliothèque et Archives nationales du Québec et
Bibliothèque et Archives Canada**

Calvert, Candy, 1950-

    À la vie, à la mort

    Traduction de: Aye do or die.

    ISBN 978-2-89565-666-1

    I. Chichera, Dominique. II. Titre.

PS3603.A4463A9314 2008   813'.6   C2007-941906-2

Dédicace

Ce livre, alliant romance et mystère, est dédié à la mémoire de deux personnes spéciales qui m'apportent tout leur soutien : Randolph Dewante, un père raisonnable et aimant, qui apprécie les mystères, les casse-têtes, la nougatine aux arachides et les biscuits écossais… et, à l'occasion, un bon cigare. Et pour Dorothy Calvert, une femme forte et une mère dévouée, qui aime les romans sentimentaux, les cabriolets rouges, les voyages, les schnauzers nains… et un bon fou rire !

Remerciements

Mes remerciements les plus sincères à mon agente littéraire, Natasha Kern ; à mon éditrice chargée de la sélection, Barbara Moore ; au talentueux éditeur de ma maison d'édition, Karl Anderson ; et à toute l'équipe de Midnight Ink. Merci au dynamique duo de couverture, le concepteur Kevin Brown et l'illustrateur Kun-Sung Chung, dont l'imagination et le talent ont gratifié Darcy Cavanaugh du panache qu'elle mérite — et de magnifiques chaussures scintillantes !

Un remerciement spécial à l'excellente auteure et partenaire critique Nancy Herriman, qui, malgré ses propres contraintes, est toujours disponible pour me souffler un mot, une idée, des encouragements ou me donner le coup de pied aux fesses bien mérité. Merci à l'éditrice indépendante Carol Craig (The Editing Gallery) pour ses précieux conseils qui m'aident à conserver le caractère excentrique de mes personnages ou encore à leur donner du cœur, et pour m'enseigner à m'attaquer à un « sujet » sans avoir besoin d'antiacides.

Je remercie mes grands enfants, Bret, Brooklynn et Wendy, dont les encouragements sont tout pour moi. Et, toujours, un grand merci à mon mari, Andy, pour son amour, son soutien et tous ces jours, qui auraient dû être consacrés au golf, passés à m'accompagner à des séances de signature, à transporter d'immenses affiches, à boire du café Starbucks et à goûter à mes biscuits.

UN

— A LORS, PENDANT COMBIEN DE TEMPS VAIS-JE ENCORE devoir endurer ces démangeaisons sur la poitrine avant que je ne devienne complètement folle ? demandai-je alors que, devant le miroir de la cabine, j'appliquais de la lotion à la calamine autour d'une douzaine de pansements adhésifs de la grandeur d'une tache posés sur mon décolleté.

— Ce n'est... hum... pas encore près de s'arrêter, ma pauvre.

Arrivant derrière moi, le reflet de Marie Whitley entra alors dans mon champ de vision. Elle haussait les sourcils en mâchonnant un cigarillo fiché entre ses dents.

— Cela peut prendre des années-lumière.

— Eh bien ! marmonnai-je en inspectant mes pansements.

Ils étaient loin des dernières tendances en fait d'accessoires pour des tenues de croisière, mais peut-être...

« Oh, bon sang ! »

J'écartai une longue mèche de mes cheveux roux qui venait de se coller sur la lotion, tout en combattant un autre raz-de-marée de démangeaisons. Une éruption due à de l'angoisse nerveuse ? Absolument pas. Ce dermatologue avait-il oublié que j'étais infirmière au service de traumatologie ? Darcy Cavanaugh, « Urgences "R" Us », c'était moi. Et il ne faisait aucun doute que nous, les infirmières du service des urgences, avions des nerfs d'acier. Alors, ce n'était pas un petit... stress qui allait me donner des rougeurs.

N'en croyant pas mes yeux, je poussai un soupir devant le reflet saisissant que me renvoyait le miroir. J'avais peut-être eu quelques soucis ces derniers temps, mais rien que je n'aurais pu assumer. Cette croisière de mariage de cinq jours allait me donner tout le temps qu'il me faudrait pour... Je me tournai vers ma meilleure amie en haussant les sourcils devant son petit sourire satisfait.

— Qu'y a-t-il ? Allez, dis-moi la vérité. Pourquoi ris-tu ? Est-ce à cause de mes pansements ou à cause de cette pommade rose répugnante ?

Marie tira une brève bouffée de son cigarillo et rejeta la fumée, en faisant tomber des cendres sur le devant de sa robe à pois de demoiselle d'honneur.

— Ni l'un ni l'autre. Désolée, répondit-elle en plissant ses yeux gris derrière une frange bouclée tandis que les volutes de fumée parfumée à la cerise s'élevaient dans les airs et se mêlaient à l'odeur de la calamine. Ce sont ces robes. Elles sont vraiment passées de mode. Regarde-nous.

Elle lutta avec sa ceinture à pois assortie tandis que le sifflet du navire commençait à retentir.

— Réalises-tu que dans environ deux heures, nous naviguerons sous le pont du Golden Gate et serons propulsées dans une reprise délirante de I Love Lucy ?

Marie roula des yeux avant d'ajouter :

— J'ai quarante ans. Je ne suis pas encore passée de mode, et ces pois n'avantagent pas mes hanches. J'ai l'impression d'être Ethel Mertz.

Je reportai mon regard sur nos deux reflets dans le miroir en hochant la tête. Robes à pois bleu marine avec des épaulettes et des revers blancs, brillant à lèvres rouge vif. Je jetai un coup d'œil sur mes boucles rousses relevées très haut et retenues par une écharpe en soie que Marie avait soigneusement nouée. Nous formions le duo extravagant du nouveau millénaire : Lucy la stressée et Ethel la lesbienne. Et nous voyagions avec un groupe de farceurs qui faisaient même paraître fades ces sempiternelles reprises. Pompiers excités et infirmières itinérantes ne faisaient pas bon ménage, croyez-moi.

Des éclats de rire précédant un tonnerre de congas attirèrent mon regard vers le hublot de la cabine. Nous avions difficilement survécu à des appareils photo qui crachaient de l'eau et à des gommes à mâcher qui rendaient la bouche bleue ; les coussins péteurs n'allaient certainement pas tarder !

« Mon Dieu, aidez-nous ! »

Les célébrations du départ avaient déjà commencé.

— Comment diable ai-je pu me laisser enrôler dans ce spectacle de clowns ? grommela Marie.

— Pour Patti Ann, bien sûr.

Je lançai des boules de coton imprégnées de lotion en visant la poubelle. Une boule rose dévia de sa trajectoire et alla se coller sur une banane de la corbeille de fruits offerte en signe de bienvenue.

— Nous sommes « ses plus chères et ses plus proches amies ».

Marie me regarda fixement.

— Nous ne la connaissons que depuis neuf mois, Darcy.

Elle retira la boule de coton de la banane et fronça le nez.

— Neuf mois, ce n'est pas assez long pour devenir demoiselle d'honneur, surtout pas avec une robe à pois. Tu es bien trop conciliante.

Je haussai les épaules et sentis les pansements se tendre.

— D'accord, nous sommes peut-être ses amies les plus proches géographiquement.

C'était vrai. Patti Ann Devereaux, la mariée de la croisière, était originaire de Mobile, en Alabama, et était infirmière itinérante dans notre hôpital depuis neuf mois maintenant. Trois missions. Missions ? Comme des *missions de combat* ? Peut-être bien. Travailler ensemble dans les tranchées d'un service de traumatologie, avec le manque d'effectifs, les ambulances déroutées, les heures supplémentaires obligatoires et les drogués occasionnels armés d'un couteau, renforçait l'esprit de camaraderie entre les infirmières assez braves — ou folles — et les incitait à aller de l'avant. Tout comme Marie, et tout comme moi. Huit ans. Je ne pouvais pas croire que j'étais encore là. Faux. Ce que je ne pouvais pas croire, c'était que j'avais failli abandonner l'année dernière pour devenir représentante en matériel orthopédique. Un syndrome d'épuisement professionnel pouvait nous inciter à abandonner, mais l'emploi nous faisait tout de même vivre des moments vraiment intéressants. Comme d'ouvrir la fermeture à glissière d'un cauchemar à pois, à marée haute.

— De plus, dis-je en souriant lentement, elle a trouvé cette extraordinaire planificatrice de mariage qui lui a fait avoir un rabais de dernière minute sur cette croisière…

San Francisco, Seattle et Vancouver, des endroits magiques pour quelques centaines de dollars. Et tu n'as même pas à travailler, cette fois-ci. Tu n'auras rien d'autre à faire que de te relaxer. Tu ne vas pas t'en plaindre.

— Regarde-moi, lança Marie, en retirant la robe. Au moins, Carole n'est pas ici et ne sera donc pas témoin de cette humiliation. Si elle n'était pas allée à ce salon du livre, j'en aurais entendu au sujet de cette autre croisière avec toi.

Marie plissa les yeux et poursuivit :

— Elle me fait encore des reproches au sujet des transsexuels, des sculptures faites avec de la lingerie et des cadavres. Sans oublier les dommages causés à mes bas préférés, avec des taches noires et blanches comme la robe d'une vache.

— Il ne s'agissait que d'un seul bas, et le FBI t'a fourni une autre paire de bas il y a six mois, rétorquai-je en croisant les bras.

FBI. Mon estomac se mit à jouer aux montagnes russes, et je mordis ma lèvre inférieure pour résister à une terrible envie de me gratter. Le FBI... *Luke.*

— Seulement parce que tu étais prête à sauter dans le lit d'un agent fédéral, riposta-t-elle en secouant la tête et en haussant les sourcils. Au fait, nies-tu toujours que cette envie qui te démange — pardon pour ce mot — de naviguer sous le soleil couchant soit un prétexte pour fuir Luke Skyler ?

Elle plissa les lèvres et hocha la tête d'un air suffisant alors que je portais la main à un de mes pansements pour me gratter.

— Bon, d'accord. Et je suis aussi censée croire que tu as tout oublié au sujet de ce petit écrin qu'il avait caché entre ses caleçons, souffla-t-elle. Alors, vas-tu finir par me dire ce qui s'est passé avec lui la nuit dern...

Un coup frappé à la porte nous fit tourner la tête, et une brunette bien en chair fit irruption dans la pièce. Patti Ann Devereaux portait un voile de tulle parsemé de pois et un tee-shirt tendu sur une forte poitrine qui affichait fièrement, en lettres brillantes : *JE SUIS LA FUTURE MARIÉE*.

— Oh, mon Dieu ! s'écria-t-elle en battant des cils. Ne sommes-nous pas toutes magnifiques ?

Elle écarta les bras et s'élança vers Marie.

J'étouffai un éclat de rire en la voyant se tortiller dans les bras de la mariée, mais, surtout, j'étudiai Patti Ann.

C'était devenu pour moi une sorte de passe-temps étrange depuis qu'elle avait commencé à préparer son mariage quelques semaines auparavant. J'étais devenue presque obsédée par tout cela lorsque j'avais trouvé par accident l'écrin à bijoux dans la commode de Luke. Je ne comprenais tout simplement pas. Comment une personne de seulement vingt-deux ans pouvait-elle être si certaine que le mariage représentait sa meilleure option ? Pour l'amour de Dieu, j'avais trente ans et il m'avait fallu des semaines pour m'engager à garder le poisson rouge de ma grand-mère. Toute cette confusion m'avait presque menée à ouvrir des boîtes de macaronis au fromage ; vous savez, cette chose que vous mélangez avec du lait et un demi-cube d'huile hydrogénée et que vous consommez aussitôt dans la casserole… C'était mauvais signe.

Patti Ann lâcha Marie et leva les mains, paumes en avant, telle une miraculée sortant d'une tente de guérison.

— Oh, mon Dieu ! Marie-Claire, c'est plus que parfait. Tu ressembles exactement aux femmes que l'on voit sur les anciennes photos.

Sa voix monta d'une octave, et je me mordis les lèvres en voyant Marie bousculer la corbeille de fruits en reculant.

— Tu sais, comme sur les photos de mariage de ma grand-mère ? Tu es la réplique exacte de ma grand-tante Ethel.

*　*　*

Assise sur le pont, je lissai mon tee-shirt corail sur mon capri à rayures en regardant Marie planter une ombrelle en papier dans son verre, telle Mary Poppins en pleine crise de psychose. Si je m'avisais de l'appeler Ethel une fois de plus, c'est sûr, elle allait l'attraper et me la lancer à la figure. Il avait déjà été difficile de la décider à être demoiselle d'honneur. Et je ne la blâmais pas, car, franchement, sauter à bord d'une croisière bien arrosée avec une belle déracinée du Sud, son fiancé — un ambulancier — et son escorte composée d'une demi-douzaine de pompiers n'était pas non plus mon premier choix en matière d'escapade. Mais c'était un divertissement. Et Dieu sait si j'en avais besoin.

« Luke a acheté une bague de fiançailles...? »

Et il y avait toujours cet affreux problème avec FedEx.

Je glissai mon bras le long du bastingage en teck et donnai un coup de coude à la veste L. L. Bean de Marie. Derrière nous, le panorama de la ville de San Francisco apparaissait entre les nuages bas et s'élevait fièrement vers le soleil couchant, pourpre, argenté et rose corail... un spectacle familier et déchirant. J'aurais pu donner très exactement la distance entre mon domicile et l'appartement de Luke, situé près de la marina, ainsi que tous les raccourcis que j'empruntais quand le désir me faisait oublier ma crainte d'être arrêtée pour excès de vitesse.

— Au moins, Patti Ann est satisfaite à présent. Nous n'aurons donc pas à remettre notre robe à pois avant de descendre l'allée dans les jardins de Victoria.

Je fis un signe de tête dans la direction de la tour Coit, de l'édifice Transamerica et du pont de San Francisco, qui se dessinaient au loin.

— Et pendant ce temps, nous avons un beau point de vue sur la baie et...

— Cesse de détourner la conversation. Qu'as-tu dit à Luke la nuit dernière ? insista Marie en me piquant avec le bâton de l'ombrelle.

Je pris une profonde inspiration d'air salé et laissai mon regard errer sur l'Embarcadero, l'artère très animée du port, avant de revenir vers la baie. Un bateau de pêche, transportant des paniers de crabes amassés sur le pont, naviguait en direction du quai des Pêcheurs, suivi par des mouettes avides qui criaient dans son sillage. Plus loin, des voiliers se penchaient sous la brise, et je me demandai si l'un d'entre eux était celui de Luke. Le *Trèfle tatoué*. Je laissai échapper un gémissement. Pourquoi aurais-je dû être surprise ? Un homme qui avait baptisé son bateau en pensant à mon sein gauche allait forcément devenir trop sérieux.

Marie commanda une autre boisson à un steward qui passait près de nous et lança son ombrelle en papier par-dessus bord.

— Alors ? Lui as-tu dit que tu allais le suivre sur la côte est ou as-tu brisé le grand cœur d'un agent fédéral ?

Les démangeaisons sur ma poitrine laissèrent place à une sensation douloureuse, et je ne savais pas ce qui était le pire. Je détournai mon regard des voiliers et me retournai vers Marie.

— Son affectation à Boston prend effet dans deux semaines, et je lui ai dit qu'il ne m'était pas possible de le suivre, lui répondis-je en évitant de croiser son regard et en m'éclaircissant la gorge. Ce n'est pas comme si je pouvais faire mes valises et traverser le pays, tu sais. Je dois tenir compte des problèmes d'ordre légal dans lesquels se débat ma grand-mère ainsi que des difficultés subies par l'hôpital pour me remplacer dans un si court laps de temps et...

C'est alors que la corne du paquebot retentit, couvrant mes litanies pathétiques et bien rodées. La corne résonna encore trois fois, puis fut remplacée par un chœur assourdissant de rires moqueurs et de hululements, décibel pour décibel. Je me retournai en hochant la tête.

— Eh bien ! On dirait que les garçons d'honneur sont en pleine forme.

— Ouais, souffla Marie en roulant des yeux. Et en voilà la raison.

Bien évidemment, toutes les manifestations chaleureuses des pompiers étaient destinées à souligner l'arrivée de la planificatrice de mariage de Patti Ann, une jeune femme de vingt-trois ans qui s'appelait Kirsty Pelham. La grande blonde aux longues jambes, portant des lunettes cerclées de noir et des vêtements Ann Taylor en toile verte, arpentait le pont, en affichant un air serein comme à son habitude. *Cool* comme une branche de céleri dans l'eau glacée. Quelqu'un d'autre aurait-il vraiment pu être aussi calme et organisé ? J'étais bien certaine que le mot « démangeaison » ne faisait même pas partie de son vocabulaire. À n'en pas douter, une petite chose comme un écrin à bijoux en velours noir ne l'aurait pas bouleversée. Plutôt que de me concentrer sur la fiancée, j'étais peut-être mieux de m'efforcer de ressembler à cette femme.

— Crois-tu que Dale Worley réussira à passer sous la barre de limbo alors qu'il n'arrête pas de reluquer notre planificatrice de mariage ? demandai-je en désignant de la tête les garçons d'honneur rassemblés autour de deux stewards tenant une barre de bambou.

Un homme dans la quarantaine, avec une moustache en guidon de vélo, une chemise en soie et un pantalon de cuir bien trop serré, était penché en équilibre précaire vers l'arrière. Il regardait Kirsty et lui adressait un sourire tout en dents.

Marie fit la grimace.

— Je crois que son pelvis est en sérieux danger — *ouille* !

Elle se cacha les yeux pendant que l'homme réussissait à écarter plus largement les jambes et se mettait à balancer gauchement son postérieur comme un bourdon.

— Mais qui diable est cet homme ?

Je fronçai les sourcils.

— « Les roues de Worley ». Tu sais, ce marchand de voitures qui fait diffuser une publicité où les animaux parlent.

— Ce n'est pas vrai ! Celle où le lama porte du brillant à lèvres et un bustier ?

— Oui, celle-là. D'autre part, Dale est aussi pompier volontaire et en est très fier. Non qu'il soit déjà allé au feu, mais il aime conduire le camion et actionner la sirène.

Marie frissonna tandis que nous regardions Worley se relever en lissant le devant de son pantalon en cuir.

— Oui, je peux m'en rendre compte. Allons manger quelque chose avant que je ne sois tentée de le jeter par-dessus bord.

Nous nous frayâmes un chemin parmi la foule rassemblée sur le côté opposé du pont. Marie croqua dans un canapé aux crevettes en désignant l'île d'Alcatraz et le pont du Golden Gate, qui s'étalaient devant nous. Le soleil, qui tombait dans la mer, embrasait le ciel d'un dégradé de roses et d'ors. Mon regard erra au loin vers Sausalito et Tiburon et fut attiré par un voilier qui se dirigeait vers le quai avec un homme blond à la barre. Le groupe cessa brusquement de s'amuser et se mit à crier. Puis, un hurlement s'éleva derrière nous.

— Un homme à la mer !

La sirène du bateau se mit à retentir d'une façon insistante.

— Que se passe-t-il ?

Marie s'écarta et se mêla aux passagers qui se précipitaient du côté opposé, et je décidai de la suivre. Il était impossible de voir ce qui avait causé tout ce chambardement. Je penchai la tête pour voir par-dessus l'épaule d'un steward qui se trouvait devant moi et m'aperçus que des membres de l'équipage en uniforme s'étaient mis en ligne et formaient une barrière humaine.

Ils étendaient les bras pour retenir les passagers tandis que d'autres attrapaient les mains d'un homme qui grimpait à l'autre bout du bastingage en teck. La foule s'écarta suffisamment pour que je puisse apercevoir Patti Ann et son fiancé, « cow-boy » Kyle, ouvrir de grands yeux horrifiés.

Je me faufilai entre les passagers en jouant des coudes et rejoignis Patti Ann juste au moment où un membre de l'équipage tirait la victime sur le pont. La foule poussa un soupir de soulagement et les applaudissements éclatèrent. Dale Worley. Pourquoi n'étais-je pas surprise ?

— Oh, mon Dieu ! murmura la fiancée en se couvrant le visage de ses mains. Je savais qu'il allait tomber, ce fou, à vouloir grimper sur la rampe pour reproduire la fameuse scène du *Titanic*, après avoir bu tout ce rhum.

Patti Ann secoua la tête en faisant danser ses boucles courtes.

— Le roi du monde, mon œil ! Et regardez pour quel idiot il se fait passer maintenant.

Je me redressai de toute ma hauteur pour mieux voir tandis que les membres d'équipage dispersaient la foule. Toujours sur la pointe des pieds, je vacillai et faillis heurter Kirsty Pelham, qui entrait des notes dans son inséparable assistant numérique personnel. Sa voix était aussi froide que des glaçons dans un cocktail maï taï.

— Cent six pieds, murmura-t-elle en secouant la tête d'un air autoritaire.

Sa chevelure blonde caressa ses épaules puis se remit en place avec une discipline toute militaire.

— Que voulez-vous dire ? lui demandai-je.

— C'est la distance entre la rampe et le pilier en ciment en dessous, dit-elle comme si elle évaluait le coût des ballotins de dragées.

Elle soupira et appuya la pointe de son stylo sur les boutons pour entrer une autre donnée.

— Ce... euh... ajouta-t-elle en baissant les yeux vers son assistant numérique, ce monsieur Worley va poser des problèmes. Il n'y a pas de place pour des farceurs dans un mariage. Mais que puis-je faire alors qu'il est invité par le marié ? Il ne me reste plus qu'à m'adapter.

Puis, elle m'adressa un grand sourire et ajouta :

— Je suis heureuse de pouvoir compter sur les demoiselles d'honneur pour se comporter convenablement.

« Se comporter ? Oh, bon sang ! »

Je lui retournai son sourire comme une idiote, chassant le souvenir de jupes écossaises et de religieuses ainsi que l'exploit douteux d'avoir été la seule élève de six ans à avoir été suspendue de l'école de l'Esprit saint. Mais, pour ma défense, l'enfant avec qui je m'étais battue m'avait montré son postérieur en se moquant de ma grand-mère. Si cela avait été à refaire, je lui aurais botté encore volontiers les fesses.

Marie revint près de moi au moment où l'interphone du navire diffusait un message lu d'une voix posée avec un accent britannique et où les musiciens se remettaient à jouer.

— C'est le capitaine McNaughton qui vous parle. Je vous rappelle que nous allons appareiller pour Seattle à dix-neuf heures trente, c'est-à-dire dans trente-cinq minutes. Nous vous invitons à vous rendre sur le pont Lido, où nous serons heureux de vous offrir un cocktail de bienvenue.

— Pas à Dale Worley, j'espère ! s'exclama Marie en souriant. Tu sais, ils auraient dû se contenter de crier : « Attention, tout le monde, un crétin en vue ! »

J'approuvai d'un signe de tête et me penchai pour voir par-dessus le bastingage ; la paroi blanche du navire battue par les eaux et l'étroit ruban d'océan sombre le long du pilier de ciment. Je frissonnai en pensant que Dale aurait pu se noyer ou se fracasser les os sous l'impact. Bonté divine, j'étais infirmière au service des urgences depuis trop longtemps.

— En tout cas, idiot ou non, il aurait pu se tuer. Ce n'est pas la meilleure façon de commencer une croisière.

* * *

Nous avions suivi la foule sur le pont Lido quand le système de sonorisation crachota de nouveau au-dessus de nos têtes :

— Passagère Darcy Cavanaugh, vous êtes priée de bien vouloir prendre contact avec le bureau du commissaire de bord. Darcy Cavanaugh !

— Que se passe-t-il ?

Il me fallut quelques minutes pour localiser le téléphone de courtoisie, à l'intérieur, près de la porte donnant sur le pont et d'une autre immense photo surréaliste en couleurs d'un pied nu. Je me demandais pourquoi il y avait tous ces pieds.

Pendant que l'appel était acheminé du bureau du commissaire de bord, Marie me tendit le verre de cocktail de bienvenue, un piña colada Golden Gate. Apparemment, elle avait décidé de me soûler, mais cela ne semblait pas calmer mes démangeaisons. De plus, j'avais complètement cessé de penser que chaque voilier qui se trouvait dans la baie de San Francisco avait à sa barre un agent fédéral qui venait faire sa demande. Je coinçai le combiné contre mon épaule. De quoi s'agit-il ? Un problème avec les formulaires d'embarquement ?

La boisson sucrée à la noix de coco était bien fraîche, et je mordis dans le morceau d'ananas en laissant le jus couler le long de mon menton — indication du degré d'alcool dans mon sang — en attendant que la communication soit établie. Je passai la langue sur mes lèvres, puis levai les sourcils vers Marie en pointant mon verre vers l'immense affiche sur le mur derrière moi.

— Que signifient tous ces stupides pieds nus...

Je fus interrompue par une voix au téléphone, qui me demanda :

— Mademoiselle Cavanaugh ? Cabine 1882 ?

— Oui, c'est bien moi.

Je laissai tomber l'ananas dans mon verre en reportant mon regard sur Marie. Elle affichait le même air curieux que moi. Mais, bon sang, de quoi s'agissait-il ? La voix à l'accent britannique parut hésitante, puis navrée, et tout d'un coup, devant son ton, je sentis monter une nouvelle crise de démangeaisons.

— J'espère qu'il n'y a pas de problème, mademoiselle Cavanaugh, mais je dois vous prévenir qu'un agent fédéral vous attend dans votre cabine.

DEUX

J'ENTROUVRIS LA PORTE DE LA CABINE. AUSSITÔT, J'EUS LE souffle coupé, et une chaleur envahit mon visage. Luke, une rose à la main, regardait par le hublot. Il avait manifestement dû sortir sa plaque pour pouvoir monter à bord si près du départ et s'était montré assez confiant pour penser que, parce qu'il osait se présenter avec une fleur à la main et parce que la moitié des femmes — et un gros pourcentage d'hommes — de San Francisco croyaient qu'il pouvait être le sosie de Brad Pitt, j'allais lui tomber dans les bras.

J'ouvris complètement la porte et faillis manquer de souffle à nouveau, mais pour une raison totalement différente cette fois.

« Oh, non ! »

Dans son autre main, qui frappait ses hanches aussi régulièrement qu'un métronome, se trouvait une enveloppe FedEx. Une autre. De mon beau parleur. Mon estomac se contracta et ma tête chancela.

Comment…? Un instant. Luke devait avoir intercepté mon courrier, sans blague. Cela ne signifiait pas qu'il était au courant de la situation et qu'il savait que j'en avais déjà reçu une douzaine. Ouf! C'était si humiliant et effrayant. Ma poitrine se mit à me démanger bien plus fort que ne pouvait apaiser la lotion à la calamine. Puis, Luke se tourna vers moi et m'adressa un sourire, son sourire réconfortant et séduisant.

— Surprise?

Sa voix était rauque et hésitante, avec son accent traînant de la Virginie qui étirait les mots comme de la mélasse. J'essayai de ne pas penser à toutes les choses folles que cette même voix avait murmurées à mon oreille au cours des six derniers mois. Il portait son vieux blouson d'aviateur en cuir sur une chemise épaisse et des jeans délavés, et ses joues étaient rouges et ses cheveux blonds ébouriffés... Était-ce dû au trajet en Jeep ou à une sortie à la voile dans la baie? Le badge du FBI était accroché à sa ceinture. Il leva la rose et s'approcha de moi en me fixant de ses yeux bleus.

— Tu ne m'en veux pas d'être venu?

Je m'efforçai de ne pas baisser les yeux vers l'enveloppe FedEx qu'il tenait toujours dans la main. Mais portait-elle, elle aussi, le petit écusson représentant des ailes, comme toutes les autres? Mais, au nom du ciel, qui pouvait bien me les envoyer? Non, je l'examinerais et penserais à tout cela plus tard. Pour le moment, impliquer Luke dans cette situation bizarre était bien la dernière chose que je désirais. Son 9 mm Glock le suivait partout, excepté sous la douche. Et depuis que j'avais failli être écrasée par un canot de sauvetage au cours de ma dernière croisière, il voulait à tout prix me protéger. Ce n'était que de la poésie après tout, rien de bien grave. Il ne fallait pas exagérer.

Je pris la tige dans ma main et remerciai Luke d'un sourire. Je l'entendis glousser de plaisir et je poussai un soupir en me jetant dans ses bras. Après tout, il tenait une rose, non ? Le sang irlandais des Cavanaugh nous rendait sensibles à toutes ces fadaises. J'étais même persuadée qu'une douzaine de roses avait joué un grand rôle dans la défection de ma mère du couvent Sainte-Anne. De plus, à cet instant, il n'était pas question d'écrin de velours noir.

— Eh bien, bonjour, Skyler, susurrai-je en posant mes lèvres sur sa poitrine.

Cet homme sentait si bon qu'il ne pouvait s'agir que d'une conspiration. Le cuir, la chaleur de sa peau, un soupçon de ce savon au gingembre que j'avais laissé dans sa douche et… les embruns salés ? Oui, il avait fait de la voile. Et j'étais bien obligée de reconnaître que Luke Skyler faisait encore battre mon cœur. Exactement comme lors de notre rencontre à bord de cette croisière en Nouvelle-Écosse à l'automne dernier, la rencontre entre un agent spécial voulant passer incognito et une infirmière de la salle des urgences immunisée contre les histoires romantiques ; le tout sur fond de meurtre et de problèmes. J'avais lutté contre lui comme un chat sauvage, car j'étais convaincue qu'il était un animateur de danse, un gigolo qui voulait profiter des vieilles dames. Mais les étincelles avaient été indéniablement présentes. *Et elles l'étaient encore.*

Je me blottis contre lui et enroulai les bras autour de son corps, une main posée sur une poche arrière de son jean. Denim usé, coutures effilochées et… Je souris contre sa poitrine en poussant un soupir. Une rose et une belle paire de fesses comme dans une publicité Abercrombie and Fitch.

— Alors, dis-je en me penchant en arrière et en le regardant droit dans les yeux, vas-tu m'embrasser… ou quoi ?

Il garda le silence.

— Alors ? insistai-je en observant une lueur coquine éclairer ses yeux bleus, parsemés de taches dorées.

— *Ou quoi*, murmura-t-il. Absolument.

Il posa l'enveloppe sur la commode et m'enlaça juste le temps qu'il fallait pour pivoter vers le lit et me jeter dessus. Il me sourit et enleva lentement son blouson, sa ceinture et son badge, puis accrocha son étui de revolver sur le dossier d'une chaise. Je savais qu'il me taquinait et... Bon sang. Mes yeux s'agrandirent. Cet agent du FBI aurait pu faire partie de la troupe des Chippendales. Il fit craquer les ressorts du lit en s'allongeant sur moi. J'étais perdue.

Son baiser ne laissa aucun doute sur la raison de sa présence. Je nouai mes bras autour de son cou et enfouis mes doigts dans ses cheveux en lui rendant son baiser.

Je n'aurais pas dû m'en faire pour le poème. Sa visite n'avait rien à voir avec FedEx ; il s'agissait simplement d'un Américain ordinaire qui venait me voir. Sa bouche et ses lèvres, sa langue, et... Oh ! Ses doigts caressèrent l'intérieur de mes cuisses, puis remontèrent vers le nord.

— Hé, attends, murmurai-je en riant contre sa bouche quand je pus reprendre ma respiration. Je pense vraiment...

— Ne pense pas, souffla-t-il.

Je perdis de nouveau la voix quand son autre main se glissa sous mon chemisier et que ses doigts s'insinuèrent sous mon soutien-gorge.

— Attends...

« Oh, mon Dieu !... »

Trop tard. Ses doigts venaient d'entrer en contact avec une douzaine de pansements. Il exprima son étonnement par une série de petits bruits, et je partis d'un grand éclat de rire.

Tant pis pour le romantisme.

— Qu'est-ce que c'est que ça ?

Il s'écarta et s'appuya sur un coude, puis il souleva mon chemisier et secoua la tête d'un air incrédule en découvrant les pansements adhésifs.

— Tu t'es coupée en te rasant ?

Mon sourire s'évanouit pour faire place à un grognement.

— La robe de demoiselle d'honneur a un décolleté profond. Tu sais, cette stupide éruption.

Il sourit d'un regard espiègle.

— Ah, oui ! Le syndrome des Muppets.

— Ce n'est vraiment pas drôle, fis-je en plissant les yeux. Je t'ai dit que le dermatologue a mentionné la maladie de Grover ou l'impétigo miliaire ou…

« Ou une crise de panique provoquée par la vue d'un écrin sous une pile de caleçons ? »

— Merde !

Mes yeux s'emplirent de larmes sans que je puisse les retenir. D'où me venaient toutes ces pustules ?

— Je suis désolée, mais les pilules pour apaiser les démangeaisons me rendent nerveuse.

Luke passa le bout du doigt le long de mon nez en me souriant tendrement et m'attira contre sa poitrine en soupirant. Sa voix était soudain différente, calme, et son souffle chaud caressait mes cheveux. Je pouvais sentir les battements de son cœur.

— Ou alors peut-être es-tu tout à coup allergique à moi ?

Je me reculai légèrement, désirant dire quelque chose tout en craignant de dire quoi que ce soit, mais il pressa un doigt contre mes lèvres et parla avant même que j'aie pu ouvrir la bouche.

— Non, attends. Je repensais à la nuit dernière. Je regrette d'avoir insisté à ce point pour que tu déménages à Boston. Tout ce que tu as dit au sujet de ton travail, de tes problèmes familiaux, de ton... poisson est bien compréhensible.

Il passa la main dans ses cheveux et fronça les sourcils, le bleu de ses yeux virant au gris.

Je détestais le voir ainsi. Que pouvais-je dire ?

— Non, Luke. Je...

— Attends. S'il te plaît, Darcy, m'interrompit-il en souriant et en secouant la tête de nouveau. Ce que j'essaie de dire, c'est que j'y ai repensé. Nous nous connaissons depuis six mois, n'est-ce pas ? Tu penses certainement que ce n'est pas suffisant pour connaître quelqu'un au point de faire ses malles et de le suivre au bout du monde. Pas sans une certaine sécurité, sans un... engagement.

« Oh, non ! »

Mon estomac se révulsa, et ma peau hurla sous les pansements. Je devais mettre un terme à cette situation immédiatement. Il n'était pas question pour moi d'acheter un tee-shirt moulant avec l'inscription *JE SUIS LA FUTURE MARIÉE* en lettres brillantes.

— Non, Luke. Je...

Je fus interrompue par la sirène du bateau, qui se mit à retentir au-dessus de nos têtes. L'interphone crachota, puis la voix du capitaine McNaughton résonna :

— Dernier appel à tous les visiteurs qui sont à bord. Veuillez vous rendre sur le pont B et présenter votre laissez-passer. Je répète : tous les visiteurs doivent maintenant quitter le navire.

Mon souffle s'échappa en un grincement.

Luke lança un regard vers le haut-parleur, puis, désignant son étui de revolver et son badge sur la chaise, il ajouta :

— Alors, je vais peut-être devoir te passer officiellement les menottes. Faire une fouille corporelle. Une investigation fédérale a préséance sur la loi maritime.

— Tu n'oserais pas faire ça.

Luke posa la main sur mon sein gauche.

— Je ne peux pas partir sans être au moins sûr que tu ne feras pas disparaître le tatouage avec cette stupide lotion.

Il décolla un ou deux pansements et sourit en voyant le tatouage.

— Bien. J'aurais détesté devoir changer le nom de mon bateau.

Il m'embrassa, et la sirène retentit de nouveau.

— Bon sang. Oh, attends ! Je t'ai apporté quelque chose. Je l'avais gardé, mais…

Il se retourna pour prendre son blouson. Mon regard tomba sur sa poche intérieure, qui bâillait et laissait apercevoir l'écrin de velours noir. Mes mains se portèrent à ma bouche, mais je les retirai, en essayant de me ressaisir avant qu'il ne s'aperçoive de mon trouble. Je devais faire quelque chose, mais…

Un coup fut frappé à la porte, et Marie entra dans la cabine. Elle hocha la tête en pointant son cigarillo vers Luke.

— Hé, veux-tu te faire arrêter ? Ils ont annoncé « tout le monde à terre ».

Elle me lança un coup d'œil et secoua la tête en me voyant gesticuler pour rabaisser mon chemisier. Puis, elle se tourna de nouveau vers Luke.

— Crois-moi, quoi qu'il se passe avec cette femme, cela ne vaut pas la peine de voyager avec cet idiot de Worley. Tu ferais mieux de sauter du bateau.

Je l'observai glisser son étui de revolver sur son épaule et retirer son blouson de cuir du dossier de la chaise. Mes prières furent exaucées et l'écrin resta dans sa poche. Le sol de la cabine roula doucement sous nos pieds tandis que les moteurs du bateau se mettaient à vrombir.

Luke salua Marie en lui posant une main sur l'épaule, puis il chercha ma main en traversant la pièce. Ses lèvres caressèrent mes doigts, et il murmura :

— Je te vois dans quelques jours, alors ? Nous en reparlerons ?

J'acquiesçai de la tête en essayant de ravaler la boule que j'avais dans la gorge, formée d'un mélange de soulagement et… de regret ? Je courais vraiment dans tous les sens.

— À propos, s'écria Luke en se tournant vers la commode, j'ai oublié de te donner l'enveloppe FedEx. Je l'ai trouvée sur ta galerie ce matin en revenant de Monterey. Attendais-tu quelque chose ?

Je fis semblant de ne pas remarquer l'expression qui s'inscrivit sur le visage de Marie, puis, avec un sourire gentil, je remuai les épaules malgré les démangeaisons qui me taraudaient.

— Je ne sais pas ce que cela peut être.

* * *

— Je n'ai pas menti ; je ne savais pas ce que c'était, déclarai-je à Marie vingt minutes plus tard en tapotant mes doigts contre l'enveloppe.

Elle ne comportait pas d'écusson et ne renfermait pas de poème révoltant, mais la réponse à une autre requête que j'avais faite auprès de l'avocat de la maison de retraite de grand-mère Rosaleen. Et maintenant que nous étions en mer, aucun courrier ne pourrait arriver ici, Dieu merci. Un souci de moins. Je m'allongeai sur ma couchette et regardai Marie en grattant mes pansements avec le bord de la carte de visite de l'expéditeur.

— Ne me regarde pas ainsi, maugréai-je. Tu ravives des souvenirs du temps de l'école catholique. Que vas-tu me faire, me suspendre ? Je n'ai pas menti à Luke. J'ai simplement péché par omission.

Marie s'enferma dans un silence buté. Faire une pause était plus facile.

Je pris une profonde inspiration et me tournai vers le hublot. À l'extérieur, de grands rires éclataient sur fond de musique cajun. Nous naviguions depuis environ vingt minutes, et j'aurais parié que les stewards du bar avaient déjà servi... je fis l'opération... deux cents passagers multipliés par un verre et demi par personne... environ trois mille cocktails. Facilement.

— Tu ne réfléchis pas assez, insista Marie au moment où je me tournais vers elle.

Elle hocha la tête et se gratta le menton comme Sigmund Freud, ce qui était toujours mauvais signe.

— Tu es aussi dangereuse que Worley, qui a failli passer par-dessus bord.

— Que veux-tu dire ?

— Tout simplement que tu sautes trop rapidement aux conclusions, répondit-elle en secouant la tête. D'abord avec cette enveloppe FedEx juste maintenant, puis tu as soupçonné Luke d'être un gigolo lors de notre dernière croisière, et maintenant tu penses qu'il te poursuit avec une bague de fiançailles ?

— Il avait l'écrin sur lui ce soir.

Marie secoua la tête et fouilla dans son sac banane pour prendre un cigarillo à la cerise.

— Ah, ah ! Et sais-tu ce qu'il y a dans cet écrin, au juste ?

Elle sortit son briquet en forme de coccinelle Volkswagen et tourna plusieurs fois la molette jusqu'à ce que la flamme apparaisse. Elle prit une bouffée et rejeta la fumée parfumée à la cerise, qui s'éleva et forma un halo autour de sa tête.

Mon expérience d'écolière me dit qu'un sermon n'allait pas tarder.

— Regarde, tout ce que je dis est que tu en fais trop quelquefois, poursuivit-elle en fixant le bout de son cigare. Tu cherches les problèmes. Tu te sens investie d'une mission comme si tu te… battais contre des moulins à vent.

Je haussai les sourcils, et Marie m'adressa un sourire contrit.

— Désolée, c'est une des expressions préférées de Carole. Elle est de Don Quichotte. Tu essaies de vivre comme une auteure.

Elle prit une autre bouffée de son cigarillo avant de poursuivre :

— Mais, serait-il si difficile de lui dire la vérité ? Que tu penses qu'un poète taré te harcèle ? Que ton travail est comme une zone de guerre et que son emploi t'inquiète énormément ? Et que tu t'apprêtes maintenant à livrer bataille pour que ta grand-mère ne soit pas expulsée de sa maison de retraite ?

J'ouvris la bouche, puis la refermai aussitôt. Il ne servait à rien de se disputer ; elle faisait des claquettes sur une caisse à savon. Marie avait un diplôme collégial en comportement animal, et, pour je ne sais quelle raison, cela lui donnait le droit de prodiguer des conseils. Tout spécialement après avoir bu deux cocktails avec des ombrelles en papier.

Sa voix se fit plus douce.

— Et peut-être — c'est une simple suggestion — que tu pourrais demander à Luke ce qu'il cache sous sa pile de caleçons. Si c'est une bague de fiançailles, parfait, tu seras au courant. Dis-lui que l'idée te semble excellente, mais que ce n'est pas le bon moment.

Elle me regarda fixement et me sourit d'un air entendu.

— Que tu l'aimes comme une folle, mais que, pour le moment, le satin blanc et le riz te donnent de l'urticaire.

Amour ? Je sentis mon cœur s'affoler et voulus protester, mais décidai de ne rien dire du tout. En partie parce que je savais que Marie était sous l'influence des ombrelles en papier, mais surtout parce qu'à cet instant les choses ne me semblaient pas aller si mal. Nous naviguions loin de l'écrin à bijoux, et l'histoire de l'enveloppe FedEx était désamorcée. Rien que pour conserver cette impression d'apaisement, j'étais prête à me glisser dans une robe à pois et à descendre l'allée d'un jardin en prétendant que le mariage… Je tournai la tête vers la porte en entendant un bruit. Quoi encore ?

La porte de la cabine s'ouvrit en grand et un masque à plumes violettes fit irruption dans la pièce, suivi par un hurlement strident à l'accent de l'Alabama :

— MoonPie ! MoonPie !

Je poussai un cri et me baissai rapidement quand une chose ronde et de la même couleur que le chocolat, enveloppée dans du plastique, frôla ma tête. Une autre fendit l'air violemment, comme une soucoupe volante, vers Marie.

Patti Ann souleva son masque en ricanant et souffla pour éliminer une plume qui s'était collée sur sa lèvre inférieure. Elle portait une jupe violette en suède beaucoup trop courte et avait enroulé un collier de perles en plastique de toutes les couleurs autour de son cou. La fiancée chancela et s'agrippa au montant de la porte pour retrouver son équilibre. Elle sortit un autre disque enveloppé dans du plastique en gloussant, et je fis un pas en arrière.

— Oh, mon Dieu ! C'est bien calme, ici. Vous n'avez jamais vu de MoonPie ? Du chocolat et de la guimauve ? marmonna-t-elle en ricanant. Mais que faites-vous encore dans votre cabine ? Vous allez manquer mon Mardi gras !

Alors que je tentais de conserver mon équilibre, Patti Ann s'avança vers moi en vacillant et passa un bras autour de mon cou, puis elle attira Marie pour une accolade à trois.

— Mes demoiselles d'honneur, s'égosilla-t-elle, vous ai-je déjà dit que je vous trouve merveilleuses ?

Marie lança un regard étonné par-dessus la tête de Patti Ann, et, en sentant l'haleine de la future mariée, je plissai les yeux et refis le calcul mental : quatre mille cocktails. Je me demandai dans quel état devait se trouver Dale Worley, le vendeur de voitures.

Patti Ann s'écarta enfin de nous et se frotta les yeux embués de larmes avec un sourire rêveur.

— Ça n'aurait pas pu être mieux. Kirsty a pensé à tout. Quand je lui ai dit que j'étais triste à l'idée de ne pas passer Mardi gras à Mobile cette année, elle a dit qu'elle allait organiser une fête de Mardi gras ici.

Sa lèvre inférieure fut agitée d'un frémissement.

— N'est-ce pas la chose la plus gentille que vous ayez jamais entendue ? Et elle va préparer une soirée country pour Kyle. Il y aura aussi une soirée karaoké.

Elle tapota le MoonPie contre sa hanche en hochant de nouveau la tête.

— Elle a même réussi à décider ce crétin de Worley à agrafer du papier crépon avec Ed et Ryan. Vous n'allez pas le croire, mais Kirsty a une petite ceinture avec des outils à poignées roses. Plutôt *sexy*, je suppose… un marteau, des tenailles et la plus grosse agrafeuse que j'aie jamais vue. Tout ce que je sais, c'est que quand elle porte ces outils, on a l'impression que c'est un porte-jarretelles... Je vous le jure, les pompiers sont comme des petits rats suivant le joueur de flûte.

Elle sourit en secouant la tête.

— Voudriez-vous venir la voir ? Une épaisse masse de cheveux fins couleur de clair de lune avec...

Elle fit deux tentatives avant de réussir à se tenir droite, et Marie la poussa discrètement vers la porte.

— Je devrais peut-être la détester, juste pour le principe, mais elle est si *gentille*, voyez-vous ?

Je secouai la tête encore et encore, en me mordant les lèvres pour ne pas éclater de rire tandis que nous accompagnions la future mariée vers la porte. Nous aurions accepté n'importe quoi juste pour voir sa jupe violette s'éloigner. Oui, nous allions rejoindre tout le monde sur le pont Lido dans dix minutes et, bien sûr, goûter avec plaisir le poisson-chat avec des cornichons frits. Des cornichons frits ? Et, wow, quelle bonne idée avait eue Kirsty de s'arranger pour que les demoiselles d'honneur puissent bénéficier de soins des pieds au centre d'esthétique ! Oui, tout était parfait et même plus que parfait.

« Au revoir ! »

La porte se referma sur la future mariée, et Marie venait juste de pousser un soupir de soulagement quand la porte s'ouvrit de nouveau.

Patti Ann me tendit une grande enveloppe jaune.

— Oh, regarde, ma chérie ! J'ai trouvé cette enveloppe collée sur ta porte. Ton nom y est inscrit.

Elle désigna le petit écusson représentant des ailes qui était collé dans un des coins inférieurs.

— N'est-ce pas adorable ?

TROIS

JE REGARDAI MARIE, QUI AGRIPPAIT LA RAMPE DU BASTINGAGE et reniflait en tentant de retenir un autre éclat de rire. Parfait. Je n'étais pas d'humeur à fêter Mardi gras et j'avais plutôt envie de laisser les garçons d'honneur faire leurs bêtises tout seuls. Un poème avait été attaché sur ma porte.

— Mais, Darcy, tu dois respecter quelqu'un qui possède un appareil télécommandé à faire des pets… *Oh, mon Dieu !*

Marie se plia de rire et faillit se mettre un cornichon frit dans l'œil en essuyant ses larmes.

— Et puis, cela ne te ferait pas de mal de te décrisper un peu, ma belle.

— Me décrisper ?

Je décroisai mes bras et fis rebondir mon masque de Pinocchio contre son petit élastique comme si c'était une raquette.

— Mais, quelqu'un a attaché ce poème sur ma porte — *ma porte* ! m'écriai-je en frissonnant. Mais, bon sang, j'aurais aussi bien pu être caressée !

Je me détournai et m'éloignai en marmonnant et en regardant fixement par-dessus le bastingage. Comment avais-je pu penser que l'océan allait mettre une distance entre moi et le désordre qui régnait dans ma vie ?

La constellation brillante de la baie de San Francisco se perdait dans le lointain au fur et à mesure que nous avancions dans l'océan d'un noir d'encre, repoussée par le sillage impressionnant de notre paquebot de croisière de soixante-dix tonnes. À une vitesse de... quelle estimation avait faite Kirsty Pelham avec son petit assistant numérique ? Vingt-quatre nœuds ? Je songeai au bateau de Luke glissant presque sans bruit à travers les courants de cette même baie. Tout était tellement différent. Le clapotis des vagues contre la coque du bateau, le sifflement dans les cordages et le cliquetis des gréements frappant contre le mât... le soleil couchant, le silence indolent, puis le léger gloussement de Luke en me voyant balancer la jambe par-dessus bord. Je poussai un profond soupir. Qu'allait-il faire de ce bateau ? L'apporter à Boston ou bien le vendre ? Nous n'avions pas abordé ce sujet.

Je reportai mon regard sur le sillage tourbillonnant du paquebot de croisière, environ sept étages plus bas. Impossible de balancer sa jambe dans l'eau, ici. Vous passiez par-dessus bord, voilà tout. Vous pouviez ensuite rester très longtemps à vous débattre dans l'eau sombre. Ils ne pouvaient tout simplement pas stopper un bateau de huit cents pieds et faire demi-tour comme un Chris-Craft revient chercher un skieur nautique qui est tombé. C'était la réalité, tout comme l'enveloppe jaune.

Au cours des dernières semaines, j'étais devenue folle à force de me demander qui pouvait bien m'envoyer ces lettres : un patient atteint de psychose, un collègue du service des urgences qui voulait me faire une blague, ce trop gentil homme à tout faire de la maison de retraite de ma grand-mère ? Mais rien ne semblait faire de sens. Bien que Marie l'ait suggéré, ce ne pouvait pas être Sam. Sam le pompier. Il avait fini par accepter que notre relation était terminée, et cela allait bientôt faire un an qu'il avait déménagé à Portland, certainement avec sa femme, celle dont il ne m'avait jamais parlé. Sam Jamieson et la poésie ? Je secouai la tête. Peut-être, si vous considérez que les statistiques des *Forty-Niners* peuvent être poétiques. Mais certainement pas Sam le pompier.

Cependant, une chose était sûre : quelqu'un s'était arrangé pour que cette enveloppe me soit envoyée.

« Oh, mon Dieu ! »

Je fus frappée en réalisant ce fait et je sentis un frisson me parcourir des pieds à la tête.

— Marie ? dis-je en la regardant porter le cornichon frit à sa bouche. Ce gars est peut-être quelque part ici. Sur ce bateau.

— Tu parles du Lord Byron de FedEx ? grommela-t-elle en mâchonnant.

— Oui.

Je scrutai la foule amassée autour de la piscine éclairée et les couples qui dansaient au son de la musique zydeco de la Louisiane. Les accordéons, les violons et les planches à laver. Les épaules, les coudes et les hanches se balançaient, les pieds frappaient le sol, et on entendait de temps en temps crier : « Je suis déchaîné. » Mais guère plus d'une douzaine portaient un déguisement de Mardi gras. Je pensai alors que Patti Ann et Kyle n'avaient pas plus d'une trentaine d'amis à bord environ, incluant les sept personnes de la table d'honneur. Ils avaient simplement mis une affiche dans le bureau de la salle des urgences et de la caserne des pompiers : *Croisière de dernière minute ! Venez vous amuser avec nous et embrasser la future mariée !* Tout le monde pouvait venir. Il s'agissait simplement d'une croisière bien arrosée, quelque chose de simple, et même les familles immédiates avaient été assez avisées pour se rendre directement sur l'île de Vancouver, où allait se dérouler la cérémonie.

Je levai les yeux vers le pont des Sports, situé juste au-dessus, et vers le golf miniature de dix-huit trous, situé à l'arrière du bateau. Il y avait du monde partout, environ deux cents personnes. Dix ponts différents et beaucoup d'endroits pour se cacher. Et pour écrire des poèmes. Où pouvait-il bien être ?

— Alors ? Il peut très bien être à bord, n'est-ce pas ? insistai-je.

— Ou il a pu demander à ce qu'elle te soit livrée depuis le rivage, ou peut-être…

Soudain, Marie cessa de sourire, et cela m'inquiéta.

— Que vais-je faire ? grommelai-je. Je suis bien certaine que la sécurité ne considérera pas la poésie au même titre que le terrorisme ou les icebergs.

— Je t'ai déjà dit un million de fois ce que tu devrais faire, répliqua-t-elle en attrapant le masque et en pinçant le long nez de Pinocchio. Mais non, tu n'as pas voulu le dire à Luke.

— Il a tellement de choses à penser pour résoudre le cas de Monterey, et je…

Je me rendis compte du ton gémissant de ma voix.

— Attends. J'allais simplement dire que, même si tu ne veux pas tirer avantage d'un honnête agent fédéral, tu as bien de la chance que j'aie une bonne nouvelle pour toi.

— Hein ?

— Les lesbiennes.

J'ouvris la bouche pour parler, mais la refermai aussitôt.

— Carole et son groupe d'écriture, bien sûr, poursuivit Marie en affichant un large sourire.

— Et alors...?

Je fronçai les sourcils. Apparemment, il allait me falloir limiter le nombre de ses ombrelles en papier.

— Ce que je veux dire, c'est que je leur ai montré quelques-unes des choses que ce type t'a envoyées.

— Et ?

J'étais impatiente de savoir où elle voulait en venir. Mais, oups, elle avait montré ça à Carole ?

— Et elle les a envoyées à son groupe en ligne.

— En ligne ? Tu envoies des parties de mon corps sur Internet ? Oh, non ! m'écriai-je en mettant les mains devant ma bouche.

— Darcy ! Cesse de sauter aux conclusions. Écoute, aucun nom n'a été mentionné. Elles ont simplement fait une analyse ; tu sais, elles ont étudié le style, le ton, les citations, les thèmes et d'autres conneries d'écrivains dans le même genre. Il faut bien reconnaître qu'elles sont éduquées, talentueuses et ont une riche... expérience collective des descriptions de corps féminins.

La voix de Marie faiblit, et elle s'éclaircit la gorge.

— Ce qui compte, c'est qu'elle y travaille, d'accord ?

— Tu rougis, lui répondis-je en souriant.

— Absolument pas.

Elle fouilla dans son sac banane à la recherche d'un cigarillo.

— J'essaie seulement de t'aider.

Elle trouva son briquet Volkswagen et tourna la molette comme un pilote chauffant la piste.

— Bonté divine, tu es rouge comme une tomate.

Je mordis mes lèvres, car je savais que je la poussais, mais...

— Attends. Carole écrit des poèmes qui te sont dédiés ?

Marie prit une bouffée de son cigare, rejeta la fumée en faisant un rond parfait et sourit doucement dans l'obscurité.

— Disons simplement qu'elle n'a pas à les coller à ma porte.

* * *

Une demi-heure plus tard, nous essayions de trouver la salle d'informatique, près de la bibliothèque et du salon de jeux, sur le pont Promenade. Je sortis les documents légaux de ma grand-mère de l'enveloppe FedEx pour vérifier encore une fois qu'ils étaient bien signés avant de les placer dans le télécopieur. Signés, datés et prêts à être envoyés.

— Dis donc, as-tu vu tout cet équipement, Darcy ? souffla Marie en tournant, les bras écartés, au milieu de la pièce. Rien à voir avec des vacances insouciantes, on dirait. Télécopieur, Internet, imprimante laser, photocopieuse et système de téléconférence.

Elle ouvrit la porte d'un petit réfrigérateur.

— Des fruits frais, des bouteilles d'eau minérale… quoi d'autre, des antiacides à la pelle ?

Je haussai les épaules en essayant de lire le mode d'emploi du télécopieur.

— Ils doivent penser aux gens d'affaires, je suppose. Tout le monde ne peut pas se payer le luxe de partir en laissant ses clients cloués au lit en attendant qu'on leur apporte le bassin.

Marie ouvrit de grands yeux.

— As-tu vu cela ?

Elle désignait une machine en acier inoxydable qui lui arrivait à la taille, rivée au sol comme tous les autres équipements. En cas de mer agitée, peut-être.

— Je te jure que c'est la plus grosse déchiqueteuse que j'aie jamais vue. C'est un modèle industriel.

Elle fixa des yeux la fente de chargement située sur le dessus.

— Je te parie qu'elle travaille deux fois plus qu'un robot culinaire. Tu sais, comme de la salade de chou pour deux cents personnes.

Elle se pencha pour attraper une feuille de papier qui avait glissé sous la machine.

— On dirait que quelqu'un a laissé tomber quelque chose ; voyons voir comment cette super machine fonctionne.

Elle plaça la feuille de papier au-dessus de la fente de chargement, puis la retira d'un coup sec, en écarquillant les yeux.

— Bonté divine !

— Quoi ?

J'abandonnai le télécopieur et retirai la feuille de papier des mains de Marie.

On pouvait y voir des lignes écrites à la main, des essais maladroits pour dessiner des lettres calligraphiées, inégales et corrigées. Elle était tachée d'encre, comme si une main moite s'était promenée dessus. C'était manifestement un brouillon. D'un poème. Avec le dessin d'un écusson familier dans le bas.

*   *   *

Une heure plus tard, l'ascenseur de verre situé au milieu du navire s'arrêta devant nous et je lançai un dernier regard vers l'atrium. Sous un plafond étincelant de verre vénitien, des palmiers naturels et des orchidées tombantes s'épanouissaient autour d'une cascade, au pied d'un escalier de marbre. Incroyable. Et un décor tout sauf sinistre. Ciel, c'était un vrai poème ! Qu'est-ce que grand-mère avait l'habitude de dire au sujet des bâtons et des pierres ? Il me fallait absolument m'en souvenir avant de devenir complètement toquée.

Je lissai le décolleté de ma robe à bretelles en soie jaune décorée de perles avec quelques touches d'extravagance qui lui donnaient le style gitan, surtout avec des sandales à talons hauts. J'étais tombée en admiration devant cette robe à un salon de la mode à San Francisco, mais elle était bien trop chère pour le budget d'une infirmière, même après avoir fait des heures supplémentaires de nuit. Et voilà qu'un certain agent fédéral était apparu avec une magnifique boîte fermée par un ruban et une bouteille de vin. Apparemment, cet homme aimait les gitanes.

Je jetai un regard vers Marie avec ses sandales Birkenstocks faites sur mesure et, bien sûr, les bas qu'elle avait choisis pour la soirée, avec des éléphants orange et bleus.

— Alors, sais-tu où nous sommes censées nous rendre ? lui demandai-je.

Les passagers sortirent de l'ascenseur, et je suivis Marie à l'intérieur. Je me glissai derrière elle et observai les visages qui m'entouraient, luttant contre une soudaine et folle envie de fouiller chaque personne présente. Oui ! Une envie de crier « tout le monde à terre » et de tâter leurs tristes postérieurs à la recherche de stylos-plume de calligraphie. J'avais besoin de boire un verre.

— Nous retournons sur le pont Promenade, fit-elle en ajustant son sac banane. Donc, il faut descendre sur le pont inférieur et ensuite aller vers la proue. Kirsty a organisé quelque chose pour le mariage au bar Schooner, mais je ne me rappelle pas quoi.

Puis, baissant la voix, elle me donna un coup de coude et murmura :

— Et cesse de dévisager tout le monde. Je t'ai dit que Carole pense que toute cette histoire de poèmes est parfaitement anodine.

Les passagers se précipitèrent vers la porte dès qu'elle s'ouvrit et nous mîmes les pieds sur l'épaisse moquette à motifs de diamants du pont Promenade. La guitare basse d'un groupe de jazz se mêlait aux accents d'un clavier électronique, aux cliquetis des verres de cocktail, aux intonations des langues étrangères, une sorte de fusion internationale de conversations et d'éclats de rire. Dieu que j'aimais les croisières !

— De ce côté ? demandai-je en désignant un corridor bordé de vitrines brillantes et de petites lampes blanches, la galerie commerciale.

Faire les boutiques en plein milieu de l'océan. Ça n'aurait pas pu aller mieux.

Marie acquiesça d'un signe de tête et continua son chemin.

— Alors, Carole t'a-t-elle dit à quoi correspond l'écusson collé sur l'enveloppe ?

— C'est le symbole d'Hermès, un dieu romain. Mais elle a dit qu'il pouvait aussi s'agir de Mercure. Ils sont comme interchangeables, je suppose. Et il représente un pied avec des ailes.

— Exact, dis-je en m'écartant légèrement pour éviter un groupe de femmes âgées en manteau de fourrure qui s'étaient brusquement arrêtées devant la bijouterie.

— Je me souviens de la première fois que j'ai reçu une de ces satanées enveloppes, il y a environ deux mois, à l'hôpital. J'ai pensé que ce symbole était une chaussure. Une chaussure de sport stylisée, comme celles de mon groupe de marathon.

Je secouai la tête à ce souvenir.

— Je me suis alors mise à lire à haute voix ce que je pensais être un communiqué au sujet du parcours du prochain cross et, tout à coup, je me suis entendue lire : … *mais en même temps paraissant prendre goût à être foulée par les pieds des hommes…* Oh là là !

— Gilberto Freyre.

— Hein ?

— C'est le nom du poète qui a écrit ce poème. C'est en tout cas ce que Carole m'a dit.

— Parfait ! Et puis, d'autres sont arrivés, qui parlaient de fossettes sur les coudes, de la pomme d'une joue et de la courbe de cerise d'un sourire. Des fruits ? Et de main aussi, marmonnai-je en me grattant, comme celui que j'ai reçu la semaine dernière.

Je fermai les yeux en m'efforçant de m'en souvenir : *Je parvins presque à étreindre sa Main, Ce devint – une telle Volupté – Que tout comme de Lui – j'avais pitié…*

Je m'arrêtai et saisis le bras de Marie.

— Tu penses que c'est parfaitement anodin ? Être effrayée au point de pisser dans mes chaussures ne me semble pas anodin.

— Emily Dickinson, dit Marie en repoussant ma main. Et calme-toi, bon sang ! C'était une femme très respectable, et le poème parle de quelqu'un qui est amoureux ou quelque chose comme ça. Sérieusement, Carole dit que ce style de flatterie suranné ne peut venir que d'un grand timide. Rien de dangereux.

Nous passâmes devant le casino, et j'aperçus la porte du bar Schooner un peu plus loin. Je souris, même si je n'étais pas vraiment convaincue.

— Donc, maintenant je sais ce que pense Carole, mais toi, qu'en penses-tu ? Crois-tu, toi aussi, que ce n'est pas important ?

— Bien sûr, je le pense.

Marie posa la main sur la poignée de laiton et me fit signe d'entrer.

— À moins bien sûr que ce ne soit comme dans le *Silence des agneaux*.

* * *

Le décor du Schooner était tout de teck verni et de laiton. Une lanterne de marin trônait au centre de chaque table, entourée de nombreux clients. Des lithographies de vaisseaux ornaient les murs lambrissés. Au centre de la salle, un piano sortait de la proue d'un bateau reconstitué et un musicien en smoking affichait un grand sourire sous un arc-en-ciel de fanions maritimes. Ses doigts couraient sur les touches pour jouer un succès de Billy Joel, *Piano Man*, la chanson préférée de ma joueuse de black-jack de mère, et le bateau tanguait légèrement sous nos pieds.

Je m'étais levée sur la pointe des pieds pour voir par-dessus la foule, quand une main froide me prit par le coude. Je me retournai, pour me retrouver face aux longs cils noirs et aux immenses yeux bleus de Kirsty, agrandis derrière ses lunettes à monture noire. Elle m'adressa un sourire, et je me demandai ce qui brillait le plus entre ses dents et le blanc de ses yeux. Sur le plan médical, les globes oculaires n'étaient-ils pas censés être plus blancs ? J'étais sûre que cette femme était proche de la surdose de produits blanchissants pour les dents. Je lui retournai son sourire, en sentant ma langue s'insinuer dans l'espace de mes incisives, loin d'être parfaites. Mon cou se mit à me démanger.

— Darcy, Marie, je vous cherchais.

Elle sourit de nouveau et fit de grands gestes, en utilisant son assistant numérique personnel à la manière d'un contrôleur aérien, pour nous diriger vers une porte dans le fond du bar.

— Tout est bien organisé pour le mariage à présent, et j'ai essayé de mettre en place des surprises pour tout un chacun.

Kirsty secoua la tête, ses cheveux soyeux couleur des blés caressant son chemisier luxueux en soie. Elle haussa ses épaules parfaites.

— Je veux mettre de l'ambiance pendant notre croisière.

Marie se mit à marcher en s'éclaircissant la gorge.

— Je crois que c'est ce que Dale Worley a essayé de faire, non ?

— Oh, vous voulez parler de sa cascade sur le bastingage ? fit-elle en haussant les sourcils et en resserrant sa prise sur son assistant numérique. J'ai parlé à monsieur Worley, et il est d'accord pour ne pas recommencer ce genre d'exploit. Par ailleurs, un problème professionnel est survenu et il va devoir y consacrer tout son temps. Il doit trouver une paire de tatous qui poseront sagement sur le capot d'un Hummer.

Elle marqua une pause et jeta un regard en arrière vers le bar.

— Je pense qu'il est allé à la salle d'informatique du bateau pour envoyer une télécopie.

Puis, avec un grand sourire, un éclair de cent watts, elle se mit à marcher.

— Je pense que nous pouvons convenir que maintenant, toutes les surprises devraient être faites dans l'esprit de l'événement et bien méritées. Tout comme notre belle du Sud mérite d'avoir un beau mariage.

La râleuse en moi aurait voulu se moquer de l'optimisme de la planificatrice de mariage, mais il aurait été difficile de remettre en cause son point de vue. Patti Ann méritait tout le bonheur possible, et ce n'était pas une blague.

Nous franchîmes le seuil de la salle privée réservée pour les réceptions et fûmes accueillies par un gloussement de plaisir de la mariée, qui s'éleva en même temps qu'un bruit rauque provenant de la machine à pets placée Dieu sait où. Le visage de Kirsty s'enflamma, et elle partit en courant comme un limier suivant une odeur horrible.

— Oh, mon Dieu ! gloussa Patti Ann en venant vers nous, ses seins ballottant sous sa fine tunique fleurie. Vous rendez-vous compte comme ils sont blagueurs ? J'ai bien cru que Kirsty allait avoir des brûlures d'estomac. La pauvre, elle n'arrête pas de prendre des antiacides. Mais, venez voir ce qu'elle nous a préparé comme surprise.

Elle me prit la main et elle fit de grands signes à Marie, puis nous nous frayâmes un chemin entre les invités et les serveurs, qui portaient des plateaux surchargés de bouteilles de bière et d'assiettes remplies d'ailes de poulet Buffalo et de minipizzas. Il était évident que le menu avait été composé par les pompiers.

Patti Ann s'arrêta devant un mur couvert de bas en haut de photos, sous un arc-en-ciel de papier crépon torsadé. Elle baissa les yeux vers le sol pendant un instant en hochant la tête, puis se baissa pour ramasser une énorme agrafeuse rose et un rouleau de ruban adhésif.

— Ah, les hommes ! soupira-t-elle en souriant et en les posant sur une table adjacente.

Elle désigna la photo d'une petite fille rondouillarde avec une queue de cheval et une robe à crinoline, puis celle d'un gamin blond en bottes de cow-boy. Ses yeux se remplirent de larmes, et elle plaça les mains sur son cœur.

— Kyle et moi ! Regardez-moi ça ! Nous avons grandi à trois mille kilomètres l'un de l'autre et nous voilà réunis.

Elle reporta son regard sur l'immense collage de photos.

— Pouvez-vous croire que Kirsty s'est donnée tout ce mal ?

— Ah, oui ! acquiesça Marie en se mordillant la lèvre inférieure et en regardant attentivement les différentes photos. J'ai du mal à croire qu'elle a pu dénicher cette photo où tu es nue, assise sur le pot, en train de manger une crème glacée.

Elle toussota quand je lui donnai un coup de coude.

— Elles sont vraiment belles. Qu'est-ce que c'est ? On dirait une publicité.

Je regardai dans la direction indiquée par Marie. C'était vrai : une immense affiche avec des illustrations stylisées de couleurs vives contrastait avec l'assemblage désordonné de photos. Des jambes, des pieds nus. La même affiche que nous avions déjà vue pratiquement partout sur le bateau.

— C'en est une, confirma Patti Ann. C'est la publicité pour le centre d'esthétique. Kirsty a négocié quelque chose, une petite surprise pour nous, les filles : des massages de pieds et un traitement de digitopuncture. Pendant notre journée au spa, vous vous souvenez ?

Elle tourna la tête en se rendant compte que le volume de la musique avait baissé. Quelqu'un s'empara du microphone en riant, et des larsens stridents nous déchirèrent les tympans.

— Désolé, dit l'homme qui tenait le micro.

Il éclata de rire de nouveau, bafouilla et s'essuya la bouche.

— Excusez-moi... mais, qu'est-ce que c'est que ça ?

J'observai l'homme aux cheveux argentés, qui avait un air familier. Il attrapa une serviette, se racla la gorge, puis cracha quelque chose à l'intérieur de la serviette avant de replacer le micro devant sa bouche. Sa voix était épaisse à cause de l'alcool.

— Kirsty, mon bébé... Et n'est-elle pas un vrai bébé, les amis ?

Il agita ses mains trapues jusqu'à ce que les applaudissements et les sifflements explosent. Il exhiba sa serviette.

— Chérie, va dire au cuisinier que j'ai trouvé un morceau de métal dans mes ailes de poulet. Dis-lui qu'il ne faut pas que ça se renouvelle, sinon j'achèterai ce petit bateau.

Patti Ann s'excusa, et je me tournai vers l'homme au microphone. Je vis qu'il s'agissait de Paul Putnam, un retraité de la caserne de pompiers de Kyle. Je m'en souvenais bien à présent.

Il s'était vu décerner de nombreux éloges pour son courage, mais il avait un humour d'un goût douteux. Même Sam avait eu un mouvement de recul en entendant certaines de ses vieilles blagues. J'observai son visage, avec ses paupières gonflées et son teint coloré, alors qu'il incitait la foule à raconter des histoires embarrassantes sur les mariés.

Je me tortillai et gratouillai ma peau au niveau du décolleté de ma robe de gitane. Non. Paul Putnam était le genre d'homme à envoyer des histoires sales par courriel, mais pas un poète. Mais je me rendis compte que je dévisageais les personnes qui avaient pris place autour des tables : quelques techniciens d'hôpital, deux infirmières célibataires, des membres du personnel de la caserne des pompiers et quelques autres personnes que je ne reconnaissais pas. Ryan et Ed, les garçons d'honneur. Kyle, aux cheveux blonds, avait passé les bras autour de Patti Ann d'un air protecteur. Kirsty Pelham n'avait presque pas touché à sa pizza. J'essayai de visualiser l'un d'entre eux tenant un stylo-plume et copiant des vers. Qui pouvait-ce bien être ? Je sursautai quand Marie posa sa main sur mon bras.

— Hé, Darcy ! As-tu vu ce cliché ? Te souviens-tu ?

Je lançai un dernier regard vers Paul, dont le visage était devenu plus rouge et plus gonflé, si c'était possible. Il était brillant de sueur et avait une mine affreuse. Je me retournai vers Marie, qui m'appelait.

Elle désignait une photo dans la section des photos plus récentes du collage, juste en dessous des orteils de l'affiche publicitaire du centre d'esthétique. C'était la photo d'un groupe de pompiers : Paul Putnam, Dale Worley, Sam et un jeune ambulancier dont le visage m'était vaguement familier. Qui était-ce ? J'avais peut-être trop essayé d'oublier les pompiers depuis que j'avais rompu avec Sam. On apercevait derrière eux une jeune femme bien en chair, dont les yeux regardaient fixement l'objectif derrière une épaisse frange de cheveux foncés. Elle portait un manteau de pompier aux manches trop longues et tenait dans ses bras un chiot dalmatien. Je regardai de plus près pour essayer de me rappeler qui était l'ambulancier, lorsqu'une photo adjacente attira mon regard. Mon estomac plongea comme un ascenseur fou. *Ce n'était pas possible.*

Je m'approchai de l'endroit où un projecteur éclairait une photo agrandie d'un homme qui tenait une jeune femme en équilibre sur ses très larges épaules ; le genre d'épaules qu'il fallait avoir pour manier une hache, ouvrir de force une porte barricadée et sortir un enfant terrifié d'un immeuble en flammes. Grand, musclé et torse nu, les cheveux bouclés de couleur foncée, il affichait un grand sourire. Il tenait les chevilles d'une femme dont les doigts jouaient dans ses cheveux. Elle souriait en rejetant la tête en arrière, et le bustier de son maillot de bain était assez décolleté pour déranger une grand-mère irlandaise. Une tache sombre était visible sur son sein gauche.

Vu sous cet angle, cela ressemblait à une tache ou à un défaut de la photo qui aurait pu être éliminé en grattant un peu du bout du doigt. Mais je savais bien… qu'on ne pouvait pas enlever un tatouage. Un petit trèfle vert. La femme sur la photo, c'était moi, et l'homme, c'était…

« Bonté divine. »

Je ne pouvais ignorer le Dieu-sait-pourquoi souvenir de l'odeur d'eau de Cologne et de fumée qui me revenait en mémoire quand je pensais à lui. L'homme qui était responsable des quatre livres que j'avais prises sur mon postérieur en me goinfrant de macaronis au fromage. Puis, une voix familière se fit entendre derrière moi.

« Oh, mon Dieu ! »

— Une belle photo de nous, n'est-ce pas ? souffla la voix de Sam Jamieson.

Avant que j'aie pu réagir, un cri s'éleva au loin, suivi par une série de hurlements. On entendit le bruit d'une table métallique qui se retourne, puis le son caractéristique du verre brisé. Sam se retourna d'un mouvement vif et s'élança vers la foule amassée, et Marie me prit par le bras.

— Merde. Allons-y. Putnam est tombé.

QUATRE

IL ÉTAIT ALLONGÉ SUR LE SOL, ENTRE LA TABLE RETOURNÉE ET un mannequin en carton grandeur nature d'un lama habillé en mariée de la concession d'automobiles de Worley. Paul Putnam s'efforçait de lever la tête. Son souffle n'était plus qu'un long sifflement, comme s'il avait avalé un sifflet de Mardi gras. Sa langue pendait entre ses lèvres entrouvertes, et ses yeux, gonflés comme s'ils allaient sortir de leur orbite, étaient remplis d'effroi.

— Ne bougez pas, Paul.

Je cessai de lutter avec les boutons et ouvris grand sa chemise souillée de sauce barbecue. Les boutons et le contenu de la poche de poitrine s'étalèrent sur le sol et allèrent frapper des morceaux d'assiettes cassées. Sous un tapis de poils gris, sa poitrine se soulevait péniblement en cherchant de l'air, la peau se rétractait autour de ses côtes et son sternum se creusait sous l'effort. Des boutons blancs d'urticaire étaient apparus, contrastant avec la rougeur de sa peau. Je me retournai sur mes genoux et hélai la foule rassemblée.

— Où est le docteur ? Il faut absolument lui donner de l'adrénaline !

Bonté divine, il fallait faire vite.

Marie s'agenouilla près de moi au moment où le système de sonorisation du bateau faisait entendre une série de signaux.

— C'est le signal officiel, mais Kirsty a dit qu'elle avait appelé avec son téléphone cellulaire il y a déjà cinq minutes. Kyle est parti à la recherche du docteur et Sam empêche la foule de s'approcher en passant par le bar.

Elle baissa les yeux vers Paul Putnam.

— Tu crois que c'est une réaction allergique ?

J'acquiesçai d'un signe de tête en observant le visage de Paul. Ses yeux devenaient vitreux, et plus il sombrait dans l'inconscience, plus il avait de la difficulté à respirer. Si l'unité d'urgence n'arrivait pas au plus vite, cet homme allait mourir. Son transport à l'infirmerie prendrait déjà bien assez de temps.

« Je vous en prie, mon Dieu ! »

— Paul, restez avec nous. Avez-vous des allergies ?

Je pressai mes doigts sur le côté de son cou pour chercher son pouls. Il était rapide et faible, mais présent.

— Paul ?

Ses yeux me fixèrent derrière la fente de ses paupières plissées, et sa voix était presque inaudible. Ses mains descendirent vers son ventre pour se gratter, puis cherchèrent ses organes génitaux.

— Péé-n-n-issss.

Patti Ann tomba à genoux près de lui et, le visage tout rouge et les yeux rivés sur lui, elle lui attrapa le menton.

— Non, Paul chéri. Nous te demandons si tu es allergique à quelque chose.

— Péé-n-n-issss.

De la salive coula à la commissure de ses lèvres entrouvertes, et il grattait la braguette de son pantalon.

— Pénis ?

Marie me regarda en fronçant les sourcils.

— Est-ce bien ce qu'il dit ?

— Merde, Putnam.

La voix de fausset de Dale Worley s'éleva au-dessus
de nous tandis qu'il sortait de la foule. Son visage était
pâle, ses yeux écarquillés, et il était mort de peur.

— Ce n'est pas le moment de penser à ta queue, bon
sang. Arrête de faire le con et dis-leur ce qu'elles veulent
savoir…

Il fut interrompu par une grosse main qui le tira en
arrière.

Sam Jamieson baissa les yeux vers moi avec un regard
aussi sérieux qu'un feu qui couve.

— Kyle est arrivé. Il a apporté la trousse de premiers
soins aussi vite qu'il a pu, et l'infirmière va bientôt arriver.
Il lui a dit que tu pensais que c'était une réaction allergique. Le docteur est obligé de rester à l'infirmerie avec un
patient qui a une attaque cardiaque.

Il se recula pour laisser passer Kyle, et en moins d'une
minute la bouteille d'oxygène portative produisait un flux
régulier. Cela ne fut d'aucune utilité.

Je baissai les yeux vers le visage de Putnam, bleu-gris
maintenant, dont les yeux étaient retournés et la bouche
relâchée, puis je reportai mon regard sur sa poitrine et son
souffle saccadé comme un poisson hors de l'eau. Pas le
temps d'attendre le docteur. Ou l'infirmière. Je fermai les
yeux pendant un instant. Pouvais-je faire cela ici, légalement ? Si j'arrêtais d'y penser, Paul allait mourir. Je pris
un garrot dans la trousse de premiers soins et marquai une

pause pour regarder le visage des personnes agenouillées près de moi : Marie, Patti Ann, Kyle et puis Sam.

« Mon équipe. Comme chez moi. Vois-le de cette façon et fonce. »

Je mis le bracelet de latex autour du bras de Paul, le serrai, tapotai la veine à l'intérieur de son coude, avant de lancer un dernier coup d'œil vers mes amis.

Marie fit un signe de tête.

— Nous sommes prêts pour faire la réanimation cardio-respiratoire. J'ai l'adrénaline. Un à dix mille.

J'expulsai l'air de la seringue et piquai l'aiguille, biseau vers le haut, dans la veine, juste au moment où l'infirmière arrivait — et où le souffle de Paul s'éteignait dans un profond soupir. Le sang reflua dans la seringue, et je vis Marie chercher son pouls en secouant la tête et Patti Ann se préparer à lui faire du bouche-à-bouche.

L'infirmière posa une main sur mon épaule et hocha la tête d'un air furieux. J'appuyai sur le piston et priai en retenant ma respiration. Jusqu'à ce que Paul recommence à respirer.

* * *

Je baissai mon verre et fis rouler le merlot sur ma langue avant de l'avaler. C'était la deuxième gorgée de mon deuxième verre, et déjà une douce chaleur s'insinuait en moi. Je regardai l'océan par-dessus le bastingage et souris en sentant le bateau tanguer sous mes pieds.

« Hum, ça va mieux. »

Et, Dieu merci, le pire était passé.

J'avais pris une douche et je m'étais changée ; il l'avait bien fallu, après avoir été agenouillée au milieu de toutes ces saletés — de la bière, de la sauce barbecue et des morceaux de verre. Sans oublier la « flaque mystérieuse », bien sûr. Je secouai la tête. C'était comme une de ces mauvaises blagues : combien faut-il d'infirmières et de pompiers pour comprendre qu'un homme essaye de dire « pisser » ?

J'avais refusé d'aller au casino avec Marie et avais préféré jouir d'un petit moment de solitude. Aussi, après avoir mis une robe à corsage bain-de-soleil vert menthe, relevé mes cheveux avec un clip brillant et m'être aspergée de parfum au gingembre, je m'étais sentie beaucoup mieux. Ajoutez à cela deux verres de merlot, la brume fraîche du Pacifique sur mes épaules nues et l'incomparable excitation que l'on ressent après avoir sauvé la vie de quelqu'un... et, oui, tout allait bien. Je lançai un regard du coin de l'œil. Maintenant, si seulement j'avais su quoi faire au sujet de l'imposant pompier qui s'était placé le long du bastingage, juste derrière moi...

— Alors, ce que je voulais dire, m'expliqua-t-il en esquissant un sourire, c'est que si tu sauves la vie de quelqu'un, tu en es responsable pour toute ta vie. Je te le jure. C'est ce que dit cette discipline asiatique, le feng shui.

Ses yeux, de la couleur du cognac, rencontrèrent les miens, et son sourire s'épanouit.

La brise de la nuit souffla sur son blouson sport en velours en soulevant le bout de sa cravate, et Sam la rabattit sur sa chemise de denim. Il haussa les sourcils et m'adressa un large sourire.

— Feng shui ?

J'attrapai mon verre des deux mains pour éviter de le renverser au moment où des éclats de rire montaient dans ma gorge.

— Feng shui, pour l'amour de Dieu ?

Mon regard croisa le sien, et je hochai la tête. *Sam.* Pourquoi son sourire me faisait-il toujours penser à mes frères, mon grand-père Charlie et, qui d'autre… Clark Kent ? Peut-être cela avait-il quelque chose à voir avec ce genre de sincérité naturelle, confortable comme une vieille paire de Levi's. Un peu maladroit avec ses yeux de chien battu et son épi dans les cheveux, et honnête… Non, pas toujours honnête. Pas en ce qui concernait son mariage.

« Reconnais-le : il ne sera plus jamais Superman à tes yeux après avoir trahi la vérité, la justice et le rêve américain. »

Je plissai les yeux, mais laissai quand même échapper un éclat de rire.

— Le feng shui concerne la décoration. Jamieson, tu es tellement menteur…

Ma voix s'enraya, et je sentis le rouge me monter au visage. Merde, c'était une chose bête à dire. Après avoir tourné la tête vers l'endroit d'où venait la musique de danse, je reportai mon regard sur lui et fis de mon mieux pour lui retourner son sourire hésitant. Il n'y avait pas de raison de penser à tout cela. C'était ce que l'on appelle le « passé », n'est-ce pas ? Et j'avais eu plus que mon compte de drames pour la soirée.

Sam haussa ses larges épaules et se rapprocha de moi.

— Alors, ce vieux Putnam pourrait éventuellement servir de décoration de jardin. Tu sais, comme ces nains de jardin ?

Il sourit et se retint un instant au bastingage, ses mains trapues serrant et relâchant le teck verni, puis me regarda de nouveau.

— Je crois que j'essaye de te dire que c'est bon de te revoir, Darcy. En pleine action, comme tu l'étais alors.

Bon sang, on aurait dit qu'il retenait son souffle.

— C'est mon métier, répondis-je en haussant les épaules.

Sam expira profondément et éclata de rire en passant les doigts dans ses boucles foncées.

— Oui, mais on m'a dit que tu avais quitté le service des urgences.

Mon regard s'attarda un moment sur son visage. Il prenait toujours des nouvelles de moi ? Comment… et pourquoi ?

— C'est vrai ? souffla-t-il d'une voix douce.

Je secouai la tête en signe de dénégation.

— Eh bien, presque. L'année dernière. Mais Marie te dirait que je n'avais plus ma tête à cette époque-là, et c'est peut-être vrai. J'ai failli accepter un boulot tranquille de représentante pour un podiatre. Tu dois le connaître : le docteur Philippe Talon.

Sam cligna des yeux rapidement, puis me regarda fixement.

— Ce type qui conduit un Range Rover avec un énorme avertisseur en forme de chaussure sur le toit ?

— C'est un support de voûte plantaire, répondis-je rapidement.

Je fus tout étonnée de me surprendre en train de défendre le petit homme effacé. Je me sentais peut-être toujours coupable de l'avoir laissé dans l'embarras.

— C'est une maquette de son meilleur vendeur. Sur mesure, pour tout le monde. Le docteur Talon a tout d'un artiste.

« Oh, bon sang ! »

Je méritais l'expression que je voyais sur le visage de Sam.

— En tout cas, j'allais devenir représentante en matériel orthopédique. Tu sais, utiliser mon expérience dans le domaine médical pour…

— Pour vendre des pansements pour les cors aux pieds ? s'écria-t-il en éclatant de rire. Je suis désolé, mais je ne peux pas m'imaginer cela.

— Je sais, je sais, fis-je, et cela me paraît stupide à présent, mais vu la façon dont se sont dégradées les conditions de travail dans le service des urgences ces derniers temps, avec le manque d'infirmières… c'est comme de danser dans une poêle à frire, Sam, tous les jours.

Je serrai mes yeux fermés pendant un instant, puis pris une gorgée de vin.

— Il faut voir cela du point de vue d'une infirmière, je suppose. On a quelquefois l'impression que l'on ne pourra jamais faire ce pour quoi on a été entraînée, se rapprocher des gens, faire une différence dans leur vie. Sans parler de l'augmentation des responsabilités dans tout ce chaos, et comment on est toujours sur la corde raide.

Je retins mon souffle en maugréant. Je n'avais pas eu l'intention de prendre la caisse à savon de Marie pour haranguer la foule.

— OK, dis-je en essayant de lui faire comprendre ma position, essaie d'être responsable d'employés temporaires qui repartent avant même d'avoir eu le temps de développer un réel esprit d'équipe. Je passe mes journées à essayer d'éteindre les feux.

Je cessai de parler en réalisant pourquoi il venait de ricaner. Puis, je me mis à rire et laissai retomber la tension.

— Ah, oui ! Les feux, ça te connaît, m'écriai-je en souriant et en faisant tourner le vin dans mon verre.

Sam prit un air sérieux et me dit d'une voix douce :

— Alors, tu n'es pas allée travailler avec le podiatre. C'est une grande perte pour lui.

Puis, il prit une profonde inspiration, et sa voix s'adoucit pour n'être plus qu'un murmure :

— Mais, où en es-tu avec l'avocat ? Tu lui as dit « non » à lui aussi ?

Avocat ? J'ouvrais la bouche pour lui demander de quoi il parlait, quand je compris ce qu'il voulait dire. Une chaleur envahit mon visage. L'histoire qui servait à couvrir l'appartenance de Luke au FBI : « Dis simplement que je suis avocat, Darcy. » Apparemment, cela marchait. Je grattai un bouton qui me démangeait au niveau de mon décolleté en essayant de trouver comment répondre à ses questions. Avais-je dit « non » à Luke ?

Sam baissa la tête pour me regarder dans les yeux.

— Alors... l'avocat ?

Une porte s'ouvrit derrière nous, révélant les accents de jazz d'un saxophone. Une autre des anciennes musiques préférées de maman, *La fille d'Ipanéma*. Kirsty entra sur le pont, et je vis le regard de Sam s'attarder sur elle et la dévisager des pieds à la tête. On entendait au loin les paroles de la chanson : « ... grande et mince et belle et douce... » Aurait-elle pu planifier une entrée plus réussie ? Elle faisait vraiment belle impression.

— Darcy et... Sam, n'est-ce pas ?

Kirsty sourit, et Sam acquiesça d'un signe de tête.

— Je suis désolée de vous interrompre, expliqua-t-elle, mais j'essaie de trouver tout le monde pour leur dire comment se porte notre patient.

Elle s'avança vers le bastingage en sentant le pont bouger, ses longues jambes couvrant la distance avec beaucoup de grâce malgré le mouvement du bateau. Sa robe bleu glacier, ajustée sans trop mouler son corps, lui arrivait juste au-dessus des genoux ; vraiment très décente, avec son boléro assorti qui couvrait sa poitrine. Et certainement très chère. Je pensai à Patti Ann, avec ses tee-shirts brillants trop moulants et sa jupe violette en suède. Cette planificatrice était beaucoup mieux faite que la mariée et elle n'en faisait pas étalage.

Elle remit en place la mèche de cheveux que la brise avait soufflée sur son visage, puis ajusta la sangle de son petit sac à main en perles. Derrière ses lunettes, ses yeux bleus brillaient dans les lumières du pont.

— Nous vous sommes tous tellement reconnaissants d'être intervenue si rapidement, Darcy. L'infirmière du bateau a tellement tardé à venir, même si je...

Elle désigna le téléphone cellulaire qui apparaissait dans l'ouverture de son sac.

— ... l'avais immédiatement appelée à l'aide.

Elle posa la main sur mon bras.

— Vraiment, merci.

Sa main était moite, fraîche, et ses mots étaient presque incompréhensibles. Elle avait dû boire. Mais, n'était-ce pas notre cas à tous ?

— Ont-ils découvert ce qui a causé cette réaction allergique ? lui demandai-je.

— Non.

Elle serra son petit sac en frissonnant. Son visage pâlit dans les lumières du pont. Son menton trembla, et elle contracta la bouche pendant un instant.

— Je pense qu'il dort trop profondément pour le moment. Le docteur dit qu'il doit attendre que les antihistaminiques cessent de faire effet avant qu'il puisse lui parler de tout cela.

Elle retira ses lunettes et les rangea dans son sac. Elle se passa la main sur le front, fronça les sourcils, puis bâilla avec un nouveau frisson.

— Est-ce que tout va bien ? lui demandai-je en remarquant qu'elle semblait être la seule à avoir de la difficulté à garder son équilibre.

Le pont ne bougeait pas en ce moment.

— Oui, bien sûr, répondit-elle d'une voix creuse en souriant. J'ai juste un peu froid...

Elle dut s'y reprendre à deux fois pour pouvoir se retenir au bastingage, et son geste fit tomber son sac, dont le contenu se répandit sur le pont. Elle regarda fixement ses affaires éparpillées sur le pont comme si elle ne savait pas ce que c'était.

— Je vais ramasser tout ça, pas de problème, m'écriai-je en m'agenouillant pour ramasser tout avant que le pont ne se remette à tanguer et ne fasse tomber ses affaires à l'eau.

Bonté divine, avais-je raison au sujet du mariage, ou quoi ? Si la cérémonie était si stressante qu'une planificatrice habituée à organiser des mariages doive se soûler, alors que pouvait-on prédire du futur de Patti Ann et Kyle ? Sam et sa femme mystérieuse ? *Ou Luke et sa bague de fiançailles ?* Le mariage. J'avais raison de refuser. C'était beaucoup trop risqué.

— Merde, elle est bien éméchée, murmura Sam. Accompagnons-la à l'intérieur.

Il retira son blouson et le posa sur les épaules de Kirsty en lui souriant comme s'il venait juste de réussir à faire descendre son chaton de l'arbre.

— Ça va mieux maintenant ? Rentrons tous prendre un bon café chaud.

— Oh ! s'écria-t-elle.

Elle enfouit son menton dans le blouson avec une profonde inspiration, et ses yeux s'emplirent de larmes. Elle émit un petit grognement. Ses yeux étaient tout écarquillés, et son visage portait des traces de transpiration.

— Votre blouson, il ne sent pas la fumée ?

— Non. Je ne fume pas. Et vous ne devriez pas boire autant.

Sam passa un bras autour de ses épaules pour l'aider à conserver son équilibre et la guida gentiment vers la porte.

Je me sentais vraiment mal pour elle. Elle m'avait semblé tellement sûre d'elle. Je reportai mon regard sur le pont et je me baissai pour ramasser ses affaires : son téléphone cellulaire, ses lunettes — heureusement pas cassées —, son rouge à lèvres, un rouleau d'antiacides et... Qu'est-ce que c'était ? Je tendis le petit flacon de médicament vers la lumière pour pouvoir lire l'étiquette, lorsque j'entendis un grognement derrière moi.

— Darcy, viens vite, cria Sam en tenant Kirsty dans ses bras, je crois qu'elle va mourir !

Je m'empressai de fermer le sac à main et me précipitai vers lui.

— Vite, soufflai-je en lui tenant la porte. Il faut lui donner du sucre. Elle a une réaction diabétique.

* * *

Une demi-heure plus tard, je lançai un coup d'œil vers Kirsty par-dessus mon épaule, puis me retournai vers Marie en souriant.

— Quelle têtue ! Elle a accepté que je lui fasse une injection de glucose, mais elle n'a pas voulu aller s'allonger à l'infirmerie. J'ai abandonné.

Il était presque minuit, et il y avait foule au bar Schooner, où les serveurs incitaient les passagers à entrer pour profiter du karaoké et du buffet de hors-d'œuvre gratuit. Je dus hausser la voix, car Dale Worley entamait une nouvelle version de *Drive my car* et la foule reprenait à l'unisson : « Beep, beep, mm, beep, beep. Yeah ! »

— Mais au moins, elle mange quelque chose ici.

Marie roula des yeux.

— Exact. Comment ont-ils fait ? Ont-ils suspendu une mangeoire pour les oiseaux après une lampe ? As-tu vu le mal qu'elle se donne pour ne pas manger ? Je te parie qu'elle comptait les olives sur sa pizza tout à l'heure, puis elle a probablement tout mis dans son sac. Avec beaucoup de grâce, bien sûr.

Marie referma la bouche sur un deuxième morceau de brie coulant et grommela de plaisir.

— Je pense qu'elle est anorexique.

Je lui tendis une serviette en papier portant les noms de Patti Ann et Kyle.

— J'espère que non. Il n'y avait pas de pizza dans son sac, mais ce sont assurément les pilules contre le diabète qui ont fait chuter son taux de sucre d'une façon radicale. Il faut certainement que les doses soient ajustées. C'est bizarre d'être atteint de diabète de type 2 à son âge. Mais heureusement qu'elle garde sur elle du sucre sous forme orale et injectable. Son taux chute rapidement.

Je lançai un regard derrière moi et vis qu'un agent de sécurité qui nous avait aidées plus tôt avec Paul avait rejoint Kirsty à sa table. Il semblait attentif et un peu nerveux et il gigotait sur sa chaise pour y faire entrer l'équipement encombrant qui pendait à sa ceinture : une radio, une petite matraque, une bonbonne de poivre de Cayenne et un étui à revolver. Je l'observai en train de regarder Kirsty pendant un moment et secouai la tête. Le pauvre gars s'inquiétait. Mais, bizarrement, la planificatrice semblait l'encourager. Je devrais l'avertir que sortir avec un officier de justice pouvait l'amener à avoir une éruption de pustules.

Je me tournai vers Marie.

— Elle semble savoir de quoi il en retourne avec le diabète, mais je me sentirais mieux si elle se faisait examiner par un docteur, tu sais.

J'avançai la main pour saisir une crevette fourrée.

— Elle refuse totalement. On aurait dit que je lui proposais de danser nue sur le bar. Je suppose qu'elle était gênée. Au moins, elle n'a pas uriné sous elle comme l'a fait ce vieux Paul.

Je mis la crevette dans ma bouche. Mmm, un vrai délice ! Du fromage bleu et des échalotes. Marie avait tort : personne ne pouvait rester anorexique au cours d'une croisière.

— Au moins, Paul a essayé de nous prévenir.

— Eh bien, pas vraiment, non, rétorqua Marie en jouant avec la fermeture de son sac banane. Tu as bien fait d'en parler. Je voulais te montrer quelque chose.

Je regardai vers le bar et détournai rapidement les yeux en voyant Sam, qui tenait une bière et regardait dans ma direction.

— Non ? De quoi parles-tu ? Je voulais simplement dire que le pauvre avait tenté de nous prévenir qu'il avait besoin d'aller aux toilettes.

— Mais ce n'était pas le cas, insista Marie en sortant un cigarillo de son sac et en exhibant une serviette en papier graisseuse tirebouchonnée. J'avais tort. Il ne disait pas « pénis », mais tu t'es trompée, toi aussi.

Elle remua sa serviette devant moi.

— Il ne disait pas non plus « pisser ».

Mon Dieu, de quoi s'agissait-il, d'une conversation de garderie quand on dit « montre-moi ce que tu as » ? Je fronçai les sourcils en m'efforçant d'entendre Patti Ann et Kyle, qui chantaient en duo *I got you babe*. Je sentais poindre un mal de tête.

— Et alors, quel est ton point de vue ?

— Après avoir perdu tout mon argent au casino, je me suis arrêtée à l'infirmerie pour voir comment allait Paul. À propos, il va bien et tout est redevenu normal, si tu trouves que comparer de l'adrénaline à du Viagra est normal.

Elle marqua une pause pendant que je faisais semblant de vomir, puis reprit :

— Peu importe, pendant que Dale et lui poursuivaient leur discussion à savoir qui d'autre pourrait être ramené à la vie par Darcy, j'ai parlé avec l'infirmière. Paul est allergique aux pistaches. Il disait « pistache », mais ce n'est pas évident quand ta langue est gonflée comme celle d'un crapaud et que tu as du mal à respirer.

— Et qu'est-ce que cela ? demandai-je en désignant la serviette.

Marie l'ouvrit précautionneusement et me présenta une boule d'une couleur foncée douteuse, comme si c'était une pépite d'or.

— Une pistache, qui a été mâchée. L'infirmière doit l'avoir ramassée par erreur quand elle a rassemblé tout l'équipement d'urgence.

— Paul est assez stupide pour manger des pistaches alors qu'il sait qu'il est allergique ?

— Non, ce n'est pas ça. Il ne savait pas qu'il en mangeait. J'ai découvert autre chose pendant que j'aidais l'infirmière à nettoyer son équipement.

Elle rouvrit la serviette et en sortit une chose bizarre et sanguinolente, de la taille d'un doigt, qu'elle posa sur la table.

— Oh, mon Dieu ! Qu'est-ce que c'est que ça ? m'exclamai-je en faisant la grimace, effrayée de le savoir.

— Une aile de poulet Buffalo mâchée. Tu te souviens que, pendant que nous regardions les photos, nous avons entendu Putnam raconter qu'il allait poursuivre le chef parce qu'il avait trouvé un morceau de métal dans sa nourriture ?

— Vaguement.

Je me penchai pour observer les restes de l'aile Buffalo, que Marie piquait avec un cure-dent. J'avais l'impression de faire partie de l'équipe de *CSI*.

— Regarde cela.

Marie désignait ce qui ressemblait à une courte rangée de…

— Des agrafes ?

— Oui, pour maintenir ces petites choses à l'intérieur.

Marie bougea le morceau de viande avec le cure-dent comme un coroner le fait avec un scalpel, et deux petites pistaches en sortirent.

Ma bouche en resta grande ouverte et je faillis rejeter mon vin.

— Oh, mon Dieu ! Comment…?

Je me tournai et observai le groupe d'invités, qui applaudissaient et acclamaient les futurs mariés.

— Bande de malades. Peux-tu le croire ? Qui peut avoir fait cela ? Je veux dire que les gommes à mâcher qui rendent la bouche bleue et les appareils photo qui crachent de l'eau sont une chose, mais un truc dangereux comme celui-là ? Qu'ont-ils cru, qu'il allait avoir une crise d'urticaire, se gratter et avoir l'air stupide ou…?

— Ou qu'il allait mourir ?

Derrière nous, Dale Worley alluma le micro et annonça sa prochaine chanson tandis que la machine envoyait des pets sonores comme une mitraillette. Marie baissa la voix.

— Je ne voudrais pas avoir l'air de sauter directement aux conclusions, Darcy, mais…

— Non, non, m'écriai-je en enfouissant mon visage dans mes mains. Je suis venue faire cette croisière pour marquer une pause.

Je lançai un regard vers Marie à travers mes doigts.

— Nous ne sommes à bord que depuis à peine sept heures, et déjà j'ai eu droit à Luke et sa bague, à une enveloppe FedEx de l'avocat de grand-mère, à Sam Jamieson, qui s'est levé comme Lazare, à deux personnes qui sont ressuscitées et…

Je regardai Marie, qui fouillait de nouveau dans son sac banane.

— Quoi d'autre ?

Marie esquissa un sourire, et je commençai à me gratter.

— Je suis désolée, dit-elle, mais j'ai découvert autre chose. Dans notre cabine.

— Non.

Marie déposa l'enveloppe sur la table à côté de l'aile Buffalo. Le pied d'Hermès scellait son rabat.

CINQ

LE SOLEIL FILTRAIT À TRAVERS LES VITRES DU GYMNASE, ET JE décochai un crochet au sac de boxe qui l'envoya se balancer dans tous les sens. Je le remis droit en frappant un deuxième crochet et un coup direct. Une goutte de sueur coula sur mes lèvres, et je postillonnai en m'efforçant de me concentrer sur les combinaisons de frappe et en marmonnant la litanie familière :

— Vas-y, frappe fort, prends le contrôle, tu es plus forte que le sac. Concentre-toi, c'est compris ? Allez, encore.

« Un-deux », coups droits, crochet du gauche, crochet du droit. Je portai mon poids sur l'autre jambe et décochai un uppercut vertical. Je sentis immédiatement les muscles de mes jambes et de mes fesses. Ma queue de cheval trempée de sueur balaya mon cou.

— Prends ça, poète pervers !

Jupons et lacets de souliers, cette fois. Des lacets de souliers ? Qui voudrait écrire un poème sur quelque chose d'aussi stupide ? Mais au moins, il ne parlait pas de parties corporelles. Je devais croire qu'il s'agissait d'une blague stupide. Comme la machine à faire des pets et les agrafes dans l'aile de poulet de Paul Putnam. Je n'allais pas me laisser démoraliser. Je recommençais à frapper le sac quand quelqu'un arriva derrière moi et posa une main sur mon épaule. Je me retournai avec un gant levé.

— Hé, on se calme, Rocky ! Je ne viens pas en ennemie !

Marie leva les mains en signe de reddition en louchant. Elle portait un tee-shirt sans manches sur lequel était inscrit : *Service des urgences – Où tout est RAPIDE.*

— Vraiment. Je ne souhaite pas te faire de propositions et je ne sais pas faire des vers. Je suis innocente. Je le jure.

Elle pressa les doigts sur ses yeux en grognant, et l'on entendit au loin un concert de respirations bruyantes provenant du cours de danse aérobique.

— Sont-ils vraiment obligés de faire cela ?

Je fronçai les sourcils et affichai un sourire satisfait tout en essayant de délacer mon gant avec mes dents.

— Quelqu'un a une légère gueule de bois ?

Je m'acharnai sur le gant récalcitrant et l'agitai comme un personnage de dessin animé collé sur du papier tue-mouches. Puis, m'avouant vaincue, je frappai les deux gants ensemble dans un coup de tonnerre.

— Foutu gant !

— Merde, pourquoi ne fais-tu pas exploser une bombe ? Attends, laisse-moi voir, dit-elle en saisissant un de mes gants et en commençant à le délacer. Et je ne suis pas la seule à être malade ce matin.

Elle tira sur le gant et s'attaqua au lacet de l'autre gant, en marquant une pause pour désigner d'un signe de tête la porte du gymnase.

— As-tu vu la file devant le bar des Sports ?

J'acquiesçai d'un signe de tête. Je m'en étais rendu compte à six heures et demie, alors que je tentais d'apprivoiser ma toison après avoir fait mon jogging dans le brouillard sur le pont Promenade. Il était vraiment très tôt, je le savais bien, mais plus je transpirerais et plus je pourrais manger de macaronis au fromage. Et des hamburgers. C'était un bon compromis. Mais, apparemment, les garçons d'honneur n'étaient pas debout à cette heure matinale pour des raisons de santé. Marie avait raison ; ils avaient une mine affreuse.

Après avoir attaché mes longues boucles avec un chouchou en éponge, j'avais traversé le bar des Sports pour raccourcir ma route vers le gymnase. J'avais été étonnée de voir tant de personnes déjà levées. Sur le mur d'écrans de télévision, le soccer et CNN concurrençaient d'autres émissions matinales. Cependant, en y regardant de plus près, j'avais remarqué que ces personnes ne s'étaient tout simplement pas couchées. Pas besoin d'être infirmière au triage pour s'en rendre compte.

Des pompiers aux cheveux en bataille étaient affalés sur des tabourets, sous un drapeau représentant un but de football, le teint plus vert que de l'herbe artificielle. Dale Worley, les garçons d'honneur Ed et Ryan et le légendaire Sam Jamieson avaient beaucoup trop bu et étaient prêts à vendre leur âme pour faire cesser leur mal de cœur. Sam avait levé la tête, ses yeux sombres aux cernes profonds avaient croisé mon regard, et il avait esquissé un sourire en passant les doigts dans ses cheveux. Des confettis roses étaient tombés sur ses épaules. J'avais reconnu le regard et le sourire d'un petit garçon pris en défaut.

— Oui, répondis-je, en laissant tomber les gants de boxe et en saisissant une serviette. Je les ai très bien vus. Ils étaient pathétiques. Ils proposaient tous de vieux traitements contre la gueule de bois comme s'ils étaient candidats pour le prix Nobel.

Je passai la serviette sur mon cou et ma poitrine en insistant un peu sur les zones irritées.

— Des Bloody Mary, de l'aspirine, des Alka Seltzer et même du Maalox trempé dans du café, ajoutai-je en grimaçant. Mais au moins, Worley a été inventif. Bien sûr, nous avons d'abord dû l'écouter se vanter d'avoir donné des sédatifs aux tatous pour son véhicule commercial. Mais ensuite, il a parlé d'un traitement portoricain contre la gueule de bois.

Je roulai des yeux, puis je levai un bras comme pour appliquer du déodorant.

— Frotter la moitié d'un citron sous le bras qui porte le verre.

Je partis d'un éclat de rire et trébuchai sur un des gants de boxe.

— Je te jure que je ne mens pas.

Ma voix se cassa. Je reniflai, et les mots s'échappèrent de ma bouche en un long sifflement.

— Attends, ce n'est pas tout. Le plus important est de le faire dans le sens des aiguilles d'une montre dans l'hémisphère Nord et dans le sens inverse des aiguilles d'une montre dans l'hémisphère Sud !

Mon estomac se contracta, et je hurlai de rire à nouveau.

Marie se couvrit les oreilles, puis sourit et esquissa un sourire en s'éclaircissant la gorge.

— Ouais, bon, ils n'ont pas seulement parlé des traitements avec le citron.

Je détournai les yeux, et mon regard fut attiré par Kirsty Pelham, qui avait croisé ses longues jambes pour prendre une posture de yoga à l'autre bout de la salle. Elle portait une large tunique lilas et des collants ; ses cheveux pâles étaient attachés par un clip assorti et ses lunettes étaient posées sur sa tête. Les yeux fermés, ses cils couverts de mascara contrastant avec la peau pâle de son visage divinement serein, elle maîtrisait parfaitement sa posture. Je m'étirai, et un filet de transpiration irritant en diable s'insinua entre mes seins. La planificatrice était peut-être dans le vrai ; boxer pouvait déséquilibrer mon karma. Je souris et reposai mon regard sur Marie en haussant les sourcils.

— Alors ? De quoi d'autre les pompiers éméchés ont-ils parlé ?

— Attends un peu, répondit-elle en passant un doigt sur ses sourcils. J'ai besoin d'un café. Allons au buffet. Je te donnerai les dernières nouvelles quand ma tête aura cessé de m'élancer.

Elle leva le bras au-dessus de sa tête et donna un coup de coude dans le sac d'entraînement.

— Bon sang, tu devrais faire un sport plus calme.

Je mis la serviette autour de mon cou et ramassai mes gants, puis m'arrêtai et regardai fixement Marie, la bouche grande ouverte.

— Quoi… Oh, *tu n'as pas fait cela* !

Ma voix monta d'un ton, et j'éclatai de rire en passant la main sur son aisselle.

— De la pulpe de citron ?

* * *

De nombreuses personnes de l'âge d'or faisaient la file devant le buffet du pont Lido, beaucoup plus intéressées par la compote de prunes que par les remèdes contre la gueule de bois. Les cliquetis de l'argenterie se mêlaient au bruissement des tenues d'intérieur en rayonne et aux effluves de pommade analgésique Bengay.

Je jouai des coudes pour améliorer ma position dans la file et scrutai l'étalage de chauffe-plats fumants : des saucisses de Toulouse, des œufs de style ranch, du saumon fumé, une montagne de baies et de melons, des côtes levées, des pâtes papillon accompagnées de légumes rôtis et des tranches de différentes sortes de fromage disposées en éventail comme des cartes à jouer. Oh ! Et, juste en dessous, une pyramide de cristal étincelant. Je lançai un regard à Marie par-dessus mon épaule.

— Hé, as-tu vu la sculpture de glace au centre des mottes de beurre et des yogourts ? Je pense que c'est censé représenter la tour Space Needle de Seattle.

— Bon, alors pose-la sur mon front, veux-tu ? grommela Marie.

Elle cessa de parler et porta la tasse de café à sa bouche, puis grimaça quand la femme qui était derrière elle dans la file la poussa.

— Non, vraiment, je me sens un peu mieux maintenant, souffla-t-elle en esquissant un sourire. C'est certainement le citron qui pénètre. En passant, connais-tu un autre remède ? Car il ne faut pas essayer celui-ci juste après s'être épilée.

Marie sortit de la file pour laisser passer la femme qui bouillait d'impatience.

— Darcy, prends-moi un jus de fruits, et je vais chercher une table libre.

Je remplis un deuxième verre de jus d'orange et me faufilai parmi les palmiers en pot et une sculpture acrylique gigantesque pour me diriger vers les portes vitrées qui donnaient sur le pont. Je pris une profonde inspiration et fis des étirements pour relaxer mes épaules tendues. C'était une croisière fabuleuse, avec de la nourriture de qualité, et j'étais assez stupide pour laisser un groupe de joyeux farceurs me gâcher mon plaisir.

Je clignai des yeux en sortant sur le pont ensoleillé et repérai Marie, assise à une table près du bastingage. Elle avait mis ses lunettes de soleil et regardait en direction du pont à l'étage au-dessus. Je scrutai l'océan, une étendue gris-vert clairsemée de moutons blancs, en me disant que nous longions les côtes du sud de l'Oregon, à une journée de mer de Seattle. Que pouvait bien regarder Marie ?

— Non, Darcy ! Là-haut, sur le pont Promenade. Oui, là, n'est-ce pas… Quel est son nom ?

Comme je m'asseyais, elle fronça les sourcils et pointa un doigt en direction d'un passager enfoui sous une pile de couvertures sur une chaise longue.

— Gordy quelque chose. Je me souviens enfin de son nom. Cela me turlupinait depuis que je l'ai vu sur le mur de photos de Patti Ann ; tu te souviens, l'ambulancier à côté de Worley et de la grosse fille avec le chiot ? Un ami de longue date de Kyle.

Je mordis dans du saumon fumé et marmonnai :

— Mmm !... En tout cas, je l'ai vu ici ce matin durant mon jogging. J'ai eu peur pendant un instant. J'ai pensé qu'il était mort.

Marie souleva ses lunettes et glissa un regard vers moi.

— Bon, très bien. Je saute peut-être directement aux conclusions, mais que diable ! Il faisait à peine jour, il y avait du brouillard, et il était là, affalé sur une chaise, avec juste un short. Ils sont incroyables, ces gars-là. Il a eu de la chance de ne pas mourir de froid.

Je plantai ma fourchette dans le jaune de mes œufs bénédictine et le regardai couler comme de l'or fondu sur le bord de mon muffin.

— Je lui ai donné un coup de coude et je l'ai entendu me dire qu'il allait bien. Son haleine sentait l'alcool. J'ai simplement imaginé que le pauvre Gordy allait souhaiter être mort. Alors, je l'ai recouvert de plusieurs couvertures et je suis partie.

— Il est resté là toute la nuit ?

— Qui sait ? Mais nous savons dans quelles conditions étaient tous les autres invités de la fête, n'est-ce pas ? À l'exception de nous deux, bien sûr. Mais, attends. Tu étais sur le point de me parler des gars qui étaient au bar des Sports. Qu'ont-ils dit ?

Je refermai la bouche sur une fourchette remplie d'œufs nappés de sauce au citron.

Marie fit glisser ses lunettes sur son nez et me regarda fixement.

— Pistaches.

— Quoi ? m'écriai-je en avalant rapidement. Es-tu en train de me dire que quelqu'un a reconnu avoir donné des pistaches à Putnam ?

— Eh bien, non. En vérité, c'est le steward du bar qui a commencé à en parler. Il a dit qu'il avait entendu l'équipe médicale parler de l'allergie de Paul et qu'ils avaient interrogé les employés des cuisines pour savoir si des pistaches avaient pu se glisser dans la préparation des ailes de poulet Buffalo. Ils ont tous nié.

Puis, avec un sourire, elle ajouta :

— Apparemment, Worley était d'accord avec cette supposition. Il a offert de vérifier auprès de son avocat si Paul pouvait poursuivre quelqu'un.

— Tu veux dire que personne n'est au courant pour la pistache que tu as trouvée ?

— Juste nous deux. Et la personne qui l'a mise, bien sûr.

— Tu veux dire qui l'a agrafée là.

Je tentai de prendre une câpre du bout du doigt et je la regardai disparaître sous une tranche de saumon.

— J'ai repensé aux agrafes. Même si personne ne veut l'admettre, ce devait être une sorte de farce, non ? Les agrafes ne sont pas vraiment quelque chose de subtil. Si quelqu'un avait voulu tuer Paul Putnam, il n'aurait pas fait quelque chose d'aussi évident. Donc, il devait bien s'agir d'une farce stupide. Pour se faire remarquer.

— Personne ne le reconnaît.

Je souris en attrapant mon verre de jus d'orange.

— Le reconnaîtrais-tu maintenant que tu sais comme cela s'est fini ? Et rappelle-toi que personne n'a reconnu avoir cette machine à faire des pets. Alors, j'ai décidé que nous n'allions pas laisser ces idiots gâcher notre croisière.

Je venais de boire une gorgée de jus d'orange, quand une main venant de derrière moi se posa sur mon épaule.

— Alors, vous êtes là, fit Patti Ann de sa voix traînante, en souriant et en tenant la main de Kyle.

Elle tira ma queue de cheval avant de s'asseoir près de Marie en la regardant fixement.

— Grand Dieu, tu ne sembles pas en si mauvaise forme, Whitley. D'après ce que je viens d'entendre, je pensais que tu étais presque condamnée à l'impotence.

J'étouffai un éclat de rire tandis que Marie pestait entre ses dents.

— Oh, ça n'a pas d'importance, les filles, roucoula Patti Ann, en agitant les mains et en déplaçant sa chaise pour que Kyle puisse s'installer près d'elle. Worley a encore exagéré, n'est-ce pas, ma chérie ?

Elle se pencha vers Kyle et posa la main sur son bras, le diamant de sa bague à solitaire étincelant dans les rayons du soleil.

Tout en soulageant les démangeaisons au niveau de mon décolleté, je m'efforçai de ne pas penser à une commode ancienne dans un appartement de San Francisco contenant un écrin à bijoux glissé sous une pile de caleçons. J'observai Kyle poser délicatement sa grosse main sur celle de Patti Ann en la regardant d'un air tendre. Luke me regardait-il de cette façon ?

— Worley nous a dit quelque chose au sujet de Marie et d'un citron, dit-il d'un ton calme, après s'être éclairci la gorge.

Son front rosit sous sa frange de cheveux décolorés par le soleil, et il changea de position pour essayer d'allonger ses longues jambes sous la table, laissant penser qu'il aurait été plus à l'aise en chevauchant un taureau comme il l'avait fait au rodéo de Salinas. Était-ce en juillet dernier ? Oui, quand Patti Ann l'avait rencontré pour la première fois, dans une ambulance, alors qu'il avait glissé son poignet fracturé dans un bandana poussiéreux pour pouvoir prendre soin d'un jeune qui avait été victime d'un accident de camion.

Patti Ann avait été la première à signer le plâtre de Kyle. Elle avait dessiné une petite binette souriante et avait inscrit son numéro de téléphone à côté de son nom avec un marqueur à encre permanente. Une invitation ouverte à déguster une tarte aux noix de pécan, et beaucoup, beaucoup plus. Je souris en pensant à quel point elle aimait se vanter que Kyle avait accroché son plâtre au-dessus de son lit, juste à côté de ses éperons. Et maintenant, moins d'un an plus tard, ils allaient se marier. Se marier. Comment pouvait-elle prendre un tel risque ?

Patti Ann me prit la main.

— Tu te grattes comme une folle, ma belle, et je connais un bon remède.

Elle désigna du doigt la porte vitrée de la salle à manger. Juste à côté, dans un cadre en plexiglas, se trouvait l'immense affiche publicitaire pour le centre d'esthétique. Des jambes nues et des pieds sur un fond pourpre, que le soleil matinal faisait briller.

— C'est la raison pour laquelle je vous cherchais, pour vous rappeler la date de notre rendez-vous pour la séance de spa et de digitopuncture.

Elle serra mes doigts, puis elle poursuivit :

— Sauna, massages, aromathérapie, pédicure et mimosas. Tout cela ne ressemble-t-il pas à ce dont une infirmière a besoin : une petite attention spéciale pour changer ?

Elle parcourut le pont des yeux.

— Kirsty est quelque part ici. Elle tient son assistant numérique personnel dans ses mains comme s'il s'agissait de la sainte Bible. Elle essaye de regrouper tout le monde. Et ce n'est pas une mince affaire, avec Paul qui a quitté trop tôt l'infirmerie et toi qui fais du jogging dans le brouillard.

Elle secoua la tête.

— Les gars sont affalés aux quatre coins du bar des Sports, et nous n'avons toujours pas trouvé Gordy Simons…

Elle s'arrêta en voyant Marie pointer le doigt dans une direction.

— Quoi ?

— Juste là, souffla Marie en désignant la forme enveloppée d'une couverture, enfouie dans la chaise du pont supérieur.

— Oh, mon Dieu ! s'écria Patti Ann en souriant. Je suis vraiment désolée pour Kirsty. Elle est habituée à organiser des soirées mondaines. Je ne pense pas qu'elle ait déjà organisé un événement pour un groupe aussi turbulent.

Elle doit certainement penser que nous aurions tout simplement dû embaucher un clown de rodéo.

Elle adressa un sourire à Kyle, et ses fossettes se creusèrent sur ses joues rosées.

— Désolée, mon chéri, je n'ai rien contre les rodéos.

— Alors, que penses-tu de Kirsty ? lui demandai-je.

Patti Ann réagit d'un ton vif.

— Sa présence est un véritable miracle. Elle s'est adressée à nous et...

Un hurlement semblable au cri d'un animal blessé s'éleva au-dessus de nous, et les passagers des tables avoisinantes se levèrent d'un mouvement tellement brusque qu'ils renversèrent l'argenterie et les chaises. Les plaintes continuaient, et les gens se pressaient vers le pont Promenade. Je me glissai entre la future mariée et son fiancé et levai les yeux.

Gordy Simons était penché sur le bastingage et criait comme s'il avait été touché par une balle de revolver. Nous nous précipitâmes vers l'escalier.

Il portait un short rose fluo et, debout près de la chaise longue, il était courbé avec les deux mains enfouies dans son entrejambe. Il tenait levée l'une de ses jambes nues, comme un flamant rose. Il se recula quand je me mis à genoux et il me prit par le bras pour m'attirer vers lui.

— Hé, Gordy, reste tranquille pour que je puisse voir ce qui se passe.

Je saisis ses doigts crispés et relevai les yeux vers son visage. Sa peau, aussi blanche que le ventre d'un poisson, contrastait avec le roux de ses cheveux, et sa lèvre supérieure était parsemée de gouttes de transpiration. Il suffoqua et se remit à gémir, ses pupilles se dilatant sous la douleur et la peur. Je pris le ton doucereux que l'on utilise pour parler aux enfants dans les services de pédiatrie. Que lui arrivait-il ?

— Tout va bien, Gordy. Je suis infirmière, tu te souviens ? Marie et Patti Ann sont avec moi. Peux-tu nous dire ce qui se passe ?

Il se remit à gémir, puis il vacilla, une jambe toujours levée dans les airs. Patti Ann s'approcha pour le soutenir.

— Tu as mal au ventre ? Tu as peut-être mangé un mauvais fruit de mer ?

Elle se tourna vers moi en murmurant :

— Allongeons-le en attendant que la civière arrive. J'ai peur qu'il ne perde connaissance.

En voyant Marie s'avancer, Gordy poussa un hurlement et perdit l'équilibre de nouveau.

— Nooon !

Ses yeux étaient remplis de terreur.

— Ne me faites pas bouger — non !

— Qu'est-ce…?

Marie se tourna vers moi en haussant les sourcils.

— Des calculs rénaux ?

Je mordillai ma lèvre inférieure.

— J'en doute. En général, cela empêche les gens de marcher. Ils ne bougent pas d'un pouce. Je pense plutôt à une crise d'appendicite ?

Marie secoua la tête.

— Il se tient les organes génitaux, pas le ventre.

Elle se pencha et regarda Gordy dans les yeux.

— Où avez-vous mal quand vous bougez ?

Gordy déglutit bruyamment et jeta un coup d'œil vers le groupe de passagers rassemblés autour de nous, puis reporta son regard sur Marie.

— C'est mon… c'est mon pénis, murmura-t-il, en roulant des yeux.

Soudain, son visage devint pâle, beaucoup trop pâle.

— Il va se trouver mal. Je vous l'avais dit. Soutenons-le !

Patti Ann passa son bras autour de sa poitrine tandis que Marie et moi le soutenions sous les bras.

— Essayez ceci.

Kirsty Pelham se détacha de la foule et sortit quelque chose de son sac fourre-tout. Elle s'arrêta pour rejeter ses cheveux en arrière, puis tendit un petit objet blanc devant elle comme s'il s'agissait d'une télécommande.

— Ça pourra certainement l'aider.

Elle appuya sur l'objet avec le pouce, et on entendit un « pschitt ».

Mes yeux s'emplirent de larmes brûlantes alors que l'odeur âcre caractéristique de l'ammoniaque s'élevait comme un champignon de fumée.

— Des sels volatils, dit Kirsty d'un ton impersonnel. On ne sait jamais quand on en aura besoin au cours d'un mariage.

— Oh, pour l'amour de Dieu !

Marie la repoussa en toussant.

Je me reculai pour laisser la place à Kyle. Il se mit à genoux près de Gordy et approcha son visage du sien.

— Je suis ici, mon ami. Que se passe-t-il ?

Gordy poussa un gémissement et regarda Kyle comme s'il avait enfin trouvé quelqu'un qui le comprenait.

— Oh, mon Dieu ! Tu dois m'aider, Kyle. Je crois que c'est de la Super Glue ou quelque chose comme ça. Bon sang, je ne peux pas le décoller. Je ne peux pas le bouger.

Je le vis agripper la chemise de Kyle en baissant la voix et en murmurant d'un ton torturé :

— Quelqu'un a collé mon pénis après ma jambe.

SIX

LE BRUIT ASSOURDISSANT DU ROTOR N'ÉTAIT PLUS QU'UN léger battement, et je suivis des yeux l'hélicoptère transportant Gordy Simons, qui s'éloignait. Avec Ed, le garçon d'honneur qui, le visage pâle d'inquiétude et peut-être de culpabilité, s'était penché sous les pales pour monter à bord avec lui. Tous les hommes avaient eu la même expression. Ils s'étaient mis en file devant l'infirmerie comme des bouffons de cour défroqués, éméchés, nauséeux et les yeux fermés sous les cris de terreur de Gordy. Les éléments masculins des invités du mariage tombaient comme des mouches. Je hochai la tête, mais, pour rester positive, je doutai sérieusement qu'il arrive d'autres problèmes avec des agrafes, des pistaches ou de la colle. Les hommes prennent les traumatismes qui affectent les organes génitaux très au sérieux. Et, qui sait, un poète pouvait lui aussi être sujet à une constatation de cette importance.

Je pris une mèche de cheveux encore humide après la douche entre mes doigts et lançai un regard vers Marie.

— J'espère qu'ils ont un bon urologue de garde à Portland. Et peut-être un chirurgien esthétique aussi. Gordy a fait des dégâts en essayant de le décoller lui-même.

— Comment un de ces gars a-t-il pu croire que mettre de la colle dans le short de quelqu'un pouvait être sans conséquence ?

Marie posa son sac de gymnastique sur le pont et fouilla dans son sac banane. Le bateau bougea sous nos pieds, elle écarta les jambes pour conserver son équilibre, puis elle récupéra un cigarillo d'un geste vif.

— Parce qu'ils étaient ivres, et Gordy était trop soûl pour s'en préoccuper.

Elle secoua la tête et actionna son briquet Volkswagen.

— L'ironie de tout cela est que Gordy est connu pour jouer lui-même de mauvais tours.

Elle alluma son cigarillo et en prit une bouffée. Elle rejeta la fumée en roulant des yeux.

— Du moins, c'est ce que j'ai entendu dire. Apparemment, c'est lui qui avait trafiqué la toilette à la caserne des pompiers, la fois où nous avons soigné un des gars qui avait été blessé par la toilette.

Je souris en me souvenant de ce moment.

— Sam.

— C'est Sam qui avait fait cela ?

— Non. C'était l'œil de Sam.

Et c'est ainsi que nous nous étions rencontrés.

C'était une de ces affreuses journées au service des urgences. Sept personnes d'une même famille vomissaient le gibier braisé du repas dans un vieux contenant Tupperware, le nouveau chirurgien du centre de traumatologie lançait un scalpel numéro onze dans un accès de colère, et nous étions aux prises avec plus de « codes bruns » que les couches pour adultes, en rupture de stock, ne pouvaient en contenir. J'avais donc choisi ce qui m'avait semblé être une bonne échappatoire et je m'étais portée volontaire pour le « blessé à un œil dans la salle de soins numéro trois », un cas simple qui me permettrait d'avoir un moment de répit. Mauvais calcul. Sam le pompier n'avait pas été un cas facile, et j'avais eu le souffle coupé dès que j'avais ouvert la porte.

Avec ses six pieds quatre, ses deux cent quarante et quelques livres, Sam Jamieson était presque trop corpulent pour la civière de la salle de soins. Il l'avait plutôt chevauchée, le torse nu et couvert de poils, alors que sa grosse main tenait une compresse sanguinolente sur un de ses yeux. De son œil découvert, il m'avait jeté un regard aussi implorant que celui d'un chiot saint-bernard et m'avait saluée avec un grognement.

Il avait fermement pris la défense de Gordy, insistant sur le fait que son collègue avait simplement voulu faire une mauvaise farce. J'avais alors dû me pincer les lèvres pour ne pas éclater de rire en le voyant gesticuler pour mimer la façon dont il avait été attaqué par la toilette. Pour finir, nous nous étions affalés l'un à côté de l'autre sur la civière en riant aux éclats. J'avais plus besoin de rire que je ne le pensais, et ma tension s'était évanouie pour la première fois depuis des heures. Sam m'avait raconté qu'il était nouveau dans le secteur, qu'il remplaçait un pompier qui était en congé de maladie… Puis, quand je m'étais penchée sur lui pour faire couler des gouttes anesthésiantes dans son œil, j'avais été prise au dépourvu. J'avais rougi et, pour la première fois dans ma carrière, j'avais été, d'une façon soudaine et antiprofessionnelle, troublée par la proximité du visage de mon patient ; ses cils, son nez, son haleine chaude et ses lèvres si près des miennes. Et l'odeur de sa peau, un mélange intriguant de musc et de fumée et… Je me tournai vers Marie.

— Oh, excuse-moi ! Qu'as-tu dit ?

— Je disais que je me souvenais à présent que le blessé par la toilette était Sam.

Marie leva son sac de gymnastique et cogna sa tête dessus, en me regardant fixement.

— Hé, l'apparition de Jamieson ne te pose pas de problème, n'est-ce pas ?

— Mon Dieu, non.

Elle me dévisagea pendant un moment avec un sourire.

— Bien. Je ne tiens pas à te retrouver quelque part avec le nez dans un bol de macaronis au fromage. Bon, allons au spa. Tu as bien apporté les formulaires, hein ?

Je saisis mon sac fourre-tout et traversai le pont à la suite de Marie.

— Quels formulaires ?

— Les formulaires de décharge de responsabilité, ceux demandés par le centre d'esthétique.

— Ah, oui ! Je pensais que tu parlais de la télécopie que je dois envoyer à l'avocat de ma grand-mère. Je ne l'ai pas encore fait. Fais-moi penser à l'envoyer, d'accord ?

Je haussai les sourcils avant de poursuivre :

— De toute façon, pourquoi ont-ils besoin de formulaires de décharge ? La dernière fois que j'ai vérifié, les soins des pieds n'étaient pas dans la même catégorie que la neurochirurgie.

Marie s'arrêta et désigna une affiche près de la porte du spa, juste devant nous : les jambes d'un homme et d'une femme, des mollets aux orteils, bronzées et musclées, engagées dans un jogging très aérien sur le sable, symbolisant le summum de la santé.

— Ils ont une belle promotion en cours, et notre planificatrice, toujours pleine de ressources, a obtenu la gratuité des soins à la condition que nous acceptions de faire des photos pour leur publicité. Tu te souviens de son battage, il y a environ deux semaines ?

— Ah, oui, dis-je en me renfrognant tandis que Marie saisissait la poignée de la porte. Nous allons être mannequins pour les pieds. Mais, que peux-tu faire ?

— Je ne me suis pas épilé les jambes.

— Quoi ?

Je vis un sourire s'épanouir sur le visage de Marie et je la regardai écraser son cigarillo dans le cendrier placé près de l'entrée du spa.

— Depuis deux semaines. N'est-ce pas ce que tout le monde veut voir sur une photo, une lesbienne dans la quarantaine avec des jambes aussi poilues qu'un mammouth ?

* * *

La piscine du spa était illuminée par les rayons de soleil qui filtraient à travers le plafond de verre. Une douzaine de ficus dans des pots incrustés de motifs de coquillage produisaient de l'ombre pour celles d'entre nous qui étaient allongées en dessous, dans des chaises longues garnies de coussins à rayures vertes et blanches. Nous avions été divisées en petits groupes et installées dans des espaces séparés par des sculptures de marbre représentant des nymphes et des pots remplis de cyclamens rouges, roses et blancs, pour préserver notre intimité. De la vapeur s'élevait de l'eau bleue cristalline, produisant une humidité qui hydratait la peau et rendait les panneaux vitrés au-dessus de nos têtes opaques comme les morceaux de verre qui ont été roulés par les vagues et que l'on trouve sur les plages.

« Incroyable. »

Je m'allongeai dans mon fauteuil avec une forte envie de me pincer. Kirsty avait bien fait ; les infirmières ont vraiment besoin de ce genre d'intermède. J'en parlerais à notre retour à la responsable du recrutement de notre hôpital. Elle aurait moins de mal à trouver du personnel si des croisières étaient incluses dans le forfait d'embauche. J'allais pouvoir oublier complètement mes problèmes.

Des haut-parleurs cachés diffusaient de la musique classique, et je décidai de prendre un autre mimosa. Je remerciai le steward avant de me tourner vers Marie.

— Je n'arrive pas encore à y croire. Tes jambes, on dirait un porc-épic.

— C'est mieux que d'avoir l'air d'un mannequin pour les pieds, ironisa Marie tandis que je versais le contenu d'un petit sachet dans ma main. Qu'est-ce que c'est, tes pilules pour les démangeaisons ?

Je bus une gorgée du cocktail au champagne et au jus d'orange et secouai la tête après l'avoir avalée.

— Non. Du ginkgo biloba.

Je glissai une seconde capsule dans ma bouche et avalai une autre gorgée.

— Et de la vitamine E. J'ai oublié l'acide folique. J'essaie d'en prendre tous les jours.

Marie haussa les sourcils.

— Pourquoi tous ces médicaments, tout d'un coup ?

— C'est à cause de ma grand-mère. Ils ne savent pas vraiment si la maladie d'Alzheimer est héréditaire.

Une boule familière monta dans ma gorge, et je tentai de l'évacuer en éclatant de rire.

— Tu connais cette blague : « J'ai oublié quand ont lieu les rencontres des groupes de soutien aux personnes atteintes de la maladie d'Alzheimer » ?

— Bon, que devient cette histoire avec la maison de retraite de Rosaleen, qui lui demande de partir ?

— Partir ?

Mes doigts se crispèrent sur le verre de champagne, mes lèvres se pincèrent et mon ton se fit plus aigu que je ne l'aurais voulu. Et dire que je voulais me détendre.

— Eh bien, grand-mère n'ira nulle part. Pas si je peux empêcher que ça se produise.

Les têtes se tournèrent vers moi, et je vis entre les cyclamens que Kirsty Pelham occupait un des fauteuils non loin de nous. Parfait, maintenant l'irréprochable planificatrice allait me donner un cours sur les règles de bienséance du spa. Je baissai la voix et me retournai vers Marie.

— Désolée.

— Tu n'as pas à être désolée. Alors, quelles sont les nouvelles ?

Je jetai un coup d'œil à travers les cyclamens. Kirsty avait mis ses lunettes de soleil et avait baissé son chapeau de paille sur son front. Elle était tout à coup absorbée à casser un morceau de rôtie sèche en miettes microscopiques. J'aurais parié que pour elle, les hamburgers étaient à éviter tout comme un homme qui oubliait de baisser le couvercle des toilettes.

— En réalité, répondis-je en souriant, ce qui est pathétique, c'est que grand-mère ne voulait pas y aller.

Je me remémorai le regard qu'elle me lançait, comme si j'avais marché sur la queue du chat, chaque fois que je soulevais l'idée qu'elle aille en résidence pour personnes âgées.

— Mais maintenant, cela fait environ… six mois ? Six mois, et elle aime beaucoup cet endroit ainsi que les gens qui s'y trouvent et les activités qui y sont organisées. Elle peint, Marie ! Des chatons et des pétunias, je crois. Mais…

— Mais quoi ?

— Mais ils accueillent des personnes semi-autonomes. Le règlement stipule qu'ils sont responsables des biens, des affaires et de la prise de médicaments de leurs pensionnaires. Ce n'est pas vraiment possible de distribuer des choses aux autres résidents.

— Distribuer des choses ? me pressa Marie en haussant les sourcils.

Je souris de nouveau et me rallongeai dans le fauteuil en grommelant. Je m'étais rendu compte de tout cela pas plus tard que la semaine dernière.

— Grand-mère a été infirmière et le sera toujours, n'est-ce pas ?

— Et alors ?

— Alors, elle aime les autres résidents et souhaite les aider. Et les infirmières sont toujours prêtes à donner des conseils médicaux.

— Oui, et alors ?

— Et, dans le cadre de leur travail, les infirmières distribuent des médicaments.

Les sourcils de Marie se dirigèrent vers le nord.

— Oh, mon Dieu ! Les médicaments ? Attends un peu, je croyais que ton père lui donnait ses médicaments, donc qu'elle n'avait pas de fioles autour d'elle.

— Non, elle n'avait pas de fioles de médicaments. Mais, tu te souviens de Goldie, l'énorme poisson rouge ? Celui que grand-père Charlie avait gagné à la tombola organisée par les pompiers quand j'avais dix ans ?

— Oui, il a grandi depuis et mesure maintenant environ trente-cinq centimètres. Il est tout gonflé, a des nageoires miteuses et un œil vitreux. Où veux-tu en venir, Darcy ?

Je bus le reste de mon verre de mimosa d'une seule gorgée, heureuse de sentir monter une soudaine vague de langueur. Je regardai Marie droit dans les yeux.

— Un gros poisson qui mange de grosses croquettes, qui pourraient ressembler à des… pilules.

— Bonté divine. Tu n'es pas en train de dire que…

— Ouais, ma grand-mère faisait sa ronde quotidienne. Elle donnait des conseils médicaux et de la nourriture pour poissons.

Je me levai en entendant mon nom résonner dans les haut-parleurs pour la deuxième fois.

— Et maintenant, il semble que ce soit à mon tour, Dieu merci.

*   *   *

Quarante-cinq minutes plus tard, je finissais mon quatrième mimosa et confiais mes pieds nus aux bons soins du réflexologue avec un doux grognement. Je me demandai si le Chinois à l'allure de moine était au courant que mon gros orteil était orgasmique. Ah ! C'était tellement bon. Un véritable apaisement. Je devais rendre grâce à notre planificatrice de mariage ; cette journée au spa était un vrai plaisir.

Après un bon sauna, un massage, un soin facial et une pédicure, je voyais la vie d'une autre façon.

La poésie, la nourriture pour les poissons, la colle Super Glue, les ailes Buffalo avec des agrafes, les yeux de chien battu de Sam Jamieson et le satané tiroir de caleçons — tout cela n'avait plus d'importance. À ce moment précis, tout ce qui comptait, c'étaient les feuilles de palmier, l'encens au gingembre, la mandoline dans mon casque d'écoute et la combinaison de dix doigts sur mes dix orteils, qui était meilleure que le sexe. D'accord, presque. Seulement si c'était Luke qui jouait de la mandoline.

La chair de poule envahit tout mon être quand le moine pressa son pouce au centre de ma voûte plantaire et glissa le doigt vers le bas.

« Ah, oui ! »

Cela valait la peine d'avoir signé la décharge pour les photos. Je baissai les yeux vers la rangée d'appareils photo montés sur des trépieds devant mes pieds. Vraiment fou. Des photos de pieds ! Même le stupide serpent ne posait pas de problème.

— Alors, c'est magnétique, n'est-ce pas ?

J'écartai le casque d'écoute et levai mon pied gauche pour regarder le serpent métallique qui entourait ma cheville. Les émaux brillaient dans la lumière des bougies. On aurait dit une langue rouge qui léchait ma peau comme l'aspic de Cléopâtre.

Le réflexologue leva la tête et me regarda à travers ses épais verres de lunettes, maculés de taches graisseuses.

— Mademoiselle ?

Je désignai une affiche sur le mur, près du schéma d'un pied, puis reportai mon regard sur le serpent qui s'enroulait autour de ma jambe.

— Il est dit que la boue thérapeutique et la thérapie par le magnétisme font partie du traitement.

— Non, mademoiselle.

Le réflexologue pressa le bout de ses doigts sur les différentes parties de mon pied et se mit à m'indiquer les organes qui y étaient reliés.

— La vésicule biliaire, le foie, le plexus solaire et vos reins, mademoiselle.

Je réprimai un frisson. Cet homme me faisait penser à Hannibal Lecter. Mais qu'avait-il voulu dire au sujet du serpent ? Je me relevai vivement, et ma tête tourna pendant un moment. Oh ! Le champagne !

— Ce n'est pas magnétique ? Alors, pourquoi avez-vous mis ce serpent autour de ma jambe ?

Je posai les mains sur mon décolleté en me grattant. Je ressentais également une autre sensation bizarre.

— Désolé, mademoiselle, c'était pour les photographes.

Le Chinois soutint mon pied doucement par mon talon et fit de grands gestes de sa main libre.

— Comme pour les autres choses. Ils m'ont dit que c'était pour la publicité. Ils m'ont donné une liste. Vous vous souvenez, mademoiselle, la fourrure, l'ours en peluche…

Le petit homme hésita et claqua la langue comme un professeur qui effacerait des obscénités inscrites sur le tableau noir, avant d'ajouter :

— La crème-dessert.

La crème-dessert ? Mon visage s'empourpra, et j'adoptai la position assise en retirant doucement mon pied de la main de l'homme. Le serpent me pinça comme un boa. Dans mon casque d'écoute, la mandoline avait fait place à une musique lente et douce, puis à une voix qui récitait… de la *poésie* ? Était-ce de la poésie ?

Je retirai précipitamment le casque et regardai fixement la forêt de trépieds qui s'élevait près d'une colline de fausse fourrure, des animaux empaillés et du bol de boue brune congelée. Et une canette de crème fouettée ? D'où venait-elle ? Et que se passait-il ici ?

Ma voix monta d'une octave.

— De la crème-dessert ? Pas de la boue thérapeutique ? J'ai trempé les pieds dans de la crème-dessert ?

Le Chinois s'étira en souriant.

— Du chocolat, mademoiselle.

* * *

Dale Worley sortait de la salle d'informatique au moment où Marie et moi nous apprêtions à y entrer. Il portait une pleine poignée de brochures de papier glacé et s'appuya contre la porte en se léchant les lèvres.

— Vous êtes très attirante, Cavanaugh. J'ai dit à Jamieson qu'il était un sacré chanceux !

— Excusez-moi ?

Je tentai de reculer, mais je ne réussis qu'à marcher sur les pieds de Marie. Après m'être excusée, je me retournai vers Dale.

— Qu'essayez-vous de dire, Dale ?

Bon sang, foncer tête baissée dans un pervers de plus était bien la dernière chose dont j'avais besoin. Je voulais simplement télécopier les documents à l'avocat de ma grand-mère.

— Vous pensez à votre look *sexy* ? Ou à votre ancien amoureux ?

Son haleine âpre sentait un mélange d'alcool éventé et de menthe, et une goutte de salive brillait sur sa lèvre inférieure. Il m'adressa un sourire.

Je plissai les yeux, et Marie se faufila entre nous comme un arbitre.

— N'avez-vous pas d'animal à torturer ? dit-elle en tapotant les brochures qu'il tenait. Oh, pardon, je veux dire des voitures à vendre, bien sûr. Une erreur de ma part.

Dale se mit à rire et retira une brochure de la pile.

— J'aurais préféré un rhinocéros. Ça, c'est un vrai animal. Mais ils coûtent très cher, et au train où va l'économie, c'est…

Il secoua la tête et désigna la photo.

— Ces satanés tatous, ils ne se roulent pas vraiment en boule. Ils n'essayent pas de mordre, même si vous leur ouvrez la bouche. Mais leurs griffes... alors là, elles sont très acérées. Ils ont rayé le capot de deux Hummer.

Il tint la photo devant mon visage. Deux créatures munies de carapace vacillaient sur le capot d'un véhicule ; l'un portait un petit casque colonial, et l'autre, sans doute un bébé, tournait sa petite tête dans tous les sens en signe de détresse. Ses yeux étaient clos, et il avait un gros cigare glissé entre les lèvres.

— Mais nous avons atteint notre but, s'écria-t-il en roulant des yeux et en riant. Oh, et « aucun animal n'a été blessé pendant le tournage de cette publicité ». C'est bien ce que l'on dit, non ? À l'exception du petit qui n'a pas supporté les sédatifs, bien sûr. Poule mouillée. Il va faire un beau cendrier pour mon bureau.

— Vous, vous...

Je grognai et serrai les poings en revoyant les images des rassemblements PETA (Personnes pour un traitement éthique des animaux) auxquels ma mère me traînait.

Elle allait être tellement fière de moi. Mais avant que j'aie pu attaquer Dale, son téléphone cellulaire se mit à sonner et il se détourna pour prendre l'appel.

Je lançai à Marie un regard qui en disait long : « Nous allons le tuer, hein ? »

— Bon, fit-il en fermant son petit téléphone et en plaçant la pile de photos sous son bras. Je dois aller faire l'essayage de mon smoking, mesdemoiselles. C'est une soirée habillée, ce soir.

Il baissa les yeux vers moi en affichant un sourire.

— Je pense toujours que Kyle n'aurait pas dû choisir Jamieson pour remplacer Ed, après toute cette histoire avec Gordy. Je me serais bien vu descendre l'allée.

Il se pencha en avant et glissa sa langue sur ses moustaches, en inspirant profondément.

— Mais, en tout cas, réservez-moi une danse ce soir, ma chère. Je n'ai jamais pu résister à une femme qui sent le chocolat.

Il me fit un clin d'œil, puis se tourna et passa la porte en ajoutant par-dessus son épaule :

— Bonne à manger.

Les yeux fixés sur la porte, je bafouillai, puis restai sans voix. Mes mains tremblaient, et mon estomac combattait le mimosa de trop que j'avais bu. J'ouvris la bouche, mais la refermai en me tournant vers Marie.

— Je te jure que je vais le tuer.

Marie s'appuya contre l'énorme déchiqueteuse et secoua la tête avec un petit sourire.

— Tu sais qu'il a raison.

— Quoi ?

— Tu sens le Jos Louis.

Je me frottai les yeux en souriant.

— Bon sang, cette séance au spa était si humiliante. Es-tu certaine qu'ils n'ont photographié les pieds de personne d'autre ?

— Non, je leur ai demandé. Pas même la future mariée. Personne d'autre n'a posé son pied sur le ventre d'un ours en peluche, enfoui ses orteils dans du vison et porté un serpent...

— Arrête, par pitié, dis-je en levant la main. Si je pense encore aux serpents, je vais vomir. Passons cette télécopie à l'avocat.

Je fouillai dans le dossier et exhibai une feuille de papier.

— Tu vois cela ? C'est brillant, si je puis dire. J'ai cherché les renseignements sur Internet, l'analyse nutritionnelle complète de la nourriture de koï. Sais-tu combien il y a de protéines brutes dans le plancton ? Grand-mère Rosaleen faisait une faveur à ses vieux amis. Elle aurait dû les faire payer.

Je plaçai la feuille dans la machine, composai le numéro et jetai un regard vers Marie. Ses sourcils étaient froncés comme si elle pensait à quelque chose, et elle secoua la tête. Elle me regarda avec un demi-sourire.

— La photo mystère de ton pied vient en deuxième sur la liste des priorités aujourd'hui.

— Que veux-tu dire ?

— Je pense qu'il y a une autre chose étrange d'inexpliquée. Ce matin ou peut-être la nuit dernière, pour être plus précise…

— Vas-y, dis-moi tout, la pressai-je en combattant la nausée due aux mimosas. Que pourrait-il bien arriver d'autre ? J'ai été humiliée par des serpents et de la crème-dessert, harcelée sexuellement par un vendeur de voitures, et je viens de découvrir qu'on avait désigné Sam pour être mon cavalier…

— Les agrafes, répondit simplement Marie.

— Hein ?

— J'ai parlé avec Patti Ann et Kyle pendant que tu étais à ta séance d'enveloppement au chocolat.

— Et alors ?

— Des agrafes étaient fixées dans la cuisse de Gordy.

SEPT

MARIE POSA LA MAIN SUR LE DOS DE MA ROBE DE SOIRÉE EN satin couleur de mangue, et, comme je me retournais, une coupelle de mon soutien-gorge adhésif alla se placer sur mon tatouage.

— Qu'y a-t-il ?

— Je me demande pourquoi nous sommes ici, en train d'admirer les photos de bébé de Patti Ann, alors que tout le monde se prépare à manger du homard thermidor.

Marie tira sur son nœud papillon brillant.

— Je ne peux rien avaler dans cet accoutrement, de toute façon.

Elle se mordit les lèvres et me fit un clin d'œil en souriant.

— Cette ceinture me serre comme si un python était enroulé autour de moi.

Je posai la main sur l'épaule de son smoking en plissant les yeux.

— Plus de blagues sur les serpents, bonté divine ! Et si tu prends de la crème-dessert au chocolat, je jure que je vais...

— Tu vas quoi ? M'agrafer ?

Elle secoua la tête, et j'entendis son estomac grouiller.

Je souris et me retournai vers le mur de photos, en faisant glisser mes doigts sur les morceaux de papier crépon tortillé. Un de mes doigts buta contre une pièce métallique qui les maintenait en place. Des agrafes. Des centaines d'agrafes.

Je scrutai le mur : des agrafes rassemblées dans une rivière de papier crépon, comme des embouteillages argentés. Plus d'agrafes qu'il n'en était besoin. Après tout, Kirsty avait recruté un groupe d'invités pour lui faire ce mur de photos. Elle leur avait probablement même prêté les outils pendus après sa ceinture *sexy* d'outils à poignées roses.

Je lançai un regard vers Marie.

— Tu sais, ça peut paraître stupide, mais je continue à penser qu'il y a quelque chose de bizarre dans tout cela. Tu te souviens comme Patti Ann s'est énervée quand elle a vu cette grosse agrafeuse rose par terre ?

Je touchai le bord d'une photo.

— Et on dirait que quelqu'un a pris beaucoup plus de plaisir à faire cela qu'il aurait dû. Quelqu'un a fait du zèle, en quelque sorte.

Marie haussa les épaules.

— Alors, qu'en penses-tu ?

Elle hocha la tête.

— Ce sont des hommes, Darcy. C'est une question de chromosomes. Ils veulent toujours plus de puissance. Combien de blessures survenues avec des outils puissants avons-nous recousues au service des urgences ?

— Alors, tu crois que Gordy s'est agrafé lui-même par accident ?

— Hé, le pauvre était trop éméché pour sentir qu'on lui collait ses bijoux de famille.

J'acquiesçai d'un signe de tête et remis en place une pince à cheveux qui était prête à tomber, en laissant mon regard errer sur la mosaïque de photos. C'était vraiment une bonne idée, ce collage de photos d'amis, de situations et de familles. Des familles qui se mélangeaient. Un aspect important du mariage. Je mordillai ma lèvre en essayant de m'imaginer une mosaïque des Cavanaugh et des Skyler. Ma famille et celle de Luke. Trois générations d'hommes Skyler : même prénom, même université de droit, mêmes yeux bleus au regard intense et même ambition dévorante. Le genre de volonté de réussite qui avait poussé Luke à briguer le siège de sénateur de la Virginie il y a quelques années, grand Dieu ! Et il y avait les femmes Skyler : avec des robes à crinoline parmi les magnolias, de vraies filles du Sud, avec leurs sourires parfaitement assortis comme des colliers de perles d'avant-guerre, gracieuses et fortes, et si étonnamment sûres d'elles-mêmes. Comment quelqu'un pouvait-il être ainsi ?

Je levai les yeux du côté où étaient affichées les photos concernant la future mariée. Et ma famille ? Je mordillai ma lèvre inférieure en esquissant un sourire. Cela ne marcherait pas. Mon côté de mur serait une mosaïque des plus folles. Du bas jusqu'en haut. Papa, Bill « l'exterminateur » Cavanaugh, avec ses bottes, ses yeux exorbités et ses bleus de travail, brandissant un vaporisateur de pesticide organique comme si c'était une mitraillette. Et maman, une novice devenue joueuse de black-jack. Et puis, mes frères, Chance Cavanaugh, le paléontologiste — si vous arriviez à le trouver dans une grotte poussiéreuse dans un pays du tiers-monde —, et le cadet, Will, qui avait fini par obtenir son diplôme. Même si je ne voulais pas être celle qui dirait au juge Skyler II que c'était un diplôme de l'université de Disneyland et que maintenant Will avait décidé que sa véritable vocation dormait quelque part dans un énorme costume de Goofy. Aussi, il y avait grand-mère Rosaleen, bien sûr. Avec son entreprise de nourriture pour poissons. J'émis un grognement. Ma famille et celle de Luke. La côte ouest et la côte est. Libéraux et conservateurs. L'huile et l'eau. Non, pire que cela : du jus de fruits Jamba et du jus d'orange Juleps. Voilà qui résumait bien tout. Cela ne pourrait jamais marcher, et je ne pouvais pas prendre le risque d'essayer. Je me frottai les yeux et reportai mon regard sur le mur de photos. Excellente idée, tout de même. Mais pour quelqu'un d'autre.

Je désignai les photos de pompiers et posai le doigt sur le visage souriant de Paul Putnam.

— Alors, tu crois que notre amateur d'agrafes, Gordy, pourrait avoir cuisiné la chose à la pistache aussi ?

Marie fouilla dans sa poche, en sortit un cigarillo et se rapprocha de moi.

— Ça se pourrait. Mais, là encore, regarde-les, alignés comme pour une identification : Putnam, Gordy, Dale Worley, Sam… Le groupe au grand complet est une source d'ennuis.

Elle désigna le chiot dalmatien sur la photo.

— À l'exception du chien.

Marie marqua une pause et fronça les sourcils.

— Qui est cette fille ? Il me semble que je la connais, mais… ma mémoire me fait défaut. Je devrais peut-être prendre un peu de ginkgo, moi aussi.

Je me penchai pour étudier la photo. Je reconnaissais l'endroit où elle avait été prise, bien sûr : le garage de la caserne des pompiers, des briques usées, de lourdes poutres, des paires de bottes alignées sur le sol de ciment lustré, sous des patères chargées de chapeaux et de manteaux. Oui, je me souvenais même de l'odeur, un mélange de suie et de diesel et de haricots de la veille.

Je regardai de plus près le visage de la jeune femme bien en chair. Cheveux frisés de couleur foncée, double menton et une lourde frange.

— Hé, attends un peu.

Je fermai les yeux pendant un instant, puis reportai mon regard sur son manteau de pompier trop grand et ses bras tenant le chiot. Des yeux bleus.

— Oui, je la connais, moi aussi.

En voyant le bras de Paul Putnam passé autour de son épaule, je comparai leurs traits. Pas certain, mais probable.

— Je pense que c'est la fille de Paul.

— Portant des vêtements de pompier ?

— La photo a probablement été prise le jour où les parents devaient venir au travail avec leur fille, dis-je en roulant des yeux. Ne commence pas à chercher la petite bête.

— La fille de Paul ? Je ne vois pas pourquoi je l'aurais rencontrée. Es-tu certaine que ce ne serait pas dans le cadre de notre travail ou…

— Oh là là ! m'écriai-je en tapotant le cadran de ma montre.

— Quoi ?

— Nous étions censées prendre part au repas avec les autres invités. Nous n'allons pas avoir le temps de nous changer pour les photos. Je vais être assise à côté de Sam. Peu importe, allons-y.

Je remis en place la bretelle de ma robe et me dirigeai vers la porte. Avant de quitter la salle, je me retournai pour jeter un dernier coup d'œil sur le mur de photos. Même à cette distance, on distinguait nettement les rangées argentées d'agrafes.

Et, à bien y penser, beaucoup d'autres avaient été ajoutées après le transport en hélicoptère de Gordy. Le reflet du spot sur la photo de fiançailles attira mon regard : Kyle, avec une chemise western et des cheveux bien coiffés, penché pour poser sa joue contre celle d'une Patti Ann tout sourire. Heureux, fiancés et si sûrs d'eux. Ma vue se troubla, et je me laissai aller à imaginer mon visage souriant à côté de celui de Luke sur une photo de fiançailles.

— Hé ! Je croyais que nous étions pressées, s'écria Marie en me prenant le coude. Que regardes-tu comme ça ?
— Rien.

Ma vision revint à la normale. Moi, fiancée ? Jamais.

Je suivis Marie vers l'ascenseur en pensant à Patti Ann et à Kyle et je me dis qu'ils étaient bien plus courageux que je ne l'étais. Et plus je pensais à eux, plus j'étais convaincue de quelque chose. Je poursuivis mon chemin pendant quelques minutes, puis hélai Marie.

— J'étais juste en train de penser que Patti Ann et Kyle vivent quelque chose de très rare, tu sais ?

Elle hocha la tête et me fit signe de la suivre sans se retourner. Je me pressai pour revenir à sa hauteur en pensant à Patti Ann, Kyle et Kirsty et à tout ce qu'ils avaient dû traverser. Comme nous arrivions devant l'ascenseur, une crise de démangeaisons se déclara, et j'en eus assez de tout. Il y avait quelque chose que je ne comprenais pas concernant ces farces et les agrafes et… peut-être ces photos que nous venions de voir. Mais j'allais découvrir de quoi il s'agissait. Marie jeta un coup d'œil vers mon visage et grommela.

— Qu'y a-t-il ? me demanda-t-elle en reculant. Non que je tienne vraiment à le savoir. La dernière fois que je t'ai vue avec ce regard, tu m'as fait brûler mes bas, juste avant que je sois emmenée par le FBI.

— Que diable, Marie ! Nous n'allons pas laisser un kamikaze de fournitures de bureau faire d'autres vagues pendant la croisière de mariage de Patti Ann !

* * *

La salle à manger Trésor était située sur le pont Promenade, et, alors que nous sortions de l'ascenseur de verre, les talons de mes sandales sombrèrent comme le *Titanic* dans l'épaisse moquette. Je suivis Marie dans l'allée qui menait à la porte à double battant de la salle à manger, une arcade incrustée de pièces en or et de faux bijoux. Une armure complète, surmontée d'un casque en bronze, montait la garde à l'entrée, aussi raide qu'un cadavre. Les portes s'ouvrirent, et j'entendis le cliquetis familier de l'argenterie et le tintement du cristal, ainsi que... Mais, que se passait-il ? Marie s'arrêta en réalisant ce qui arrivait, en même temps que moi. Droit devant nous, Kirsty Pelham, le visage de marbre, nous regardait fixement. C'était inhabituel et bizarre.

Elle portait une robe de soirée en soie moirée grise, aux reflets brillants et argentés comme un glaçon. Une veste semi-transparente assortie complétait l'ensemble, qui respirait l'élégance, la maîtrise de soi et la fraîcheur. Ses cheveux clairs, tirés vers l'arrière, la faisaient ressembler à une reine des Vikings émaciée et intouchable. Et contrariée.

Marie s'éclaircit la gorge et pressa le pas. Je fis un signe de la main et lui adressai un sourire, scrutant son visage dans l'attente d'une réponse. Rien. Pourquoi ne souriait-elle pas ? Comme nous approchions, je fis un autre signe de la main et donnai un coup de coude à Marie pour l'inciter à faire de même. Kirsty nous répondit en croisant les bras et en prenant une pose plus rigide que celle de l'armure de l'entrée.

Elle toucha ses lunettes à monture noire en nous regardant fixement. Sa voix siffla entre ses dents trop blanches, et une veine de son front se gonfla sous l'effort.

— Avez-vous la moindre idée, s'écria-t-elle en tapotant le cadran de sa montre, comme c'est humiliant d'organiser une soirée pour les futurs mariés et de s'apercevoir qu'il manque quelque chose d'aussi important que mes demoiselles d'honneur ?

La commissure de ses lèvres se crispa tandis que ses yeux se rivaient aux miens.

— Je... hum....

Ma voix se cassa, et je glissai un coup d'œil en coin vers Marie.

« Au secours ! »

— Nous sommes désolées. Nous...

Marie haussa les épaules comme une petite fille qui ne connaît pas les règles.

— Ça suffit !

Kirsty porta une main tremblante à son front.

— Vous ne comprenez pas. C'est juste que j'avais pensé... Non, j'avais tout planifié très précisément. Donc, vous aviez beaucoup de temps pour faire tout ce que vous vouliez, aujourd'hui.

Elle marqua un temps d'arrêt et mordilla ses lèvres. Ses yeux, qui brillaient derrière les épais verres de ses lunettes, s'emplirent soudain de larmes.

— J'ai tellement de pression pour que tout soit parfait, bien orchestré, sans retard, et pour suivre l'horaire que je me suis fixé...

Elle baissa les yeux vers sa montre en pâlissant, la sueur perlant sur sa lèvre supérieure.

— Et maintenant, le souper est en retard !

Le souper ? Autrement dit, de la nourriture. Oh, mon Dieu, le diabète !

Je haussai les sourcils en regardant Marie, et elle hocha la tête. Puis, nous prîmes Kirsty par le bras et pénétrâmes dans la salle. Il fallait qu'elle mange le plus rapidement possible, sinon j'allais être obligée de fouiller dans son sac à la recherche du nécessaire pour lui faire une injection.

— Vous faites un travail magnifique, Kirsty, fis-je, en espérant qu'elle n'allait pas se trouver mal. De loin, le meilleur, et nous sommes désolées d'être en retard. Vraiment désolées.

Je regardai du coin de l'œil le visage pâle de la planificatrice et me précipitai avec elle vers une table.

— Et manger est aussi une bonne idée, pour vous, pour nous et pour tout le monde.

Marie acquiesça d'un hochement de la tête.

— Oui, et tout de suite.

* * *

Trente minutes plus tard, le serveur retira les assiettes du premier plat et resservit le vin. Je lançai un œil en coin vers Kirsty et fus soulagée de constater qu'elle sortait son assistant numérique personnel de son sac. Ses magnifiques joues avaient repris de la couleur, et elle semblait de nouveau confiante et en pleine maîtrise d'elle-même. Je souris. Tout était rentré dans l'ordre. Et j'étais bien décidée à ce que plus rien ne vienne perturber cette pauvre femme. Elle se donnait beaucoup de mal, et je devais l'admirer pour cela. Je ressentais exactement la même chose au sujet de ma carrière.

Je mordillai ma lèvre inférieure. Heureusement, personne n'avait remarqué l'incident. Son besoin de dignité et de contrôle était aussi évident que ses lunettes cerclées de noir. Je luttai contre l'image qui m'était venue soudainement à l'esprit : grand-mère, expulsée de sa maison de retraite. La dignité. Tout le monde méritait au moins cela.

« Votre secret est en sécurité avec moi, planificatrice de mariage. »

Je retournai la tête en entendant de grands éclats de rire. Certaines personnes manquaient de fierté. Peu importe. Mais au moins, j'avais tous mes suspects à portée de la main. Je me penchai pour examiner les personnes alignées autour de la table.

À l'autre bout de la table, Patti Ann et Kyle, joue contre joue, relisaient leurs vœux de mariage ; Marie était assise près du garçon d'honneur qui était aussi son cavalier, un pompier à la silhouette élancée et à la voix douce, Ryan Galloway.

Leurs smokings étaient presque identiques, ce qui fit monter un sourire à mes lèvres. Et, de l'autre côté de la table, Paul Putnam — pas en si mauvaise forme après avoir mangé des pistaches —, avec sa chevelure argentée, le visage plissé et rouge, riait aux éclats près de ce répugnant…

Sam posa la main sur mon bras.

— Alors, crois-tu que Worley se rend compte que les cordons de sa cravate trempent dans son whisky ? As-tu remarqué toute cette confusion ?

Je m'étais efforcée de ne rien remarquer. À partir du moment où je m'étais assise en face de Dale, j'avais évité de croiser son regard et le reflet brillant de son smoking bleu disco. Comment était sa cravate, de toute façon ; une cravate western ? La boucle argentée, incrustée de petites pierres, avait une forme bizarre. Qu'était-ce censé représenter ? Non, je n'allais pas regarder et encore moins lui donner la satisfaction de lui demander. J'allais tout simplement l'ignorer, tout comme j'allais ignorer le fait qu'il aspirait les huîtres qui avaient été servies pour l'apéritif directement de la coquille et laissait l'eau couler le long de son menton en regardant de façon insistante toutes les femmes de son entourage. Quel porc ! Et Sam avait raison : le bout argenté de sa cravate mystérieuse trempait dans son verre de whisky. Combien en avait-il déjà bu ?

— J'aime mieux ne pas voir…

Je lui adressai un sourire et me reculai pour que le serveur puisse déposer mon assiette contenant l'entrée, un feuilleté doré en forme de crabe fourré de pétoncles frais, nappés d'une sauce crémeuse et de champignons. Les hamburgers pouvaient attendre.

— Tu aimes mieux ne pas voir quoi ?

La manche de la veste de smoking de Sam frôla mon bras nu.

— Ne pas voir la cravate ridicule de Dale ou la fausse bague du *Super Bowl* ou…

Je secouai la tête, et, en levant les yeux, mon regard croisa celui de Sam. Je me détestai lorsque je me rendis compte que mon visage s'empourprait.

« Ou toi, Jamieson. Je fais tout mon possible pour ne pas t'accorder d'importance. »

Je levai mon verre de chardonnay et en bus une gorgée tout en l'observant par-dessus le bord. Sam en smoking ? Étonnant. Comment le service de valet du bateau avait-il pu trouver une veste qui convenait à ses larges épaules ? Cela avait dû être aussi difficile que de faire rentrer un défenseur de football dans le briquet Volkswagen de Marie. Je détournai les yeux des siens, reposai mon verre et baissai la voix.

— Je me demande ce que Dale fait ici. Ce n'est pas vraiment un ami proche de Kyle.

— Non. Mais sa concession fait des dons pour les services communautaires. De gros montants. Sans cela, je ne pense pas qu'ils auraient accepté que Dale soit pompier volontaire.

— Et l'invitation de mariage était au tableau d'affichage, bien sûr.

J'inspirai lentement et je m'efforçai d'ignorer la réaction de mon corps à la senteur de savon et de musc qui se dégageait de Sam. J'avais déjà parcouru ce chemin et je n'avais pas l'intention de revenir en arrière.

— Au fait, pourquoi es-tu là ? As-tu vu l'affiche sur le tableau lors d'une de tes visites à la caserne ou as-tu reçu une invitation de leur part ?

Je regardai sa main qui s'emparait d'une serviette. Sa main gauche ne portait pas d'alliance.

« Et votre petite femme est-elle invitée, elle aussi ? »

— Ni l'un ni l'autre.

Sam fronça les sourcils. Il paraissait confus, et... je m'aperçus que son teint s'intensifiait. Il rougissait. Quel était le problème ?

— Alors, pourquoi ? insistai-je en haussant les sourcils. Pourquoi es-tu ici, Sam ?

Il secoua la tête et me regarda comme si j'avais perdu l'esprit.

— Tu te moques de moi, n'est-ce pas ?

Il sourit, leva la main en signe de reddition, puis baissa la voix avant de murmurer :

— Ah, j'y suis ! Je suppose que je mérite quelques vexations, mais ce n'est certainement pas la seule raison pour laquelle tu m'as demandé de faire cette croisière, n'est-ce pas ?

— Pardon ?

L'air abandonna mes poumons comme si je me démenais devant un sac de sable.

— Tu crois que je t'ai demandé de venir ? bégayai-je.

Mais avant que j'aie pu reprendre ma respiration, Dale Worley commença à balancer sa serviette dans les airs.

Je pouvais sentir son haleine de l'autre côté de la table tandis qu'il criait et scandait le nom de Kirsty Pelham.

— Kirs-sty ! Hé, toi ! clamait-il. Peux-tu cesser de réciter l'itinéraire jusqu'à Seattle comme une satanée maîtresse d'école ? Juste pour une minute ?

La table devint silencieuse, et je regardai du coin de l'œil Kirsty, qui se levait de sa chaise en rangeant son assistant numérique personnel dans son sac.

— Non, cria Dale en se penchant au-dessus de la table, tu vas avoir besoin de ce petit gadget, ma belle.

Il tourna la tête pour me dévisager ouvertement.

— Je pense que nous sommes tous d'accord pour dire que ce voyage a déjà été plus sauvage qu'un des rodéos de Kyle.

Il sourit et pointa du doigt l'assistant numérique de Kirsty.

— Alors, voilà le marché. Je vous propose un plan de rechange. Prenez note que si Jamieson a de l'urticaire ou si sa malheureuse queue se retrouve collée, les roues de Worley sont lubrifiées et prêtes à emmener mademoiselle Cavanaugh le long de l'allée !

Oups ! Je me levai à demi de ma chaise, et Kirsty posa la main sur mon bras pour me retenir, en secouant la tête.

— Attendez, murmura-t-elle comme si sa vie en dépendait. Je vous en prie, Darcy.

« Maudit soit-il. »

Je gigotai pour me dégager de la prise de la planificatrice. Comment pouvait-elle se laisser faire par cet idiot ? J'en avais plus qu'assez de toute cette farce, de ses blagues et de ses comportements dangereux. Quelqu'un devait le raisonner.

Il éclata de rire en secouant la tête, et les cordons de sa cravate western se balancèrent comme la corde d'un pendu. Je me forçai à l'étudier, en évitant son regard méprisant et en me retenant de faire une scène. Que représentait cette chose ? Une cravate western avec une boucle argentée représentant une créature. Le dos courbé, une petite truffe, des petites oreilles, des yeux en strass... Oh, mon Dieu, un petit tatou ! Le salaud !

« Laissez-le-moi. »

Je sentis la prise de la planificatrice de mariage se détendre et je remarquai qu'un homme vêtu de noir des pieds à la tête était arrivé près d'elle. Qui était-ce ?

Dale porta son verre de whisky à sa bouche sans lever les yeux et donna un coup de coude à Paul Putnam. Le liquide coula sur son menton, sur les revers bleus de sa veste puis sur sa ridicule cravate western.

— Et Darcy ferait mieux de boucler sa ceinture, car je vous jure que je vais lui faire faire tout un tour.

Et voilà ! Je bondis sur mes pieds, Sam se leva à côté de moi et Marie recula sa chaise. Mais avant que quiconque ait pu dire quoi que ce soit, Kirsty se leva calmement, lissa le devant de sa robe en soie et leva son verre de vin en tapotant son couteau contre le cristal. Le bruit fut étouffé par les cris de vantardise de Dale et les applaudissements nourris qui s'élevèrent dans le fond de la salle lorsque la guitare flamenco cessa de jouer. Mais l'expression de son visage était pure, détendue et en pleine maîtrise de la situation. Vraiment impressionnant. Je hochai la tête en sentant monter une envie dévorante.

Je réalisai que l'homme qui se tenait près d'elle était un agent de sécurité en uniforme, celui qui était avec elle au bar la nuit dernière, celui qui avait une coupe de cheveux militaire et une radio mains libres accrochée au revers de sa veste. Autour de ses hanches était accrochée la lourde ceinture de cuir que j'avais déjà remarquée, à laquelle pendaient une matraque, une bonbonne de poivre de Cayenne, des menottes et son revolver de service. Une de ses mains était délicatement posée dans le bas du dos de Kirsty, d'un air protecteur.

La planificatrice leva le menton et plissa ses yeux d'un bleu glacial. Puis, elle se mit à parler sur un ton qu'aucune personne sensée n'aurait pu ignorer. Le ton d'une femme qui aurait une arme secrète.

— Écoutez-moi bien, vous tous.

HUIT

J'AVAIS RAISON. KIRSTY AVAIT UNE ARME SECRÈTE. AVEC UNE tête carrée, une mâchoire à la G.I. Joe, des fesses musclées et des épaules de joueur de football. De l'endroit où j'étais assise, suffisamment près pour être aspergée de poivre de Cayenne, il était parfaitement clair que cet homme avait l'intention d'effrayer les invités, bien plus que les religieuses effrayaient les écolières.

— Nous réclamons votre attention, poursuivit-elle après avoir présenté son agent de sécurité, et... Oh, bonté divine, merci Mitchell.

Je vis ses joues rougir légèrement quand il l'aida à redresser sa chaise. Hum ! Mon sang irlandais sentit les roses rouges, et peut-être beaucoup plus. Grand Dieu ! Je ne pouvais pas penser à une meilleure prescription pour cette femme stressée.

L'agent de sécurité mit ses mains derrière son dos et écarta les jambes dans une position militaire, puis il scruta notre petit groupe avant de parler. Ce n'était pas seulement mon imagination : son regard s'attardait bel et bien sur un farceur avec une moustache et une cravate western.

Puis, après avoir plissé ses yeux bordés de cils foncés pendant un instant, il se mit à parler.

— Comme l'a dit mademoiselle Pelham, je m'appelle Mitch De Palma et je suis agent de sécurité sur ce navire.

Il plia les genoux et expira lentement en esquissant un sourire.

— Alors, écoutez, je ne veux pas rendre tout ceci officiel pour le moment et je ne suis pas ici pour gâcher le plaisir de qui que ce soit, fit-il en souriant et en haussant les sourcils. Les navires de croisière sont faits pour prendre du bon temps, mais…

Mitch se pencha en avant et posa les mains sur la table, recouverte d'une nappe, et je vis Dale Worley prendre rapidement une gorgée de whisky. Il savait aussi bien que moi que le plat de résistance allait arriver et qu'il ne serait pas servi sur un plateau d'argent.

— Je suis ici pour que les choses soient bien claires et que vous compreniez qu'il y a une ligne que je ne vous permettrai pas de dépasser.

Les boucles brunes de Patti Ann se balancèrent tandis qu'elle approuvait d'un signe de tête, et Kyle avança la main et la posa sur les siennes. Sans en être sûre, je crus entendre Sam grogner doucement à côté de moi, et un rapide coup d'œil sur les hommes assis autour de la table me confirma ce que je supposais. Les hommes invités au mariage n'aimaient pas du tout ce qu'ils venaient d'entendre. Marie me lança un coup d'œil pendant que De Palma poursuivait :

— Il ne devra plus y avoir de cascade, comme celle que mademoiselle Pelham m'a décrite, ni rien qui trouble l'ordre public sur ce bateau ou qui nécessite qu'un hélicoptère atterrisse sur le pont.

Du coin de l'œil, je vis Kirsty baisser les yeux et je compris sa gêne. Ce n'était pas facile de dénoncer un groupe qui pouvait péter par télécommande. J'espérais qu'elle avait reçu deux douzaines de roses.

Mitch hocha la tête et se remit debout.

— Je comprends bien que ce soir aura lieu la soirée d'enterrement de vie de garçon, fit-il en faisant un signe de la tête vers Kyle et Patti Ann. Recevez toutes mes félicitations.

Son regard se posa vers le bout de la table, où se tenait Dale.

— Nos serveurs sont bien entraînés pour ce genre d'évènement, et je suis sûr que vous passerez une bonne soirée. Souvenez-vous, cependant, que mes collègues de la sécurité seront présents eux aussi.

Il posa les mains sur ses hanches et, de sa main droite, il tritura son arme à feu.

— Pour assurer votre sécurité, bien sûr, mais aussi pour…

Il s'arrêta de parler, et son regard fit une nouvelle fois le tour de la table. Il n'avait pas besoin de finir sa phrase. Je vis Dale jeter un coup d'œil en coin vers Paul Putnam.

— C'est à peu près tout ce que j'avais à vous dire, poursuivit l'agent de sécurité en baissant les yeux vers son téléavertisseur. Profitez bien de votre repas, et si je peux vous aider en quoi que ce soit, n'hésitez pas à me le demander. Y a-t-il des questions ?

Il promena une fois de plus son regard autour de la table, et je me retins pour ne pas lui demander s'il pouvait tout simplement tirer sur Worley pour nous en débarrasser.

— Oh ! ajouta-t-il en baissant les yeux vers Kirsty. Encore un point. Je vous ai dit que je ne ferai pas de rapport officiel sur tout ceci, mais je serai obligé d'en faire un s'il se passe la moindre activité criminelle. Même si cela est censé faire partie d'une farce.

Il fronça les sourcils et s'adressa à la planificatrice de mariage :

— Qu'est-ce qui a disparu ?

Le visage de Kirsty s'empourpra, et je pus très nettement sentir son embarras.

— Oh, ce n'est pas bien grave, Mitchell. Je ne vous l'ai pas dit pour que vous en fassiez état.

Elle afficha un sourire et s'adressa à nous d'un air contrit.

— Ma grosse agrafeuse rose a disparu. J'aimerais vraiment la récupérer.

*   *   *

Patti Ann avait une allure absolument — *parfaitement* — magnifique dans sa robe de mariée, et, au risque de paraître démodée, j'aurais préféré qu'elle ne se montre pas avant la cérémonie dans les jardins de Victoria.

Je persistais à croire que cela portait malchance et que quelque chose pouvait arriver.

— Allons donc, ne sois pas si superstitieuse, Darcy, me dit la future mariée en roulant des yeux tandis qu'elle attendait l'arrivée du photographe.

Elle s'approcha de moi et joua avec la boucle de ma ceinture à pois.

— Je peux ainsi avoir de plus belles photos pour un meilleur prix. Nous prendrons plein de photos pendant le mariage. De plus, Kyle a déjà vu ma robe.

Elle me regarda droit dans les yeux en agitant la tête, avec un regard apaisant.

— Tout le monde agit de cette manière de nos jours, ma chérie.

Je souris et murmurai en douce à Marie :

— Ouais, mais la plupart des jeunes mariés reçoivent du riz, pas des agrafes.

Marie lissa sa robe à pois sur ses hanches en grommelant :

— Je préfèrerais porter des agrafes plutôt qu'une robe qui me fait ressembler à une grand-tante.

— Quand même, dis-je, n'est-ce pas un peu bizarre, cette histoire d'agrafeuse ? Quand le gars de la sécurité…

— Même pas un vrai policier, me coupa Dale Worley en se glissant près de moi. Et certainement un pédé, si vous voulez mon avis.

Marie et moi croisâmes les bras en même temps dans une envolée étourdissante de pois. Je fis un pas vers lui en levant le menton.

— On ne vous a rien demandé, Worley, m'écriai-je en plissant les yeux sous l'effet de son haleine chargée et des reflets brillants de son smoking. Que faites-vous ici, de toute façon ?

Il n'était pas garçon d'honneur, et si je devais supporter la vue de sa cravate western une seconde de plus, j'allais imaginer une façon de la lui faire manger.

— J'attends les hommes, répondit-il en faisant un signe de tête vers le fond du studio de photographie aux murs lambrissés.

Kirsty faisait mettre les garçons d'honneur en ligne pour faire une photo ; Kyle, Ryan et Sam, qui remplaçait Ed, portaient tous un chapeau de cow-boy avec leur smoking.

Sam n'avait pas de mal à dépasser le groupe.

— Nous n'allons pas laisser cette pédale de gardien de sécurité nous empêcher de faire ripaille ce soir. Putnam et moi avons plus d'un tour dans notre sac. Et cela n'a rien à voir avec ces satanées fournitures de bureau.

Des fournitures de bureau ? Que voulait-il dire ? Je serrai les dents et adressai un sourire à Dale. Si je pouvais l'amener à avouer qu'il avait pris l'agrafeuse, j'étais sûre que Mitch s'arrangerait pour que les farces cessent. Avant que Patti Ann n'ait encore plus de malchance. Ça valait la peine d'essayer.

— Vraiment ? demandai-je, aussi gentiment que possible. Que voulez-vous dire ? Allons, Dale, dites-moi tout.

Je me tournais en dérision et je n'osais pas croiser le regard de Marie. Ravalant mon orgueil, je continuai à le flatter.

— Ce que je veux dire, c'est que tout le monde sait que vous êtes un génie pour jouer des tours. Vos publicités télévisées le prouvent.

Dale plissa les yeux d'un air méfiant, et je me rendis compte que j'en avais fait un peu trop. Je souris d'un air innocent et sentis le regard de Marie faire une partie mortelle de point à point dans le dos de ma robe.

— Juste un indice, Dale. Mauvais garçons, qu'avez-vous planifié ?

Dale passa la langue sur sa moustache en guidon de vélo, puis ses yeux s'attardèrent sur le décolleté plongeant de ma robe de demoiselle d'honneur. Je pus sentir ma peau rougir sous les pansements.

— Vos « cache-seins » sont à la mauvaise place, n'est-ce pas, ma chère ?

Je restai la bouche grande ouverte, mais il s'éloigna avant que j'aie pu formuler le moindre mot.

— Oh, fit-il en me regardant par-dessus son épaule brillante et bleue. Si vous voulez que nous retournions prendre un verre quand nous serons rentrés, appelez-moi et j'arrangerai ça.

Le photographe nous appela, et je suivis Marie, restée sans voix.

— Quel sale con ! maugréai-je tandis que l'aide-photographe me tendait un bouquet de fleurs en soie. Bougre d'idiot ! soufflai-je en essayant de réajuster un pétale que je venais juste d'abîmer. Je vais lui faire payer toutes ses incartades. Il va regretter d'être monté à bord. As-tu remarqué la façon dont il m'a parlé ?

Marie hocha la tête, et je surpris un léger sourire naître sur ses lèvres. En l'espace de quelques secondes, les épaulettes de sa robe à pois se mirent à trembloter sous ses éclats de rire.

— Ce que j'ai remarqué, finit-elle par dire, c'est que tu… es allée prendre un verre avec lui ? Tu es sortie avec Worley ? Pourquoi ne m'en as-tu rien dit ?

Je poussai un gémissement tandis que nous prenions place près de la future mariée et que le photographe demandait à Marie de retirer son sac banane. Les lumières étaient aveuglantes, comme lors d'un interrogatoire de police.

— Ce n'est pas ce que tu crois, murmurai-je tout en conservant mon sourire pour la photo. C'était une sorte de… remerciement, c'est tout.

L'objectif cliqueta une douzaine de fois, puis se tut.

— Remerciement ?

— Pour une fourgonnette.

Je grognai en voyant les garçons d'honneur venir vers nous. Bon, maintenant il allait falloir que je pose avec Sam.

— Une fourgonnette ? s'écria Marie en plissant les sourcils d'un air confus.

Je souris en cueillant un autre pétale.

— D'accord, je l'avoue. Je suis allée prendre un verre — un verre — avec lui parce qu'il avait fait un bon prix à mon père sur une fourgonnette pour son travail.

— Attends. La Chevy avec les rats et les termites dessinés au pochoir sur le côté ?

— Oui. Et elle est tout équipée.

— Mon Dieu. L'as-tu embrassé, ou…?

— As-tu vu un Hummer dans le garage de mon père ? rétorquai-je en la frappant avec le bouquet de fleurs.

* * *

Je savais qu'avoir Sam pour cavalier allait poser un problème, et pas seulement parce qu'il avait fallu mettre une boîte sous mes pieds pour que je sois à sa hauteur sur les photos de mariage. Il avait aimé ça, bien sûr, tout comme il avait adoré me porter sur ses épaules. Le problème à présent était que, même après être descendue de la boîte et avoir remis ma robe de soirée, j'étais toujours obsédée par ses yeux de chien battu. Mon regard fit le tour du bar La Vigie, et j'espérai secrètement que quelqu'un tire la sonnette d'alarme.

— Alors, tu maintiens ton histoire au sujet de ces courriels ? me demanda Sam, en plongeant ses yeux dans les miens.

La flamme vacillante de la bougie de la petite lampe-tempête posée au centre de la table faisait danser la lumière sur son visage. Dieu, qu'il était beau ! Heureusement que j'étais plus maligne que grande.

— Ce n'est pas une histoire. Je ne les ai pas envoyés.

Je bus une gorgée de ma boisson et levai légèrement le menton pour donner plus de poids à ma réponse.

— Je suis désolée si cela t'a fait perdre des poils sur ta poitrine ou…

Une brusque chaleur envahit mon visage tandis que les souvenirs remontaient à ma mémoire, et je sus qu'il le sentait. OK, je n'étais pas si maligne que ça.

Sam tapota le plastron plissé de sa chemise avec un léger sourire.

— Ne t'en fais pas. Tu peux te souvenir que j'en ai beaucoup. Mais je te jure que j'ai encore reçu, pas plus tard que la semaine dernière, un message me demandant de venir faire cette croisière et portant ta signature, Darcy.

Je cessai de m'éventer avec ma serviette de cocktail et partis d'un grand éclat de rire.

— Comment peux-tu être surpris alors que tu fréquentes des gars qui volent des agrafeuses et qui s'amusent avec des gommes à mâcher qui déteignent !

J'observai attentivement son visage pour voir s'il était au courant de quelque chose. Aucun signe. Mais, bien sûr, je n'avais même pas été capable de m'apercevoir qu'il avait une femme.

Il sourit et leva son verre de bière.

— C'est un bon point, mais je ne savais rien au sujet des fournitures de bureau. Je sais seulement que les gars n'étaient pas très contents que la planificatrice nous ait envoyé ce gardien de sécurité. Je n'avais jamais vu Galloway aussi furieux.

— Ryan ?

Je haussai les sourcils en pensant au pompier timide qui avait été désigné pour être le cavalier de Marie. Le pauvre avait été malade et avait vomi dans une poubelle après l'incident avec Gordy Simons. Ryan furieux ? Difficile à imaginer.

— Je ne pensais pas qu'il aurait…

— … pu dire « merde » la bouche pleine ? proposa Sam en riant doucement. Moi non plus. Peut-être les poils de sa poitrine se sont-ils sentis menacés.

Il sourit, et son regard croisa le mien encore une fois.

— Et alors, qu'a-t-il dit ? insistai-je.

— Seulement qu'il lui tardait d'être à la soirée de Kyle ce soir, qu'ils avaient tous besoin de laisser échapper un peu de vapeur et que Worley et Putnam avaient entièrement raison au sujet de Kirsty.

J'ouvris de grands yeux.

— Qu'elle était la mauvaise personne pour participer à cette soirée, expliqua-t-il en haussant les épaules. Parce qu'elle est trop stressée, trop prétentieuse et parce qu'à cause d'elle et de Patti Ann, Kyle ressemble à un idiot. Comme avec tous ces trucs de cow-boy ce soir.

— Kyle est un cow-boy, non ?

— Peut-être, mais faire porter aux serveurs des chapeaux Stetson en papier et des bandanas ? Mettre des couvertures de selle en guise de nappes ? Bon sang, il ne manque plus que le jeu *Épinglez la queue de l'âne*.

Il grimaça comme un homme qui aurait de la colle dans son caleçon.

— J'ai jeté un coup d'œil dans la salle qu'ils étaient en train de préparer. Tu peux me croire, elle ne restera pas longtemps dans cet état avec ce que Paul a mijoté. Mais tu devras le voir pour le croire.

Le voir ? Pour quelque raison, la peau me picota, et cela n'avait rien à voir avec mon éruption cutanée. Je baissai les yeux d'un air décontracté vers le cadran de ma montre, puis reportai mon regard sur Sam.

— À quelle heure commence le rodéo ?

— À onze heures, fit-il en posant doucement la main sur mon poignet. Mais, tu sais, c'est l'enterrement de vie de garçon. Les femmes ne sont pas admises.

— Hé, hé ! À part la « cow-girl » qui est invitée à danser nue sur le bar ?

— Ça, tu peux le dire.

Sam m'adressa un sourire, et ses doigts glissèrent le long de mon bras avec une chaleur familière.

Un petit groupe de jazz avait commencé à jouer dans un coin de la salle : les plaintes du saxo, le bourdonnement lancinant des cordes de la basse. Sam prit une profonde inspiration, et son regard se fit sérieux, beaucoup trop sérieux.

— Darcy, tu n'as rien dit au sujet de ma présence. À bord, je veux dire.

— Je t'ai dit que je n'avais rien à voir avec ces courriels, répondis-je en étant bien consciente que ce n'était pas ce dont il voulait parler, mais ne sachant pas quoi dire d'autre.

« Ne me regarde pas ainsi, Sam. »

— Non, fit-il en capturant mon regard.

Il chercha ma main, et elle disparut comme par magie dans la sienne.

— Je veux dire, es-tu contente ? Es-tu contente de me revoir ?

— Sam, je…

Je tournai la tête en entendant quelqu'un nous interpeller.

— Sam ? Darcy ?

Kirsty Pelham s'arrêta à quelques pas de nous, ses grands yeux brillants dans la lumière des bougies.

Je retirai ma main de celle de Sam en poussant un soupir de soulagement. Ouf ! Juste au bon moment. Où se trouvait le fleuriste ? Cette femme méritait bien que je lui offre des fleurs.

— Je suis désolée…

La voix de Kirsty fut voilée par le saxophone, mais je pus deviner, à la lueur de gêne de son regard, qu'elle s'excusait de nous avoir interrompus.

— Non, non, ce n'est rien, m'empressai-je de lui répondre, en entendant le long soupir de Sam.

Kirsty s'éclaircit la gorge.

— C'est seulement que je vous ai vus tous les deux et je me suis souvenue que Ryan cherchait Sam.

Son regard se détendit un peu derrière ses lunettes, et elle s'adressa à Sam avec un sourire :

— C'est au sujet de l'enterrement de vie de garçon. Je crois qu'il a besoin de votre aide pour faire une surprise à Kyle.

Nous regardâmes Sam s'éloigner, et j'insistai pour qu'elle s'asseye un instant pour prendre un verre. De plus, j'avais oublié de lui poser une question quand nous étions devant le mur de photos.

— Je sais que ça peut paraître bizarre, dis-je après que le serveur lui eut apporté son Coca-Cola Diète, mais j'ai besoin de savoir si je suis vraiment la seule dont les pieds ont été photographiés aujourd'hui.

Je m'efforçai de ne plus penser à ce que j'avais ressenti lorsque la crème-dessert au chocolat avait commencé à sécher entre mes orteils.

Kirsty, le regard perdu dans le lointain, hésita un moment avant de me répondre, puis remua la tête.

— Tout le monde a signé le formulaire de décharge de responsabilité, j'en suis sûre, dit-elle comme si elle récitait une note de son assistant numérique personnel. Cependant, je n'ai pas pu obtenir la gratuité des soins pour toutes.

— Je sais que nous avons toutes signé, répliquai-je, me sentant brusquement coupable d'avoir posé cette question, car elle avait, de toute évidence, d'autres préoccupations. Mais le masseur a semblé insinuer que les accessoires utilisés pour faire les photos avaient fait l'objet d'une demande spéciale.

Je fis la grimace en repensant au serpent.

Plus le temps passait et plus je me sentais minable. M'attendais-je vraiment à ce qu'elle m'avoue être de mèche avec un fétichiste, pour l'amour de Dieu ? J'allais taire pour le moment le fait que j'avais entendu de la poésie dans le casque d'écoute du spa.

Kirsty joua avec le quartier de citron dans son verre, et je remarquai que ses ongles, habituellement parfaits, paraissaient... rongés ? Elle attrapa son sac en fronçant légèrement les sourcils.

— Je sais que j'ai pris des notes au sujet de la journée au spa. Donc, je pourrais vérifier ou demander au personnel du spa. Ils vont donner des conférences sur le bien-être.

— Ne vous en faites pas, c'était par pure curiosité, lui dis-je en lui adressant un sourire sincère. Vous avez vraiment bien fait de tout arranger pour Patti Ann et pour nous toutes.

— Je vous ai vue là-bas aujourd'hui, ajouta-t-elle à voix basse, et je vous ai entendue parler de votre grand-mère.

— Je suis désolée, dis-je, en me souvenant de ma harangue au sujet de la maison de retraite et de la satanée nourriture pour poissons. Je crois que je veux trop la protéger.

— Non, dit-elle précipitamment. Ne vous excusez pas.

La lumière de la bougie se refléta dans les verres de ses lunettes, et Kirsty cligna des yeux.

— Je vous admire pour cela. Et je sais très bien ce que vous ressentez. Je ferais la même chose pour que ma mère soit en sécurité… et pour qu'elle soit fière de moi.

Elle baissa les yeux vers ses ongles comme si elle venait juste de remarquer qu'ils étaient tout rongés.

— Je crois que c'est la raison pour laquelle je fais tout ce que je peux pour que cette croisière soit réussie. Malgré tout, il y a eu tant de problèmes, Darcy, que je m'inquiète.

— Attendez, Kirsty, lui répondis-je, ennuyée de voir cette lueur dans son regard. Vous faites un travail formidable. Demandez à Patti Ann. Elle est tout excitée devant tout ce que vous avez fait. Et ce n'est pas votre faute si quelques-uns de ces idiots continuent…

Je fus interrompue par une explosion de pets télécommandés provenant de la porte d'entrée.

J'avais sous-estimé l'ampleur de ma tâche.

* * *

— Cette moustache n'arrête pas de tomber, grommela Marie, qui était postée devant le miroir. Et nous ne réussirons pas à nous faufiler à la fête d'enterrement de vie de garçon. Je savais que j'aurais dû rester au casino.

— Elle est tout à l'envers, bon sang. Tu ressembles à Worley. Attends, je vais t'aider.

Je retirai la fausse moustache de sa lèvre supérieure et la repositionnai.

— Voilà. Tu es parfaite.

— Parfaite ?

Marie, vêtue de son costume de serveur, se regarda des pieds à la tête et se démena avec le bandana rouge enroulé autour de son cou.

— Je me demande comment tu as fait pour m'entraîner dans cette affaire et comment tu as réussi à convaincre cette serveuse de te donner tous ces trucs.

Je replaçai une mèche rebelle dans mon immense Stetson en papier en marmonnant. Ma propre moustache, couverte d'une couche de brillantine, était étendue au-dessus de mes lèvres.

— Tu ne te souviens pas d'elle ? C'est celle qui était si en colère contre Worley l'autre soir pendant le karaoké.

Je fronçai le nez en me rappelant comment il avait tiré la pauvre serveuse pour l'asseoir sur ses genoux, lui faisant renverser son plateau rempli de verres.

— En tout cas, elle travaille dans la salle où a lieu la fête ce soir, et quand je lui ai dit que nous allions jouer un tour aux garçons d'honneur, elle a bien voulu nous aider et... Voilà !

Je pointai du doigt les accessoires de déguisement et les pièces d'uniformes du bateau qui étaient entassés sur mon lit.

— J'ai dû lui promettre que nous allions faire quelque chose d'ignoble à un certain vendeur de voitures.

— Pas de problème.

Elle m'adressa un sourire tellement épanoui que je me rendis compte qu'elle était prête à embarquer dans l'affaire. C'était bien ainsi, car je devais aider Patti à remettre son mariage sur la bonne voie. Et après avoir entendu Kirsty s'inquiéter de rendre sa mère fière d'elle et avoir appris que même le gentil Ryan Galloway était fâché contre elle... bon, je ne pouvais pas non plus laisser tout ceci arriver. Pas plus que je ne pouvais me désintéresser du dilemme qui concernait ma grand-mère.

— Nous resterons la plupart du temps hors de vue dans l'arrière-salle, expliquai-je. Mais si nous découvrons ce que les gars mijotent ou si nous entendons quelqu'un avouer être à l'origine de ce qui est arrivé à Paul et à Gordy, nous pourrons alors transmettre l'information à l'agent de sécurité.

Je regardai Marie traverser la pièce et se diriger vers son lit pour mettre son chapeau de cow-boy en papier. Pas mal du tout. Elle faisait un bien meilleur gaucho qu'elle n'avait fait la vache Holstein lors de notre dernière croisière. J'étais sur le point de me risquer à le lui mentionner, quand elle farfouilla parmi le tas de costumes et en sortit une bande de quinze centimètres de longueur couverte de paillettes violettes.

— Qu'est-ce que c'est ? me demanda-t-elle en la faisant balancer à bout de bras.

— Un tanga pour aller avec les « cache-seins ».

— Quoi… pourquoi ?

Ses yeux me fixèrent intensément sous le rebord de son Stetson.

— Parce que j'ai en quelque sorte dit à cette serveuse que…

— Quoi ?

— Que tu allais danser nue sur le bar ?

Marie resta calme. Bien trop calme. Pendant bien trop longtemps. Je reculai d'un pas en calculant la distance qu'elle pouvait couvrir avec son infâme lancer rapide.

Mais, au lieu de cela, elle haussa les sourcils, et un léger sourire illumina ses lèvres pourvues d'une moustache.

— J'ai besoin d'un verre garni d'une ombrelle en papier. Et de quelques minutes pour m'épiler les jambes.

NEUF

— TON COUDE TRAÎNE ENCORE DANS LE GUACAMOLE, DIS-JE en essayant de jeter un coup d'œil par-dessus l'épaule de Marie, à travers la porte battante qui menait à la salle où se déroulait la fête.

Cette arrière-salle était bien trop exiguë pour une chaîne de montage de *tostadas*. Marie croulait sous la pression, et ses poches, sans parler de ses joues, étaient bourrées de morceaux de tortillas.

— Merde, regarde ça ! maugréa Marie, le visage brillant de transpiration, en avalant un morceau de tortilla.

— Oh, tu n'as qu'à essuyer ta manche et ça ne se verra plus.

— Non, souffla-t-elle en trépignant de rage, ce n'est pas ça. Regarde ta petite amie serveuse, assise là-bas. Elle est en train de se faire les ongles.

Je regardai dans la direction indiquée et je vis qu'elle avait posé les pieds sur un carton de salsa et avait mis un casque de baladeur iPod sur ses oreilles. Elle me fit un clin d'œil accompagné d'un signe de la main avec le pinceau de son vernis à ongles. Parfait.

Marie fulmina sous le rebord de son Stetson.

— Ça ne m'étonne pas qu'elle ait été si pressée de t'aider à t'infiltrer dans cette fête. C'est nous qui faisons tout son travail.

Marie avait raison. Depuis quarante minutes, nous étions coincées entre six autres serveurs habillés en cow-boys dans le minuscule office de la salle, un détachement de bandanas rouges et de moustaches collées penché au-dessus d'une quantité de cheddar râpé et de guacamole suffisante pour remplir le Rio Grande. Nous avions préparé soixante petites *tostadas*, nous avions déposé des rondelles de courgettes sur une douzaine de bols de sauce aux haricots, mais nous n'avions pas récolté le moindre indice sur l'identité du voleur d'agrafeuse. Ni sur le propriétaire de la machine à faire des pets, même s'il y avait eu une douzaine d'explosions incriminantes. Entre un concours de rots et de grands éclats de rire, je ne pouvais presque rien entendre à travers la porte. Je n'étais d'aucune aide pour Patti Ann et Kirsty en servant des louches de purée de haricots. Je devais faire ce que toute « cow-girl » qui se respecte aurait fait : m'en aller vers Dodge City.

— Je vais y aller, dis-je, en attrapant un plateau bien garni, puis en tirant le bord de mon Stetson bas sur mon front. Et mon chapeau, ça va ?

Marie haussa les sourcils.

— Mais, je croyais que nous devions rester ici, Darcy. Worley va te repérer à un kilomètre à la ronde et croire que tu es venue pour jouer avec son tatou.

Je fis la grimace.

— Il est tellement soûl qu'il ne reconnaîtrait pas sa mère. C'est plus Sam qui pose un problème, mais je vais m'arranger pour l'éviter. Je vais poser ce plateau et ensuite j'irai traîner derrière les rangées de bouteilles du bar et... Oups !

Je regardai le visage de Marie.

— Qu'y a-t-il ? souffla-t-elle en se frottant le visage avec son bandana. Du guacamole ?

— Non, dis-je en inspectant les *tostadas* posées sur mon plateau. C'est ta moustache.

— Elle est de travers ?

— Non, répondis-je en haussant les épaules, puis en souriant en entendant le bruit de la machine à faire des pets. Elle a disparu.

* * *

Sam avait eu raison au sujet de la décoration de la salle ; elle était beaucoup trop chargée, même pour un bal de fin d'études. Une sorte de « John Wayne rencontre Taco Bell », avec des pignatas qui se balançaient au plafond, une lampe fluorescente en forme de cactus, un drapeau du Texas et même le lama en carton de Dale Worley habillé en « cow-girl ». La partie la pire n'avait rien à voir avec le choix de Kirsty : Worley en personne, torse nu sous une veste à franges et un short à fleurs, avait attaché un double étui à revolver bas sur ses hanches et l'avait rempli de flasques de whisky. Et — oh, merde — il se dirigeait vers moi. J'évitai de croiser son regard et déposai mon plateau rempli de *tostadas* sur la table ; pas une mince affaire quand le sol recouvert de moquette tanguait sous l'action des vagues. Je m'emparai d'un cactus juste avant qu'il ne tombe dans la purée de haricots.

— Hé, doucement, par ici, s'écria Worley avec un sourire dédaigneux.

Il s'empressa de prendre une *tostada* et, dans sa précipitation, me donna un violent coup de coude dans l'épaule.

— Vous devez mériter votre pourboire, vous savez.

Je hochai la tête en me mordant la langue et priai pour qu'il avale une moustache perdue. Puis, je me hâtai de rejoindre la sécurité du bar. Je fus heureuse de constater que le serveur avait les choses bien en main, ce qui allait me permettre de traîner et d'espionner. Où se trouvaient tous mes suspects ? Meilleure question : quelqu'un emballait-il des agrafes ?

Je tapotai ma moustache, en me disant de ne pas oublier de courber le dos pour dissimuler mes seins, puis inspectai la salle. Dale parlait avec Putnam, qui jouait avec un lecteur de DVD. À l'autre bout de la table, Kyle, le futur marié, discutait avec un des volontaires, et Ryan Galloway, assis à côté de lui, levait sa chope de bière. Je fronçai les sourcils en me rappelant ce que Sam avait dit à son sujet et... Un moment. Où était passé Sam ?

Je dirigeai mon regard vers les bouteilles de tequila et le repérai, seul, devant le mur de photos, observant la section des anciennes photos.

Son visage avait une expression douce, presque songeuse, et j'avais l'étrange impression de savoir quelle photo il regardait. Un certain pompier plutôt baraqué, portant une infirmière tatouée et... Je sursautai en entendant les crachotements du micro. Les lumières clignotèrent, et la salle sombra dans un noir d'encre. Quelqu'un poussa un bouton sur le mur, et un écran, venant de derrière le panneau lambrissé, apparut comme par magie.

— OK, les gars, se mit à marmonner Paul Putnam. Avez-vous assez bu pour faire un tour du côté de nos souvenirs ?

— D'accord, Putnam, répondirent quelques hommes dans la salle. Comme si quelqu'un de ton âge pouvait se rappeler où est son pénis !

Des hurlements d'hommes soûls fusèrent dans l'obscurité, la machine à pets explosa, et je commençai sérieusement à me dire que tout cela n'avait pas de bon sens. Marie avait raison ; nous ne connaissions Patti Ann Devereaux que depuis neuf mois et Kirsty Pelham était presque une étrangère, alors pourquoi aurais-je dû les protéger ? J'avais bien assez de problèmes avec mes pustules et ma grand-mère. Puis, mes yeux s'écarquillèrent.

« Oh, mon Dieu ! »

L'écran présentait une immense photo de Sam Jamieson, flambant nu dans la douche de la caserne. Prise de dos, montrant des fesses musclées et de larges épaules surmontées d'un regard, surpris et furieux à la fois, jeté vers le cadreur. Une chaleur envahit mon visage, et je jetai un coup d'œil vers le serveur pour m'assurer qu'il ne me regardait pas, avant de prendre un verre à liqueur de tequila. Des grondements se firent entendre, qui furent vite couverts par la voix de Worley.

— Bon sang, Putnam, et nous qui pensions que tu étais gai ! Mais, où était Cavanaugh ? Était-elle sous la douche, elle aussi ? Vraiment, voilà un beau cul que j'aimerais avoir sur le capot de mon Hummer.

Je vidai mon verre et essayai de trouver une solution pour me faufiler sous les tables et rejoindre la porte. Mon Dieu, pouvait-il y avoir une photo ? Je n'avais certainement pas été assez stupide pour prendre une douche à la caserne des pompiers ?

Pourquoi ne pouvais-je pas m'en souvenir ? Ma mémoire me faisait défaut ; c'était une bonne chose que je prenne des vitamines et du ginkgo.

Dieu merci, le diaporama de photos se poursuivit et mon corps tatoué n'apparut nulle part. Et quand les lumières revinrent, la photo qui resta sur l'écran était la même que celle que j'avais vue sur la mosaïque : Putnam, Gordy, Dale, Sam et cette fille, plutôt rondelette, avec le chiot dalmatien. Ouais, nous avions décidé, Marie et moi, que c'était la fille de Putnam. Nous n'en étions pas encore complètement persuadées, mais je savais que j'avais déjà vu ces grands yeux quelque part.

— Vous savez, dit Worley, en retirant la flasque de l'étui à revolver, nous aurions dû inviter notre planificatrice de mariage ce soir, ou croyez-vous qu'elle se serait sentie offensée ?

— Hé, répliqua Putnam en pointant le doigt, sois prudent, elle va t'accuser d'avoir volé une agrafeuse ou peut-être un de ces petits doigtiers en caoutchouc utilisés pour classer les papiers — qui s'ajuste peut-être parfaitement au bout de ta queue de nain.

Hein, les gars ? Et peut-être aussi qu'elle l'a mis en place elle-même.

Des hurlements s'élevèrent de nouveau des quatre coins de la salle, et j'observai Worley, qui trempait une croustille dans la purée de haricots.

— Ah, je l'aurais bien laissée essayer, dit-il après avoir essuyé sa bouche avec le dos de sa main, à condition qu'elle n'ait pas de colle Super Glue.

Il secoua la tête et vacilla légèrement, puis il retira le microphone des mains de Paul.

— Il est temps de passer aux aveux, messieurs. Qui a bien pu faire ça ? Ce n'est pas que Gordy ne le mérite pas, mais…

Le regard trouble de Dale se promena autour de la table.

— Allez, crachez le morceau. Je crois que nous offrons un prix pour cela, n'est-ce pas, Paul ?

Je quittai ma cachette derrière les bouteilles de tequila en retenant mon souffle et tentai de voir l'expression de chacun des visages. Ryan Galloway faisait la grimace comme si le souvenir des organes génitaux de Gordy allait le faire vomir de nouveau.

Kyle se leva brusquement et, d'un ton très sérieux, s'écria :

— Écoutez, je ne dis pas que je donne raison à Kirsty d'avoir attiré l'attention de l'agent de sécurité sur nous, mais nous devons mettre fin à toutes ces conneries.

Il fronça les sourcils et écarta les jambes pour assurer son équilibre. Il ressemblait beaucoup à ces gars qui chevauchent un taureau au cours d'un rodéo comme sur certaines photos que nous venions de voir sur l'écran.

— C'est bien de faire des farces, mais la famille de Patti Ann dépense beaucoup d'argent pour tout cela et…

Ryan Galloway se leva de sa chaise avec une expression de colère sur son visage, aux traits habituellement doux.

— Bon sang, Kyle, qu'est-ce qui te donne le droit de nous accuser de tout bousiller ? Surtout après que tu…

— La ferme, Galloway ! hurla Kyle, en plissant les yeux.

Sam s'avança en écartant les bras comme un de ces drôles d'arbitres à la lutte.

— Hé, personne n'accuse personne, mais Kyle apporte peut-être un bon point. Nous devrions peut-être mettre la pédale douce avec les farces.

Worley se mit à rire et désigna la photo qui était encore projetée au-dessus de la table.

— Ouais, sûr, Jamieson. Parlons-en, des farces. Qu'en est-il de celle que tu as jouée à Grassette ?

Je haussai les sourcils et portai mon regard sur la fille aux cheveux foncés tenant le chiot, puis sur le visage de Sam. Bon, alors elle n'était évidemment pas la fille de Paul. Mais, de quoi Worley parlait-il ? Un murmure s'éleva dans la salle, accompagné de quelques gloussements de gêne, et quelqu'un toussa.

Sam plissa les yeux, et je vis les muscles de sa mâchoire se contracter.

— Je n'y suis pour rien.

— Très bien. Tout comme tu n'as pas non plus hésité à lui demander de nettoyer les toilettes à ta place et à te couvrir quand tu allais baiser Cavanaugh. Dis-nous la vérité : t'es-tu bandé les yeux et as-tu baisé Grassette, elle aussi ?

Kyle prit Sam par le bras, et je ne sus pas vraiment ce que je désirais le plus entre voir Sam abattre son poing sur le visage de Dale Worley ou entendre le reste de l'histoire. Que s'était-il passé avec cette fille ?

Mais, avant que quelqu'un n'ait pu frapper quelqu'un, les lumières se rallumèrent et de la musique fut diffusée dans les haut-parleurs. Une porte s'ouvrit au fond de la salle, et trois « cow-girls » costumées, avec des jambières de cuir et des bottes ornées de pierreries, commencèrent à défiler. Elles étaient juste assez *sexy* pour capter l'attention des hommes et juste assez modestement vêtues pour que je sois certaine que ce petit spectacle avait été arrangé par la planificatrice ; surtout quand je m'aperçus que Mitch De Palma faisait un clin d'œil à un des gardes de son équipe resté à l'extérieur de la salle.

Le trio se mit à danser, et je saisis cette occasion pour me faufiler derrière la table et me diriger vers l'office.

Marie était probablement en train de se plaindre auprès de ses compagnons de travail qu'elle avait un « *tostada elbow* » ou... Je retins mon souffle quand une main se referma sur mon coude. Sam.

J'étais foutue.

* * *

— Alors, tu ne vas pas dire aux autres que j'étais là ?

Je traînai le bout de mon espadrille écossaise à travers l'herbe artificielle, en attendant, dans le brouillard et l'obscurité, que Sam fasse son coup roulé. Dans les lumières du pont, je pouvais voir un sourire suffisant étinceler sur ses lèvres. Je devais subir la même attitude depuis environ une heure maintenant. Il était presque une heure du matin, tout le monde était parti, et je devenais irritable.

— Alors ?

Sam envoya sans difficulté la balle à rayures orange dans le trou situé au centre d'une coquille de palourde géante éclairée, puis leva les yeux vers moi.

— Pas sûr, dit-il. Ton coup roulé.

Je grimaçai et jouai avec la fermeture de mon blouson en tissu élastique couleur de framboise. De toute évidence, cet imposant pompier me faisait chanter. Et je doutais que le fait d'avoir accepté de faire une partie de minigolf améliore mon sort ou m'aide à obtenir plus d'informations au sujet du voleur d'agrafeuse.

Marie avait eu la bonne idée de retourner à notre cabine, après avoir détaché sa moustache perdue de la semelle de sa chaussure, et Ryan Galloway était finalement parti quelque part, lui aussi. Je me retrouvais sur un parcours de golf en plein milieu de l'océan avec mon ex. Ma vie était un vrai cirque.

— Ne vas-tu pas me demander pourquoi je suis allée à la fête d'enterrement de vie de garçon ? lui demandai-je en poussant ma balle dans le trou du bout de ma chaussure.

J'étais bien décidée à ne pas entrer plus longtemps dans le jeu de Sam.

Il lança un coup d'œil autour de lui et assura sa position en sentant la proue du bateau plonger sous le parcours. La brise marine souleva ses boucles brunes, et je le vis sourire de nouveau. Son air suffisant avait fait place à une expression totalement différente. Et peut-être pire. Bien. Il s'approcha suffisamment près pour que je puisse sentir l'odeur de son eau de Cologne et la chaleur de sa peau.

— J'avais espéré que c'était parce que tu ne pouvais pas te passer de moi, dit-il doucement en glissant ses doigts le long de mon bras.

Mes yeux s'agrandirent, et je sentis une chaleur envahir mon visage, contrastant étrangement avec les picotements froids du brouillard.

Il se trompait, bien entendu, et même si notre relation avait été torride et même s'il sentait si bon maintenant, j'avais été à cette fête pour…

« Bon sang. »

Mon estomac se contracta, et je ne savais pas si cela était dû au mouvement des vagues sous nos pieds ou au fait que Sam m'avait pris la main.

— Asseyons-nous, dit-il en m'emmenant vers un banc placé près d'un dauphin de deux mètres de haut en fibre de verre.

Le mur d'escalade était éclairé au loin, et je pouvais entendre de la musique de danse se mêler au clapotis des vagues du Pacifique contre la coque du navire. Nous étions quelque part au nord des côtes de l'Oregon et nous

nous dirigions vers Seattle, et à cet instant précis j'aurais voulu être partout ailleurs sauf ici. À ma grande surprise, une chaîne de montage de *tostadas* me paraissait bien agréable.

— Sam, ce n'est pas une bonne idée.

Sam secoua la tête, et le scintillement des lumières d'un palmier adjacent joua dans ses cheveux bruns.

— Attends. Il faut que je te parle de Chloé. Je te dois une explication.

Sa femme ? Il n'en était pas question. J'avais entendu tout ce que je voulais savoir à ce sujet plus de deux ans auparavant. Il était inutile d'en reparler maintenant ou de remettre à la surface la façon dont je m'étais sentie au sujet de tous ces mensonges et… Un moment. Cette histoire que Worley essayait de raconter à la fête d'enterrement de vie de garçon au sujet de…

— Ça me rappelle…

Je souhaitais détourner la conversation, mais je sentis aussi ma curiosité s'éveiller, tout spécialement quand je me remémorai le regard gêné de plusieurs pompiers lorsqu'il avait été question de cette fille. La fille aux cheveux bruns qui tenait dans ses bras le chiot de la caserne, celle que Worley appelait « Grassette ».

— De quoi s'agissait-il quand Dale Worley a essayé de te provoquer ? lui demandai-je en gigotant sur le banc, que les embruns avaient rendu humide, pour mettre une distance entre nous. Tu as demandé à une fille de la caserne de mentir à Chloé à mon sujet ?

Je croisai les bras en y pensant de plus près ; je punissais Sam bien longtemps après les faits. Mais j'étais intéressée. Il y avait quelque chose de si familier en cette fille.

— Dale est un salaud, dit Sam, après lui avoir jeté un mauvais sort.

Il fronça les sourcils, et je vis sa mâchoire se contracter.

— J'aimerais l'étrangler.

— Que voulait-il dire ? insistai-je, très surprise de sa réaction. D'un mauvais tour que tu as joué à cette fille ?

— Ce n'était pas moi, bon sang, rétorqua-t-il d'un ton acerbe tout en esquissant un sourire. Désolé, mais je ne vais pas porter le blâme pour tout cela.

Porter le blâme ? Il fallait absolument que je comprenne ce qui était arrivé.

— Que s'est-il passé ? soufflai-je le plus gentiment possible.

— Merde, dit-il en souriant. C'était vraiment stupide, mais je suppose que j'aurais dû le voir venir. Karen avait une fascination pour les pompiers, c'était une sorte de… groupie ; je pense que c'est ainsi que tu l'aurais appelée. Tu sais, elle traînait toujours autour de nous, nous posait toutes sortes de questions, nous apportait des carrés au chocolat et était toujours prête à nous aider.

— À nettoyer les toilettes, par exemple ?

— Je ne lui ai pas demandé de le faire. Je lui ai simplement dit que je n'aimais pas le faire.

— Et elle s'est portée volontaire pour faire tes corvées parce qu'elle avait le béguin pour toi.

Je savais, sans l'ombre d'un doute, que c'était vrai. Je n'aurais pas nettoyé les toilettes, remarquez bien. OK, bon, j'avais pris un tampon à récurer dans la cuisine de la caserne un jour où il pleuvait, mais je n'avais rien de mieux à faire et Sam me faisait des bisous dans le cou et…

— C'est peut-être vrai, et j'en ai peut-être tiré avantage, mais je n'aurais jamais mis sur pied une blague aussi cruelle.

— Quelle blague ? demandai-je, me sentant déjà inquiète pour cette amoureuse aux joues dodues.

— Un faux rendez-vous, répondit-il en soupirant, avec moi. À minuit, dans le bureau réservé à la formation que nous avons derrière la caserne. Je suis presque sûr que c'est Putnam qui a tout organisé, peut-être avec Gordy et Ed. Bonté divine, je n'étais pas là, Darcy. Ils lui ont fait parvenir un message signé de mon nom. Ils avaient même décoré le bureau avec des bougies et des fleurs et avaient mis de la musique.

Il ferma les yeux, et je ressentis une drôle de sensation dans mon estomac.

— Bon sang, dis-je en m'imaginant le visage de la fille et en comprenant très bien comment elle avait dû se sentir en sachant qu'elle avait un rendez-vous secret avec le séduisant Sam Jamieson. Qu'ont-ils fait ? Ils ne lui ont pas fait de mal…

— Non, grand Dieu, non, s'empressa-t-il de répondre. Ils ont simplement fait tout ce qu'ils pouvaient pour l'embarrasser. Ils se sont arrangés pour que tout le monde puisse l'entendre m'appeler dans l'obscurité, puis ils ont allumé les lampes pour pouvoir se moquer d'elle et prendre des photos alors qu'elle s'était maquillée, coiffée et habillée pour la circonstance. Je crois qu'elle s'est mise à pleurer et…

Sa voix fit place à un gémissement sincère.

Je gardai le silence pendant un moment, les détestant tous, un par un.

— Et puis, qu'est-il arrivé, Sam ?

Il haussa les épaules en poussant un profond soupir.

— Et alors, elle a été sauvée par la cloche, je suppose.

— Hein ?

— Ils ont été appelés pour un feu. L'ambulance aussi, car c'était un code trois. En quelques secondes, ils étaient tous partis.

— Et Karen ?

— Elle n'est jamais revenue, répondit-il d'une voix douce.

À son regard peiné, je sus qu'il disait la vérité sur cet incident. Il n'aurait pas fait cela.

— Quel était son nom de famille ? demandai-je.

— Pinkley, ou quelque chose comme ça.

Je mordillai ma lèvre inférieure pendant un instant, en me rappelant quelque chose.

— Pinkel ? Aurait-ce pu être Pinkel ?

— Peut-être, pourquoi ?

Je remarquai qu'il s'était rapproché de moi. J'étais consciente de la peau chaude qui avait fait qu'une jeune fille timide et maladroite avait accepté un rendez-vous de minuit.

— Je crois que je l'ai déjà vue à l'hôpital, comme patiente ou visiteuse.

— Ouais, elle avait mentionné quelquefois la maladie d'un membre de sa famille et…

Soudain, il pencha la tête sur le côté, puis se leva et se dirigea vers le bord du bateau.

À l'endroit où un spot éclairait une de ces immenses affiches publicitaires pour le centre d'esthétique.

Je le suivis en me demandant ce qu'il faisait. Que pouvait-il soudain y avoir de si intéressant avec cette affiche ennuyeuse, identique à celles que nous avions déjà pu voir placardées aux quatre coins du navire depuis que nous avions mis le pied à bord ?

— Que fais-tu ? demandai-je, en regardant d'abord Sam, puis les pieds brillants qui s'étalaient devant nous.

— J'essaie tout simplement de comprendre, répondit-il en hochant la tête et semblant sur le point d'éclater de rire.

— Qu'y a-t-il, pour l'amour de Dieu ? Qu'est-ce qui est si drôle ?

Sam se tourna vers moi et haussa les sourcils.

— Tu ne te reconnais pas ?

Je l'observai fixement comme s'il était tombé sur la tête. Il avait dû être empoisonné par le guacamole.

— C'est toi, poursuivit-il en désignant les gigantesques pieds de femme. J'ai commencé par douter, mais à présent j'en suis sûr. Tu vois ça ?

Il pointa du doigt un bracelet de cheville, un peu flou, mais que l'on voyait très nettement en regardant de plus près. En argent et de style irlandais : des mains enlacées, un cœur et une couronne avec la lettre C gravée pour « Cavanaugh ». Le bracelet de grand-mère que j'avais remodelé.

« Oh, mon Dieu ! »

C'était vrai, c'étaient mes pieds. Mais comment étaient-ils arrivés sur ces affiches et…

Avant que je n'aie pu aller plus avant avec mes pensées bizarres, je remarquai un autre détail, qui scintillait dans la lumière des spots du mur d'escalade. Là, sur mon gros orteil brillant et à l'ongle verni. Je m'approchai pour m'en assurer et passai les doigts sur le morceau de métal.

Des agrafes avaient été incrustées.

DIX

— C'EST TOUT UN TRAVAIL SUR CET ORTEIL, S'ÉCRIA MARIE en désignant de son cigarillo l'image à l'origine de mon humiliation.

— Ouais, acquiesçai-je en regardant le soleil pâle de Seattle se refléter sur la rangée d'agrafes soigneusement alignées, ce maniaque des agrafes est un vrai malade.

— Non, répliqua Marie, en tapotant le bout de son cigarillo contre un orteil de l'affiche puis en admirant ma pédicure. Je parlais du photographe, bébé. Il a réussi à faire paraître ton deuxième orteil plus court qu'il ne l'est en réalité. Tu sais, pour qu'ils ne semblent pas si…

Je restai bouche bée et je baissai les yeux vers mes orteils, aux ongles peints en rouge, nichés dans mes sandales à ruban. Il était vrai — et j'avais lu quelque part que c'était un signe d'intelligence — que mon deuxième orteil était plus long que mon gros orteil. Il en avait toujours été ainsi. Ou du moins jusqu'à ce qu'ils paraissent sur cette horrible affiche.

— J'ai été retouchée graphiquement, grommelai-je en plissant les yeux et en sentant le rouge monter à mes joues.

— Hm-hm. Aux orteils, gloussa-t-elle en allumant son cigarillo.

— Quel salaud ! hurlai-je de rage. C'est déjà bien assez moche que quelqu'un utilise mes pieds sans ma permission, mais ceci est très insultant !

Je fis glisser un doigt vers le bas de l'affiche pour lire le logo du publicitaire et trouver qui était le responsable.

— Mais nous avons signé ces formulaires de décharge de responsabilité, Darcy.

— Non, c'est ce que j'essaye de t'expliquer. Ce n'est pas une photo qui a été prise sur le bateau. Je n'ai même pas apporté mon bracelet de cheville.

Ma voix s'était faite plus aiguë, et mes boutons commençaient à me démanger sous mon bustier blanc.

— Le fait est que quelqu'un s'est procuré cette photo ailleurs.

Marie me regarda, les yeux remplis de surprise.

— Donc, le maniaque des agrafes serait le photographe, ou…

— Pas nécessairement, expliquai-je.

Je n'étais sûre de rien, mais j'avais perdu quelques heures de sommeil la nuit dernière à penser à tout cela.

— Ce peut être une coïncidence. Le maniaque des agrafes peut avoir tout simplement reconnu mes pieds sur l'affiche. Tout comme Sam l'a fait.

— Ah… parce que tu te promènes à moitié nue dans la caserne de pompiers, se moqua-t-elle en hochant la tête de la même façon que Yoda.

Je lui lançai un regard furieux.

— Ou il peut les avoir vus sur la plage ou pendant une partie de balle molle à l'hôpital. Il arrive aux pompiers de quitter leur caserne, tu sais.

— Bien sûr, et il arrive aussi à Dale Worley de quitter sa concession de temps en temps. Par exemple, lorsqu'il emmène une infirmière aux pieds nus prendre un verre ou… Aïe !

Elle esquiva le deuxième coup.

— D'accord, mais que vas-tu faire maintenant ?

Je fronçai les sourcils et détournai les yeux pendant un moment, quand mon regard fut attiré par Ryan Galloway, qui se tenait près du bastingage avec Kyle à une dizaine de mètres de nous.

Le futur marié secouait la tête puis mettait les mains sur ses hanches en contractant sa mâchoire. Je me souvins de l'altercation de ces deux hommes au cours de la fête la nuit précédente. Que se passait-il ?

— Je vais demander de nouveau à Kirsty de me renseigner au sujet du photographe, répondis-je tandis que Patti Ann arrivait et pressait Kyle de la suivre. Elle m'a dit qu'elle avait conservé quelque part les détails de son entente avec le spa. Je verrai alors si elle sait comment ils ont obtenu les photos qu'ils ont utilisées pour faire cette affiche.

Je regardai attentivement le bas de l'affiche publicitaire encore une fois.

— Que signifient les lettres que l'on voit en bas ?

Marie dispersa la fumée de son cigarillo d'un geste de la main, puis plissa les yeux.

— *BT* ou *P*, peut-être, dit-elle en haussant les épaules. Un logo d'affaires, je suppose. Je n'en ai jamais entendu parler.

— Eh bien, ils vont entendre parler de moi, je t'assure. Je vais commencer par m'occuper de ce photographe, et ensuite ce sera le tour du maniaque des agrafes, m'écriai-je en levant le menton en signe de défi.

Je souris puis regardai au-dessus du bastingage l'incroyable panorama qui s'offrait à nous dans le lointain. Ma colère s'évanouit quand le soleil perça les nuages et inonda Elliott Bay de ses rayons dorés. Je tâtai la poche de mon capri pour m'assurer que j'avais bien la carte d'identité du bateau.

— Allons admirer cette ville fabuleuse.

Je pris une profonde inspiration accompagnée d'un gémissement, puis adressai un autre sourire à Marie.

— Je te jure que Seattle sent un peu comme chez Starbucks.

* * *

Et le poisson. Seattle sentait aussi le poisson, tout spécialement quand vous étiez sur le point d'être heurté par un poisson volant à plus de quatre-vingts kilomètres à l'heure dans les airs. Les fameux lanceurs de poissons du marché Pike Place — je ne pouvais pas croire que j'avais crié si fort. Très humiliant pour une femme capable de battre ses deux frères au bras de fer.

Et, bien sûr, Sam avait encore bien ri. Oui, le pompier s'était arrangé pour me trouver, mais ça, c'était une tout autre affaire. Je ne savais pas quelle attitude adopter.

— Oh, mon Dieu ! Tu aurais dû voir l'expression de ton visage !

Il se tenait le ventre en riant aux éclats et avait failli tomber sur un bataillon de crabes étalés sur un lit de glace pilée.

— Ça valait vraiment le coup d'œil, il...

— Il avait des dents, rétorquai-je pour me défendre en adressant un sourire pincé à un écolier qui me regardait comme si je faisais partie d'un numéro de cirque.

Où étaient les religieuses et leurs taloches quand on avait besoin d'elles ?

— J'aurais voulu te voir avec une baudroie enroulée autour de la tête, dis-je en inspectant mon décolleté à la recherche d'algues. Quand je pense que j'aurais pu aller avec Marie faire la visite du Seattle souterrain et trouver ce troll de Fremont.

— Troll ?

— Oui. Une sculpture de cinq mètres de hauteur qui se trouve sous un pont, dis-je en me rappelant combien Marie avait été excitée. Il paraît qu'il a un enjoliveur en guise d'œil et qu'il tient une Coccinelle Volkswagen dans ses griffes.

En voyant l'air qu'il faisait, je décidai de ne pas lui mentionner qu'il y avait également une capsule témoin d'Elvis cachée quelque part. Tout le monde n'appréciait pas les mêmes choses que Marie.

— En tout cas, ajoutai-je en jetant un regard méfiant sur un tas de poulpes congelés, c'est toujours mieux que de recevoir des poissons sur la tête. J'aurais mieux fait d'aller avec elle.

— Non, s'empressa de dire Sam, d'un air soudainement aussi sérieux que celui d'un petit garçon regardant son ballon d'anniversaire s'envoler dans le ciel pluvieux. Tu n'aurais pas pu voir…

Il désigna ce qui nous entourait en faisant de grands gestes avec les bras.

— … tout ceci.

Une petite lueur dans ses yeux bruns disait : « Et alors, je ne t'aurais pas retrouvée ici. » Mais il désignait les allées pavées sillonnant les trois hectares du marché de fermiers, vieux de cent ans, connu pour être « l'âme de Seattle », le marché Pike Place. Un groupe de musiciens ambulants recommencèrent à jouer. Et, malgré l'incident avec la bau-droie, Sam avait raison. Je n'avais en aucune façon envie d'être dans un tunnel souterrain plongé dans l'obscurité ou de prendre des photos d'un troll alors que je pouvais découvrir cet endroit extraordinaire. Je n'avais jamais rien vu de semblable.

Sous le soleil de la fin d'après-midi, le marché baignait dans une lumière dorée qui rendait le kaléidoscope de couleurs encore plus époustouflant. Des étals croulaient sous des montagnes de fleurs : de gracieux delphiniums aussi bleus que les ailes d'une libellule, des tournesols dorés, des grappes de gypsophile, des pois de senteur aux couleurs pastel ressemblant à des tutus de ballerines, des coquelicots rouge paprika, et toute une variété de roses dont je ne connaissais pas l'existence. Un peu plus loin, des cageots contenant des légumes de toutes couleurs et textures : des poivrons verts, jaunes et rouges, des auber-gines pourpres, des choux aussi gros que ma tête, des tomates de toutes sortes, des bouquets de fines herbes liés par un ruban et différents pots d'épices étaient alignés comme des potions magiques. Sur des étagères, des bocaux de confiture et de salsa de toutes les couleurs faisant penser à des vitraux côtoyaient des boîtes de thés exotiques et d'énormes meules de fromage enveloppées dans une pellicule épaisse de paraffine.

La brise salée se déposait sur des présentoirs auxquels étaient suspendues des tuniques brillantes en coton imprimé ou perlé et faisait tinter et virevolter les tubes d'un vaste choix de carillons éoliens. De nombreuses personnes déambulaient le long des allées, en tenant des crèmes glacées et des petites coupes de crabe Dungeness ou des cartons de frites croustillantes, et s'arrêtaient de temps en temps pour inspecter les marchandises ou pour écouter les flûtes, les guitares, les mandolines, les tambourins et... Hé, était-ce Kirsty Pelham ?

Je penchai la tête pour pouvoir jeter un coup d'œil derrière un gros tas de saumons argentés. C'était bien la planificatrice, vêtue de ce que j'aurais juré être du DKNY, et elle marchait main dans la main avec Mitch De Palma, l'agent de sécurité du bateau. Il me fallut quelques secondes avant de le reconnaître, parce qu'il portait des vêtements de ville, des jeans noirs et un chandail brun, et parce que, contrairement à sa sévérité habituelle, il affichait une expression stupide et enjouée. Les lèvres légèrement entrouvertes, il ne quittait pas Kirsty des yeux. Il était préférable que la planificatrice surveille ses courriels avec des poèmes. Ce qui me rappela que je voulais lui parler à ce sujet. Peut-être valait-il mieux que je leur parle à tous les deux ? C'était l'occasion parfaite.

Kirsty m'avait reconnue avant que je ne les interpelle. Puis, son regard fut attiré par Sam, qui lui faisait des signes de la main. Son visage fut traversé par toute une série d'expressions, de surprise pour commencer, suivie par quelque chose de plus. Pendant un moment, je crus qu'elle souffrait et que peut-être son taux de sucre chutait de nouveau. Son beau visage pâlit, et elle lâcha brusquement la main de Mitch avant de se diriger vers nous.

Trente minutes plus tard, nous étions tous les quatre installés autour d'une table en bois brut, couverte de papier de boucherie, à la terrasse d'un des cafés qui donnait sur la mer et Elliott Bay. Notre paquebot de croisière blanc scintillait au loin. L'air ambiant sentait les embruns et les oignons frits, et le soleil jouait à cache-cache avec les nuages. Pendant un instant, je sentis une douce chaleur sur mes épaules nues, puis, l'instant d'après, j'eus la chair de poule. J'avais relevé mes cheveux haut sur ma tête et je les avais retenus avec un clip. Je sirotai un chardonnay passable de l'État de Washington en attendant que ma soupe refroidisse. J'essayai à chaque instant de me convaincre que tous les voiliers qui croisaient au loin ne me faisaient pas terriblement regretter de ne pas être avec un certain agent fédéral. Je n'avais pas beaucoup de chance d'y réussir.

Cependant, j'étais contente de constater que Kirsty avait repris des couleurs. Elle rougissait même légèrement en parlant avec Sam et elle remit en place une mèche de cheveux que la brise avait soulevée et qui s'était déposée sur ses lèvres. Je m'étais trompée en pensant que le diabète était la cause du problème. Il était évident, à la façon dont elle évitait tout contact avec Mitch, qu'elle avait été simplement ennuyée que nous les ayons vus se tenir par la main un peu plus tôt. Elle était très attachée aux convenances. Cela me fit souhaiter ne pas voir Marie apparaître au coquetel de la future mariée ce soir avec un tee-shirt à l'effigie du troll. J'allais profiter de cette occasion pour amener Kirsty à me parler de ce maudit photographe, lorsque Sam me prit de court.

— Alors, comment les pieds de Darcy se retrouvent-ils sur toutes ces affiches ? demanda-t-il en buvant une gorgée de sa bière canadienne.

Il me lança un long regard en coin en souriant comme s'il voulait amadouer le Petit Chaperon rouge.

— Non qu'ils soient désagréables à regarder.

Je roulai des yeux.

Kirsty s'éclaircit la gorge et joua avec la tranche de citron dans son soda pendant un instant. Quand elle releva la tête, ses froids yeux bleus se posèrent sur moi.

— Je dois vérifier mes notes concernant la journée au spa, dit-elle sans un battement de cils. Ç'a été un vrai coup de chance de pouvoir coordonner nos besoins avec une promotion que l'équipe du spa avait planifiée.

— Je comprends bien cela, répliquai-je, en constatant que Mitch avait posé son bras sur le dossier de la chaise de Kirsty d'une façon pas tout à fait désinvolte — le pauvre type. Mais les formulaires que nous avons signés concernaient de nouvelles photos, et les affiches publicitaires pour lesquelles je me questionne étaient déjà là quand nous sommes montés à bord. Je n'ai jamais donné la permission d'utiliser celle-ci. Je ne savais même pas qu'elle existait. Comment le photographe se l'est-il procurée ?

— Je ne sais pas vraiment, répondit-elle en se tortillant comme si elle pensait que je voulais la blâmer ou quelque chose comme ça. Je sais seulement que la nouvelle campagne publicitaire a été supervisée par un docteur qui va donner une série de conférences sur le bateau.

— Un docteur ? m'étonnai-je en constatant que je ne savais absolument rien sur les activités du bateau.

Je n'avais pas lu le bulletin d'information, ni autre chose. Diable, je ne savais même pas si toute cette affaire de concours de poitrines velues était vraie ou juste une chose que Marie avait inventée pour me distraire. Je devrais au moins vérifier cela. Mais, une conférence médicale ?

— Bon, dit Sam. Si c'est un chirurgien, il va peut-être pouvoir retirer toutes les agrafes plantées dans le gros orteil de Darcy.

Mitch détourna son regard du lobe d'oreille de Kirsty et sursauta en me regardant fixement au-dessus de la table.

— Pardon ?

— Sur l'affiche, m'empressai-je d'expliquer avant qu'il ne réagisse et appelle le 9.1.1. de son téléphone cellulaire.

Quelqu'un a posé un tas d'agrafes sur les orteils de l'affiche, une photo de mes orteils apparemment.

Je pris une cuillérée de soupe et soufflai dessus.

— Bonté divine, dit Mitch en regardant la planificatrice et en contractant sa mâchoire. Je sais que tu ne veux pas que j'en fasse toute une affaire, Kirsty, mais il est évident que ces foutus pompiers ne vont pas...

Il s'interrompit brusquement et rougit en lançant un regard vers Sam.

— Hé, mon vieux, je suis désolé. Ce n'est pas ce que je voulais dire.

— Pas de problème. J'aime les bonnes blagues, comme tout le monde, mais je ne voudrais pas être impliqué dans quelque chose qui pourrait blesser quelqu'un ou...

Il écarquilla les yeux et se pencha pour attraper le verre de Kirsty, qui venait de se renverser sur la table et dont les glaçons glissaient dans tous les sens.

— Oh, laissez, je vais m'en occuper !

Nous nous précipitâmes sur nos serviettes, et Kirsty s'excusa plusieurs fois pendant que nous éloignions nos assiettes du liquide renversé. Je pris un glaçon et la tranche de citron, puis hésitai pendant un moment en observant le visage de Kirsty. Dans un état proche de l'hypnose, elle regardait silencieusement Sam, qui épongeait la nappe. Et elle pâlit de nouveau, tout comme avant. Bon sang. Tout était de ma faute. C'est moi qui lui avais fait penser à toutes les blagues qui nuisaient à ses plans pour le mariage. J'aurais dû le savoir. Elle ne pouvait s'empêcher de se sentir responsable de tout ce qui arrivait au cours de cette croisière. Ce n'était pas non plus le moment de révéler que je pensais avoir entendu de la poésie dans les écouteurs du spa ou que j'étais la cible de toutes ces enveloppes étranges de FedEx. Je désirais vivement lui demander le nom du docteur qui allait donner les conférences, mais il allait falloir que je le découvre par moi-même quand je serais de retour sur le bateau.

— Bon, dit Kirsty, en baissant les yeux sur le cadran de sa montre après que le serveur nous eut apporté la facture, je vais devoir retourner au bateau.

Elle esquissa un sourire, et je fus heureuse de m'apercevoir qu'elle semblait moins anxieuse, même si elle s'en tenait de nouveau scrupuleusement à son emploi du temps.

— J'ai quelques détails à finaliser pour la fête de Patti Ann ce soir, ajouta-t-elle, en posant les yeux sur Sam, puis sur moi.

Elle mordilla sa lèvre inférieure d'un air inquiet.

— Vous serez de retour à temps, n'est-ce pas ?

— Bien entendu, dis-je, en secouant certainement un peu trop la tête — mais c'était plus fort que moi ; les infirmières sont bien connues pour savoir rassurer les gens. Je vais vous suivre de peu, Kirsty. Ne vous inquiétez pas. Je vais simplement essayer de trouver un cadeau pour ma grand-mère et ensuite je rejoindrai le groupe.

Bien évidemment, je ne savais pas que Sam le pompier avait d'autres projets.

J'aurais dû me douter que quelque chose se tramait quand, après avoir payé le carillon éolien pour voilier, je me tournai pour faire face à Sam, qui tenait un bouquet de pois desenteur en fleurs dans sa main. Sam Jamieson, même s'il était charmant en diable, avait toujours été aussi romantique qu'une tape sur les fesses. Mais là, il fallait que je me demande s'il avait tout calculé, surtout quand il se mit à parler de « l'endroit parfait pour admirer le coucher de soleil et la vue de Puget Sound ». Il me prit par la main et m'entraîna vers la navette *Elliott Bay Water Taxi*. Il avait dû tout planifier. Et même si je voulais retourner au bateau et enquêter sur ce docteur et son implication dans les affiches, je devais à tout prix trouver le moyen de mettre les choses au clair avec ce pompier.

* * *

Ce n'était vraiment pas une tape sur les fesses. Sam avait bien fait ses recherches. « Salty's sur Alki Beach », avec ses panneaux vitrés du sol au plafond, était un endroit tout simplement magique. Nous prîmes place sur une terrasse dominant l'étendue du Sound et offrant une vue à trois cent soixante degrés du panorama de Seattle, de la tour Smith à la tour Space Needle. Le soleil bas à l'horizon faisait flamboyer le ciel dans des teintes de pourpre et d'or, et les accents d'un piano jazz interprétant de la musique de Steely Dan flottaient dans l'air lorsqu'une serveuse arriva avec des boissons et des amuse-gueules. Je réprimai un gémissement ; j'étais une inconditionnelle des calmars au cumin. Je me dis que je pouvais goûter un peu à tout — les crevettes à la noix de coco, le cheddar Tilamook et le saumon à la sauce citronnée — avant de passer au plan d'action élaboré par Sam. Les infirmières sont des gens pratiques après tout.

— Je suis heureux que nous puissions enfin être seuls, dit Sam, en regardant fixement l'étiquette de sa bière blonde, avant de poser sur moi ce regard de chien battu qui m'avait déjà troublée. Je voudrais t'expliquer certaines choses… à propos de ce qui nous est arrivé.

— Hum… ce n'est pas néces-ss-saire, bafouillai-je en dégustant des tentacules de calmars.

Je passai ma serviette sur mes lèvres en rougissant.

— Désolée. Je veux dire que tu n'as pas besoin de m'expliquer quoi que ce soit, Sam. Beaucoup d'eau est passée sous les ponts depuis.

Ou plutôt, un troll s'était installé sous un pont. Et, bonté divine, en parlant de troll, pourquoi n'étais-je pas allée avec Marie ? J'aurais pu être en toute sécurité quelque part sous terre à l'heure qu'il était.

— Si, je le dois, insista-t-il en prenant une profonde inspiration et en soufflant doucement. J'ai agi comme un fou en te mentant au sujet de Chloé et…

— Pour dire la vérité, l'interrompis-je, surprise de mon besoin de préciser les choses, tu ne m'as pas menti à son sujet. Tu as tout simplement omis de me dire que tu avais une femme. Est-ce exact ?

Sam fit la grimace comme si les religieuses l'avaient attrapé.

— C'est exact. Tu as raison, Darcy. Et, même si je connaissais ton point de vue sur les relations, j'aurais dû être honnête.

« Même s'il connaissait mon point de vue sur les relations…? »

Je décidai de ne pas m'étendre sur ce commentaire énigmatique. Je devais ramener cette conversation au présent une fois pour toutes, finir mon apéritif et retourner au bateau.

— Alors, tout va bien maintenant entre Chloé et toi ?

— Elle dit qu'elle veut faire une autre tentative, mais je ne sais pas.

J'aurais voulu le frapper avec les pois de senteur.

— Tu ne sais pas ?

— Je ne suis pas sûr d'être fait pour le mariage. Tu es mieux placée que tout le monde pour comprendre ça.

« Je suis mieux placée que tout le monde ? »

D'accord, tout cela m'énervait, et les calmars commençaient à être beaucoup moins intéressants.

— Quoi, Sam ? demandai-je en levant le menton. Pourquoi devrais-je comprendre cela ? Où veux-tu en venir ?

— C'est simple, répondit-il en souriant gentiment et en tendant le bras au-dessus de la table pour poser sa main sur la mienne. Je veux dire que tu as toujours essayé de garder notre relation simple, comme si tu voulais éviter quelque chose de sérieux. Je regarde Kyle s'engager si rapidement dans un mariage avec Patti Ann et ça me fait penser à moi il y a quelques années. Chloé et moi venions à peine de quitter le collège que, diable, je me suis rendu compte qu'elle se précipitait pour acheter des magazines spécialisés dans les mariages et que sa mère invitait mes parents à souper.

Son regard plongea dans le mien comme si c'était une gaffe à saumon.

— Tu ne m'as jamais posé de questions, Darcy. Tu n'as jamais cherché à savoir pourquoi je ne t'emmenais pas chez moi ou pourquoi je ne parlais pas beaucoup de moi. Tu étais d'accord pour que nos relations soient épisodiques. Je crois que tu aurais considéré comme trop risqué d'aller plus avant.

Il enfonça la gaffe plus profondément.

— Je crois que tu es encore comme cela.

J'avalai une gorgée de bière et feignis de m'intéresser aux pois de senteur qui se flétrissaient. Maudit fût-il. Bougre de Jamieson. J'étais venue pour lui expliquer que toutes ses attentions étaient malvenues, pour lui laisser savoir en termes clairs ce que je pensais de quelqu'un qui attachait si peu d'importance à mes scrupules. Mais, à présent, je ne savais plus où j'en étais. Me connaissait-il mieux que je ne me connaissais moi-même ? N'avais-je évité cette baudroie puante que pour être frappée par quelque chose qui avait une trop forte odeur de vérité ? Je ne voulais pas penser à tout cela.

Tout ce que je savais, c'était que mes boutons recommençaient à me démanger et qu'un maniaque des agrafes semblait être une aussi bonne diversion que le concours des poitrines velues. Peu importe que Sam ait raison ou non à propos de moi, j'avais un mariage à protéger pour Patti Ann, ainsi que pour Kirsty. Et je devais encore me venger de cette humiliante histoire d'orteils.

ONZE

MARIE RAPPORTAIT DES DOUZAINES DE PHOTOS NUMÉRIQUES du troll de Fremont, une robe à corsage bain-de-soleil en batik avec des franges pour Carole et une révélation étrange au sujet du docteur qui allait donner des conférences sur le bien-être.

— Oh, mon Dieu ! m'écriai-je en cessant d'enfiler mon capri en satin couleur kiwi.

Il tomba sur le sol, et je tombai à la renverse sur mon lit, la bouche grande ouverte, vêtue seulement d'une culotte et de ma camisole verte à motifs en perles.

— En es-tu vraiment sûre ?

— Ouais. Philippe Talon. Ce podiatre taré qui se promène avec cette monstrueuse voûte plantaire installée sur le toit de son Range Rover, celui qui a essayé de te détourner pour aller travailler avec lui.

— Il est à bord ?

Mon esprit ne voulut s'intéresser à rien d'autre, même lorsque mon regard tomba sur les mystérieuses enveloppes jaunes, posées sur ma table de nuit, puis revint sur Marie.

— Tu ne penses pas qu'il a quelque chose à voir dans tout cela, n'est-ce pas ? Les enveloppes FedEx et les photos et...

Mon estomac se révulsa.

— ... la crème-dessert au chocolat ?

Je revis le podiatre dans la cinquantaine, bedonnant, barbu et perdant ses cheveux, et j'essayai de l'imaginer en train d'orchestrer la crème fouettée, le vison et le serpent autour des chevilles ou d'écrire quelque chose comme : ... *mais en même temps paraissant prendre goût à être foulée par les pieds des hommes...*

— Serait-ce possible ?

Marie installa son sac banane autour de la taille de son large tee-shirt en satin couleur moka et s'assit les jambes croisées sur le lit faisant face au mien. Elle haussa les sourcils et secoua la tête avec une combinaison effrayante de Yoda et de la certitude d'une spécialiste du comportement animal.

— Les pieds ? Le syndrome de l'amoureux éconduit ?

— Amoureux éconduit ?

La bouche grande ouverte, je fixai Marie du regard comme si elle était folle et ripostai :

— Premièrement, Philippe Talon n'a pas été éconduit, et deuxièmement il n'a jamais été mon amoureux, pour l'amour de Dieu ! Comment peux-tu dire cela ? Si c'est parce que j'ai reconnu avoir pris un verre avec Worley ou...

— Hé, arrête ça ! s'écria-t-elle en me lançant une paire de bas roulés en boule. Tu sautes encore aux conclusions. Je n'ai pas dit que tu étais sortie avec le podiatre. Je voulais simplement dire que le docteur Talon a des vues sur toi et que peut-être, dans son esprit tordu, il *est* ton amoureux. Penses-y !

— Que veux-tu dire ?

Je me relevai, ajustai mon capri et cherchai mon blouson et mes sandales à fleurs. Nous étions censées être au coquetel de Patti Ann dans une demi-heure, et pour quelque sombre raison j'étais encore troublée par cette conversation trop intime que j'avais eue avec Sam Jamieson. Il pensait que j'avais peur de m'engager ? Cela pouvait-il être vrai ? Et est-ce que mon problème avec Luke et l'écrin en velours et...

« Non, je ne me laisserai pas entraîner. »

Un ou deux verres de cocktail tropical allaient se charger de tout remettre en place rapidement.

— Je veux dire, expliqua Marie avec un grand sourire, que Philippe Talon essaie depuis des mois de t'embaucher comme représentante en matériel orthopédique. Et pourtant, il ne cherchait personne avant que tu aies besoin d'un emploi. Ce n'est pas un peu bizarre ?

Je m'efforçai de me remémorer les évènements. Six mois plus tôt, après Sam et avant Luke, j'avais éprouvé le besoin urgent de quitter le service des urgences.

— Mais je ne me souviens pas que Philippe se soit comporté autrement qu'en professionnel, Marie. Sérieusement. Il a passé beaucoup de temps à me faire une formation au sujet de son métier et du...

— Support de voûte plantaire ?

Son nez se plissa comme Yoda quand il renifle « le mal ».

— Hein ?

— Lorsque tu étais allée à son bureau après la fermeture pour qu'il te montre comment il modelait cette semelle « spéciale » faite en Allemagne ?

Elle tenta de réprimer une grimace, mais je m'en aperçus.

— Tu te souviens ? J'avais eu la frousse quand tu m'avais expliqué toutes les manières qu'il avait faites en t'aidant à retirer tes chaussures et tes bas.

— C'est exact. Puis, il avait mis mon pied dans ce gel chaud, et j'avais eu peur qu'il bousille les mailles de ma chaîne de cheville et...

« Oh, non ! »

Je portai mes mains à ma bouche.

— Qu'y a-t-il ? demanda Marie en écarquillant les yeux comme si elle avait compris.

— Il avait pris des photos, Marie.

* * *

J'avais toujours détesté la sensation qui m'envahissait quand je savais que quelque chose allait arriver. C'était la même sensation que celle que j'avais ressentie quand un appel était entré au service des urgences pour prévenir qu'une ambulance arrivait avec un blessé grave, peut-être le membre d'un gang de rue, qui avait frappé les policiers et les ambulanciers malgré la pioche rouillée plantée dans sa poitrine. Quoi qu'il en soit, mon taux d'adrénaline avait tellement grimpé que j'avais eu des spasmes.

Puis, à la dernière minute — ouf —, l'ambulance avait été détournée vers un autre hôpital, et nous n'avions jamais vu ce type. J'avais ressenti une sensation d'abandon, car même si j'avais voulu passer mon dimanche sans avoir à retirer une pioche et à mettre deux paires de gants en raison des risques de contamination par le sang, il n'en était pas moins vrai que j'étais prête à le recevoir, n'est-ce pas ? C'est ainsi que je me sentais quand Marie et moi avions appris de la bouche de la responsable des activités que le docteur Philippe Talon était toujours à Seattle et qu'il ne serait certainement pas de retour avant plusieurs heures, peut-être même pas avant que nous appareillions pour Vancouver, et qu'elle n'avait aucune façon de le joindre. Le chef photographe ne m'avait pas non plus été d'une grande aide au sujet des affiches ou des accessoires utilisés pour prendre les photos au spa. Il m'avait suggéré de demander au déserteur docteur Talon. Alors, oui, je me sentais frustrée, prête pour la confrontation, et Dale Worley représentait un sacré bon substitut. Il m'indisposait royalement.

— N'y a-t-il pas quelques dauphins que vous puissiez terroriser, Dale ? lui demandai-je, en jetant un coup d'œil de mon perchoir au bar Spinnaker et en observant les clients pour trouver une table à laquelle je pourrais me joindre.

Que diable, j'en arrivais même à penser que le giron de Paul Putnam n'était pas une si mauvaise idée. À son odeur, on aurait dit que Dale avait nagé dans l'après-rasage. Il avait mis une autre cravate stupide, avec des franges vertes et des petites lampes clignotantes, qui faisait penser à un sapin de Noël de la compagnie Ronco. Il allait me rendre folle.

— Plutôt impertinente, n'est-ce pas, Cavanaugh ? gloussa Dale, à cheval sur un tabouret près du mien, en se penchant vers moi.

Il câlina sa cravate d'un goût douteux en passant la langue le long de sa moustache. Puis, il plissa les paupières et ajouta :

— Ouais, une tête rousse audacieuse. J'aime ça !

— Non, répliquai-je vivement, en clignant des yeux à cause des lumières rouges clignotantes de sa cravate et en baissant la voix d'un ton menaçant. Ne vous mettez pas à apprécier quelque chose chez moi et ne vous avisez pas de venir plus près.

J'ignorai son rire minable et fis pivoter mon tabouret pour parcourir la salle des yeux.

Les toasts portés en l'honneur de Patti Ann étaient terminés depuis longtemps, mais les invités — à l'exception de Marie, qui m'avait abandonnée pour s'entretenir avec un ambulancier dans le salon de cigares — n'étaient pas pressés de quitter le confortable bar tout en teck et en laiton. Un groupe s'était formé dans un coin, sous la maquette d'un mât de bateau entièrement gréé, et entourait une chanteuse blonde dont les racines de cheveux avaient grandement besoin d'être réanimées au peroxyde. Elle interprétait un pot-pourri de chansons qui me rappelait les cassettes interminables de spectacles de Las Vegas que ma mère avait l'habitude de faire jouer dans la fourgonnette lors de nos rares vacances familiales : Streisand, Cher, Ronstadt, Whitney Houston et…

— Voulez-vous danser ?

Je me tournai vers Worley et lui lançai un regard noir.

— Bon, dit-il en désignant d'un signe de tête Mitch De Palma et Kirsty, qui évoluaient sur la piste de bois sombre, on dirait que cet idiot de la sécurité s'intéresse à la planificatrice de mariage.

Il renifla et saisit son verre de whisky.

— Je lui souhaite bien de la chance ; elle est aussi froide que du marbre. Mais elle n'a pas goûté à la chaleur de Worley — pas encore. Je suis prêt à parier que je pourrais même inciter votre compagne de cabine à faire un échange de couples. Vous ne savez pas ce que vous manquez, ma chère.

« Beurk ! »

Je m'emparai de mon cocktail tropical et bus une trop grande gorgée, que j'avalai trop vite, en me retenant pour ne pas attraper Dale par sa cravate et le secouer jusqu'à ce que mort s'ensuive. C'était tellement tentant.

Si ce foutu podiatre ne se montrait pas bientôt, j'allais finir en prison, c'était certain. Je pris une autre gorgée de cocktail, puis reportai mon attention sur la piste de danse.

Kirsty et Mitch étaient bien là, et je me demandai à combien de quarts de travail il avait dû renoncer pour avoir la chance de serrer cette jolie blonde dans ses bras. Mais un regard de plus et l'on se rendait compte que pour lui, cela en valait la peine. Les yeux fermés, il tenait Kirsty, dans une robe en soie rose, fermement enlacée et bougeait au son de la musique. Il avait fichtrement belle allure dans son blazer en lin, et seule une fille du FBI aurait pu supposer que son arme de service se cachait en dessous.

Sam dansait près d'eux, avec une des quelques invitées qui ne faisaient partie ni de l'hôpital ni du service des pompiers, qui l'avait entraîné contre son gré sur la piste de danse. C'était sans doute la cousine au deuxième degré de la future mariée, avec des cheveux noir corbeau retenus par un clip et vêtue d'une combinaison-pantalon en serpent qui semblait de circonstance, considérant l'étreinte de python avec laquelle elle serrait l'imposant pompier. Sans doute à cause des effets du rhum, je crus voir sa langue se glisser près de l'oreille de Jamieson, ce qui ne semblait pas lui déplaire. Une de ses mains rampa vers le bas de son dos, et il me lança un regard implorant. Je souris et levai mon verre de cocktail.

« Très bien. Demande à Chloé de voler à ton secours. »

— Alors, qu'y a-t-il avec cette poule mouillée de Galloway ? me demanda Dale, et je réalisai, malgré les vapeurs de mon cocktail, qu'il était toujours assis à côté de moi et que j'étais loin de faire ce que j'avais prévu, c'est-à-dire confronter le podiatre pervers.

Le vendeur de voitures recommença à jouer avec sa cravate, et je décidai qu'elle ne représentait peut-être pas un sapin de Noël, mais plutôt un palmier. Oui, un palmier avec une ou deux moitiés de noix de coco en plastique et des lampes rouges clignotantes.

— Vous l'avez vu ? insista-t-il en désignant de la tête Ryan, qui était debout, seul, sur la piste de danse, près des deux fiancés béatement enlacés.

— Oui, répondis-je, en penchant la tête pour mieux voir.

Je devais reconnaître que c'était plutôt étrange, et Ryan avait une expression qui n'augurait rien de bon.

— On dirait qu'il essaie d'attirer l'attention de Kyle.

— On dirait qu'il est soûl comme une bourrique, renchérit Worley, visiblement amusé. Ça pourrait être drôle. Avez-vous déjà vu Kyle retourner un veau ?

En fait, j'avais soudainement cessé de penser à Ryan, à Kyle, à Sam, à la Femme Serpent et même aux noix de coco sur la cravate de Worley. À présent, mes yeux étaient rivés sur la porte du bar Spinnaker et sur l'homme bedonnant et aux cheveux clairsemés qui venait juste d'arriver. Au souvenir de la crème-dessert au chocolat, mes orteils se tordirent dans tous les sens. Je l'étudiai ; un blazer à rayures en seersucker, un nœud papillon, pas de ceinture à son pantalon à taille haute, une barbe poivre et sel bien taillée… le docteur Philippe Talon.

Il se dirigea d'un pas élégant vers l'extrémité du bar — un homme bâti pour se dandiner comme un canard et pourtant capable d'imiter la démarche de Patrick Swayze, ce qui ne pouvait être que le fait, eh bien, d'une miraculeuse paire de supports de voûte plantaire faits en Allemagne. Sinon, Philippe Talon était à peu près le même que lorsque je l'avais vu pour la dernière fois, lorsque je l'avais invité à dîner dans cet intéressant petit restaurant japonais…

Oh, bon sang, comme j'avais pu être stupide ! Le restaurant où nous avions défait nos chaussures, que diable ! Je m'étais débattue avec mes baguettes et m'étais excusée de devoir décliner son offre d'emploi, et pendant tout ce temps ce pervers n'avait fait que reluquer mes orteils ? Je fermai les yeux pendant un moment sous le coup de l'humiliation en me sentant rougir. Il ne m'avait emmenée là que pour dire au revoir à mes pieds. OK, je pouvais accepter ça. Ce qui importait à présent, c'était que je l'avais démasqué et que j'avais quelques questions à lui poser. Au sujet de la poésie et d'une affiche remplie d'agrafes.

Je descendis du tabouret, lissai mon capri en satin et m'étirai le plus possible pour essayer de croiser le regard de Philippe au-dessus de la foule, qui faisait de plus en plus de bruit.

Je levai la main en agitant les doigts, puis nos regards se rencontrèrent. Il hocha la tête. Je serrai les dents et me forçai à sourire. J'avais attendu patiemment, et maintenant il était temps d'agir.

Mais, je n'avais pas envisagé qu'il y aurait une bagarre dans le bar.

Les cinq prochaines minutes furent horribles et irréelles et ressemblèrent tellement à une mauvaise reprise de *Gunsmoke* que ma pauvre grand-mère, atteinte de démence, se serait levée et aurait lancé sa chaussure en hurlant comme une adolescente. De mémoire, Rosaleen Cavanaugh en pinçait pour le marshal Matt Dillon, mais cette fois c'était le poing de Ryan Galloway contre la mâchoire rude de Kyle, suivi par un incompréhensible cri d'homme, un coup de poing au visage et les hurlements de Patti Ann. Puis, enfin, il y eut l'écho de bruits saccadés au moment où notre chanteuse lâcha son micro sur la piste de danse pour aller se cacher derrière un palmier.

— Oh, merde ! dis-je à personne, pour la bonne et simple raison que Worley avait abandonné son tabouret et s'était précipité au cœur de la bagarre, bousculant tout le monde de son derrière brillant.

Sa cravate volait dans tous les sens, et il criait comme si c'était meilleur que faire l'amour sur le capot de son Hummer. Je le suivis, Dieu sait pourquoi, et j'arrivai juste à temps pour voir Kirsty tirer Patti Ann derrière le faux mât de navire. Puis, Kyle, les lèvres couvertes de sang, se leva en chancelant. Après avoir retrouvé son équilibre, il retourna se battre comme le courageux cow-boy qu'il était. Ryan tomba sur le sol. Il glissa sur les fesses, bouscula Sam et fit perdre l'équilibre à la Femme Serpent. À ce moment, Mitch De Palma agrippa Kyle par le bras et Paul Putnam surgit de nulle part en agitant les bras tel un arbitre ivre et mal embouché. Mitch cria un avertissement, le système de sonorisation du bateau fit entendre une sinistre série de grondements, et je décidai qu'il y avait suffisamment d'espace derrière le mât pour trois personnes.

Je m'écartai juste au moment où Dale, hurlant comme une chatte en chaleur, se jetait sur Mitch. Quelle idée stupide ! Et, avec un peu de retard, Sam se précipita pour intervenir.

— Mon Di-ieu ! cria Patti Ann, les yeux écarquillés et les ongles plantés dans mon bras. Que pouvons-nous faire ?

— Bon, hum... euh... balbutiai-je en reculant alors que Dale décochait un autre coup de poing.

Le poing de Mitch s'abattit sur la magnifique joue de Sam avec le bruit d'un maillet frappant un steak. Sam vacilla vers l'arrière et entra dans un poteau en bois de la scène. Bêtement, je me tournai vers Kirsty, comme si notre planificatrice pouvait résoudre cette affaire en criant

« bibbity bobbity boo » et en agitant son assistant numérique personnel. Pas de chance, et... bon sang, souriait-elle ? Non, ce devait être le fruit de mon imagination.

— Quelle mentalité de troupeau ! fit Kirsty d'une voix calme et le regard fixe. Ils se comportent comme les animaux d'une meute. Quand ils n'ont pas de proie, ils se battent entre eux. Ce n'est qu'une question de temps.

Elle suivit des yeux la bagarre qui se déroulait sur la piste de danse, et je me demandai pendant un moment si elle incluait dans cette harde son Mitch chéri. Puis, elle haussa les épaules en souriant avant de se tourner vers Patti Ann en esquissant, j'en étais sûre à présent, un sourire.

— Mais, Dieu merci, ajouta-t-elle en posant la main sur le bras de Patti Ann pour la rassurer, les renforts sont arrivés.

C'était vrai ; les collègues de Mitch se déplaçaient calmement et efficacement sur la piste de danse, et la musique jouait de nouveau. Ryan Galloway avait disparu, et Dale avait déambulé vers nous, transpirant et lançant des regards langoureux à Kirsty maintenant que Mitch était occupé ailleurs. Et, enfin, la chanteuse quitta sa cachette derrière le palmier et, après avoir repris son micro, elle se lança sans enthousiasme dans une interprétation de la chanson *If I could Turn Back Time* de Cher. Aurait-ce pu mieux tomber ?

À cet instant, je ne désirais rien de plus que cela : revenir à un moment où je n'étais pas malade d'inquiétude pour ma grand-mère, couverte de boutons, fuyant un écrin à bijoux et doutant maintenant, à cause de ma rencontre avec Sam Jamieson, de mon propre cœur. Pourquoi ces paroles, « Je crois que tu aurais considéré comme trop risqué d'aller plus avant, Darcy », résonnaient-elles encore comme un coup bas ?

Mais je pus éviter de glisser dans une pathétique recherche de mon âme par la réalisation de deux nouvelles réalités irritantes. La première — je fuis le regard insistant de Worley — était que je m'étais trompée au sujet de sa cravate ridicule ; ce n'était ni un sapin de Noël ni un palmier. Et les boules de plastique rose n'étaient pas des noix de coco. Bonté divine, je venais juste de regarder plus attentivement. Un pagne, un torse peint à la main, deux pitons avec des lampes rouges clignotantes : c'était une vahiné. Quelle cravate à pile d'un goût douteux ! Et deuxièmement — je parcourus la salle du regard une nouvelle fois —, le docteur Philipe Talon avait disparu au moment opportun.

* * *

« Pourquoi suis-je seule ici avec Sam ? »

— Reste tranquille, veux-tu ? dis-je tandis que Sam grognait sous la poche de glace improvisée que je tenais sur son visage.

J'avais enfin réussi à le faire asseoir sur le pont arrière, désert, du bateau. Je supposais qu'un œil enflé et à moitié fermé était beaucoup plus macho que d'être vu en public tenant une poche de glace.

— Ça coule le long de ma chemise, s'écria-t-il en bougeant un peu les épaules, mais obéissant dans l'ensemble aux ordres de l'infirmière. Qu'est-ce que c'est, de toute façon ?

— Une coupe en plastique avec le reste de mon cocktail tropical dont je n'ai pas pu dégager des glaçons. Et ce n'est pas faute d'avoir essayé, tu peux me croire.

— Bon, cela explique pourquoi je commence à sentir la noix de coco, dit-il, sa bouche s'incurvant lentement dans un sourire irrésistible.

— En réalité, si j'en crois notre planificatrice de mariage, tu devrais sentir l'animal sauvage.

— Hein ?

Sam s'écarta, et un glaçon tomba sur ses genoux. S'il pensait que j'allais le ramasser pour lui, il se trompait. Je posai la coupe sur une table à côté de la chaise longue sur laquelle j'étais perchée près de lui. J'aurais vraiment dû me déplacer.

— Oui, dis-je en secouant la tête. Kirsty pense que ce qui vient d'arriver dans le bar est le parfait exemple d'une « mentalité de troupeau » et d'un « comportement d'animal de meute ».

J'observai les sourcils de Sam se contracter et remarquai que ce simple mouvement du visage le faisait grimacer. Son œil gauche était aussi violacé qu'une prune mûre.

— À ton avis, qu'est-ce qui a déclenché cette bagarre ?

— Je crois, dit-il en lançant le glaçon sur le pont et en se renfrognant, que Ryan Galloway a enfin trouvé le courage d'affronter Kyle.

— À quel sujet ? demandai-je, réalisant une fois de plus qu'il avait raison.

Depuis le début de la croisière, Ryan était une tout autre personne.

— Comment le saurais-je ?

Sam s'assit sur la chaise longue en allongeant ses longues jambes sur le côté, et soudain nous nous retrouvâmes assis l'un en face de l'autre et beaucoup trop près.

— Je ne travaille plus là. Pas depuis que toi et moi...

Ses yeux foncés trouvèrent les miens, et sa voix s'adoucit en un murmure.

— Est-ce pour cela que nous sommes ici, Darcy ? Pour parler de Ryan ?

— Sam, je…

« Oh, merde. Bonne question. »

Je commençai à m'éloigner lorsqu'il me retint en posant sa grosse main sur mon avant-bras. Je ne savais pas quoi répondre parce que, il faut bien l'avouer, j'aurais très bien pu lui donner une poche de glace dans le bar et partir. J'aurais aussi pu la donner à la Femme Serpent, qui semblait désireuse de faire tout son possible pour ce pompier. J'aurais pu faire bien d'autres choses qui ne m'auraient pas amenée ici, seule avec mon ex-amoureux, incroyablement beau, sous un ciel parsemé d'étoiles. Alors, pourquoi étais-je ici ? Parce que j'étais masochiste et que je ne pouvais cesser de penser à cette foutue conversation que nous avions eue dans ce restaurant de Seattle ?

— Tu n'as jamais répondu à la question que je t'ai posée durant notre première nuit à bord, dit Sam, avec un battement de cils sur son œil gonflé.

Sa chemise en chambray était ouverte sur sa gorge, et le tissu sur sa poitrine avait été mouillé par la poche de glace remplie de cocktail. Le pont se mit à tanguer sous nos pieds alors que les moteurs du bateau commençaient à ralentir pour entrer dans le port de Vancouver. Il devait être presque minuit. La musique provenant de la fête de fin de croisière se faisait entendre dans le lointain. Et Sam sentait la noix de coco.

— Quelle question ?

— Au sujet de cet avocat.

Luke. Ma gorge se serra et mon pouls s'accéléra. Je me posais tant de questions moi-même. Je regardai fixement Sam sans répondre, n'étant même pas certaine de ce que je voulais dire. Mais je n'étais peut-être pas venue ici pour dire quoi que ce soit ; j'avais peut-être besoin d'en entendre plus sur ce que Sam avait à dire.

— Je veux dire, insista-t-il en glissant ses doigts sur ma joue, est-ce sérieux ?

Était-ce sérieux avec Luke ? La peau commença à me démanger, et cela déclencha un dilemme fou à l'intérieur de moi : des larmes jaillissant de mes yeux contre un étrange accès de rage qui les empêchait de couler. La rage l'emporta.

— Sérieux ? dis-je, en dégageant ma main et en croisant les bras. Tu peux encore me demander cela après ce que tu as dit au sujet de mon attitude envers les relations ? soufflai-je en plissant légèrement les yeux, me sentant plus confortable avec cette émotion. Et après avoir insinué que j'avais peur de m'engager ?

Je m'attendais à ce qu'il adopte son comportement habituel, c'est-à-dire qu'il recule. Attitude très sécurisante depuis que je savais qu'il fuyait toute émotion. Et je poursuivis mon attente.

— J'ai insinué cela ? demanda Sam en se rapprochant de moi.

Sa voix se mua en murmure, et ses yeux captèrent les miens. Son œil droit, en tout cas, puisque son œil gauche était fermé.

— Ou est-ce ce que tu penses de toi-même ?

Quoi ? Bougre de Sam Jamieson. Que lui était-il arrivé pendant l'année passée ? Où était passé le gars qui savait dire « Veux-tu faire l'amour » dans six langues différentes, sept en comptant le klingon, et qui murmurait les résultats des Forty-Niner en guise de préliminaires sans jamais parler d'amour ? Comment pouvait-il jouer à docteur Phil tout d'un coup ?

— T'aime-t-il ? demanda Sam.

Je sautai sur mes pieds en trébuchant sur mes sandales à fleurs et pointai un doigt sur lui comme si c'était une arme.

— Pourquoi me demandes-tu tout cela ?

Mon doigt se mit à trembloter, et quand je le rapprochai de moi pour gratter les boutons de ma poitrine, les tremblements empirèrent.

— Oublie ça, m'empressai-je d'ajouter en serrant le poing, je ne veux pas le savoir et je m'en vais. Laisse la glace sur ton œil.

Je commençai à m'éloigner, quand Sam me retint par le bras.

— Parce que... peut-être que je...

— Quoi ?

Je m'efforçai de regarder bien en face un extraterrestre à un œil.

Le pont se balança. Sam garda le silence pendant un moment.

— Je crois que je t'aime, Darcy.

DOUZE

D'ACCORD, C'ÉTAIT UNE ÉNORME ERREUR DE PENSER QUE Sam pourrait dire quelque chose que j'avais besoin d'entendre, je l'admets. Mais, dans mes rêves les plus fous, je n'aurais jamais imaginé cela. La poésie sur les pieds faisait pâle figure à côté.

— Que viens-tu de dire ? m'écriai-je d'une voix haut perchée.

Sam esquissa encore une fois ce lent sourire, mais il me sembla que son visage avait légèrement rosi autour des meurtrissures. Il s'éclaircit la gorge.

— J'ai dit que je pourrais être amoureux de toi.

— Hummm.

Si jamais il y avait un moment qui nécessitait de parler le klingon, c'était bien maintenant, mais soudain je bafouillai :

— Bon, alors….

J'ai haussé les épaules.

— Darcy, pouvons-nous nous asseoir un instant ? demanda Sam en pâlissant. Et où est cette glace ?

Il frissonna de nouveau et toucha l'ecchymose.

— Je suis étourdi et je pense que je te vois double.

« Hein ? Oh, Dieu merci ! »

Je n'aurais pas dû sourire, mais la panique jaillissait de moi comme d'un ballon percé.

Sam n'était pas amoureux de moi ; Sam avait été blessé à la tête. *Oui !* Et, heureusement, je parlais couramment le langage des infirmières.

— Viens, Sam, dis-je en lui passant un bras autour de la taille pour l'aider à marcher jusqu'à la chaise, assieds-toi et laisse-moi t'ausculter de nouveau.

Il s'allongea sur la chaise longue et je m'assis sur le bord, en tapotant sa pommette gonflée du bout des doigts.

— Aïe, souffla-t-il, le visage si près du mien que je pus sentir la chaleur de son haleine. Ce n'est pas ce que j'avais prévu. Je suis censé t'embrasser, maintenant.

— Personne n'embrassera personne, répliquai-je en prenant le même ton que l'infirmière Ratched. As-tu encore des étourdissements ?

— Seulement lorsque je pense à ton tatouage, susurra-t-il.

Il émit un gémissement quand je tentai d'ouvrir ses paupières gonflées. Ses pupilles paraissaient normales, le menteur.

— OK, OK, s'empressa-t-il, je suis étourdi seulement quand je bouge la tête. Je dois l'avoir heurtée assez fort contre ce maudit poteau.

— Poteau ?

J'hésitai pendant un instant, puis les images de cette affreuse bagarre au bar me revinrent en mémoire.

— D'accord, Mitch t'a frappé, et, sous le coup, tu as heurté le poteau en bois situé au bord de la scène. Y a-t-il une bosse ?

Je me penchai au-dessus de lui et glissai mes doigts à l'arrière de ses cheveux, fouillant dans ses boucles soyeuses si familières jusqu'à ce que je la trouve — une bosse de la taille d'une balle de golf.

— Bon sang ! m'écriai-je en m'en voulant de ne pas l'avoir remarquée auparavant. Je n'aime pas cela, Sam. Il serait préférable que tu descendes à l'infirmerie.

Je pris la coupe contenant la glace fondue, et il saisit mon poignet.

— Attends, je vais bien. Je t'assure.

La coupe m'échappa des mains et le liquide se répandit sur sa poitrine. Il commença par frissonner, puis partit d'un grand éclat de rire.

— À moins que je ne me noie.

Il s'interrompit, et j'en profitai pour essayer de m'éloigner.

— Je t'ai dit la vérité, Darcy. Je veux que tu le saches.

Ses yeux, grands ouverts tous les deux maintenant, cherchèrent les miens.

— Je crois que je t'ai toujours aimée.

— Non, Sam, bredouillai-je, ne dis pas des choses comme ça. Tu as eu une commotion et tu ne sais pas…

— Je sais très bien, m'interrompit-il d'un air renfrogné. Et arrête avec tous ces trucs d'infirmière. Si tu étais devant une maison en feu en train de me dire que tu m'aimes, est-ce que je te dirais que tu es toute mélangée parce que tu as inhalé de la fumée ou…?

Il s'interrompit et sourit d'un air penaud.

— Ce n'est pas la même chose, répliquai-je en reposant la glace sur son visage.

— Je sais, souffla-t-il, en me regardant dans les yeux. Mais c'est tout ce que j'ai trouvé pour que tu m'écoutes. Je dis seulement que j'ai beaucoup pensé à tout cela dernièrement. Bien avant de recevoir un coup sur la tête. Comment puis-je savoir que la raison pour laquelle je ne peux pas retourner avec Chloé n'a rien à voir avec ce que je ressens pour toi ?

— Nous ne nous sommes pas vus pendant un an.

— Exact, acquiesça-t-il en fermant les yeux alors que je retirais la compresse improvisée de sa joue.

Le pont tangua, et pendant un moment on aurait dit que notre chaise longue allait à la dérive comme un canot de sauvetage.

— Mais le fait de recevoir ces courriels pendant les dernières semaines m'a fait réfléchir.

— Je ne les ai pas envoyés, Sam. Je n'arrête pas de te le dire. Et si tu es ici parce que tu crois que je t'y ai invité, alors tu es sans aucun doute la cible d'une autre blague stupide. C'est la façon d'agir de tes acolytes, ne le vois-tu pas ? De la colle dans le short de Gordy, les appareils photo à jets d'eau et... des courriels bidon ?

Sam écarquilla les yeux. Un filet de glace fondue coula le long de sa joue rugueuse et s'insinua dans l'ouverture de sa chemise. À son regard, je pus me rendre compte qu'il ne l'avait pas senti, pas plus qu'il n'avait entendu un seul mot de ce que je lui avais dit. Il se rapprocha de moi, et je pensai que l'orchestre avait dû prendre une pause, car la musique s'était tue et je n'entendais plus que le clapotis de l'eau contre la coque du bateau. Et le souffle de Sam.

— Tu ne m'aimes pas, dis-je d'une voix douce en le fixant des yeux et en ressentant une impression de déjà vu.

Lorsque j'avais rencontré Sam pour la première fois, il avait une blessure à l'œil. Et ces yeux incroyables m'avaient fait craquer, presque comme maintenant. La coupe toujours entre mes mains, je pensai à tout cela et à d'autres choses ridicules comme s'il était possible que les yeux soient vraiment une zone érogène non répertoriée ou...

Et soudain, Sam m'embrassa.

Sa bouche couvrit la mienne, et je fus étourdie pendant un moment, désorientée par la chaleur de son contact, la texture familière de ses lèvres, l'odeur de sa peau et la façon dont ses mains se déplaçaient pour se poser tout d'abord sur mes joues, puis pour me serrer contre lui. C'était une situation dont je ne me rappelais que trop bien, et je savais où tout cela pouvait nous mener. Mais, parce que c'était une sensation si familière, je me mis à penser que si je lui rendais son baiser, cela paraîtrait tout à fait naturel et... Les doigts de Sam glissèrent sur mes joues, et son baiser se fit plus profond et...

« Non, cela ne doit pas arriver ! »

Je me raidis, laissai tomber la coupe en plastique et me penchai en arrière, le visage bien trop chaud et les genoux couverts de glace, mais Sam glissa la paume de sa main sur ma nuque et... La voix d'un homme jaillit derrière nous et nous fit sursauter, mes dents heurtant celles de Sam.

— Bon, bo-on... maintenant, pourquoi suis-je venu iii-ci ?

Paul Putnam parlait d'une voix épaisse sous les effets de l'alcool. Il passa une main dans ses cheveux argentés, puis, chancelant vers l'avant, il déforma sa bouche et chercha dans ses poches, avec une lueur dans le regard qui laissait voir qu'il avait trouvé la réponse. Il sortit un paquet de cigarettes en éclatant de rire.

— Je suis simplement sorti pour fumer. J'ignorais que j'assisterais également à un spectacle.

Mon visage s'enflamma. Oh, pour l'amour de Dieu, à quoi avais-je pensé ?

— Il y a dix étages sur ce bateau, Putnam, grommela Sam en se tortillant pour se redresser, et de nombreux autres ponts. Tu pourrais aller ailleurs, hein ?

Il posa la main dans le bas de mon dos d'un geste protecteur, puis m'adressa un sourire quand je me mis debout. Les glaçons qui se trouvaient sur mes genoux tintèrent en roulant sur le pont.

— N'en faites pas toute une affaire, Paul, dis-je d'un ton aussi détaché que possible. Ce n'est pas ce que vous croyez...

Paul éclata de rire sans même me laisser le temps de finir ma phrase.

— Bien sûr, marmonna-t-il en actionnant son briquet, vous êtes infirmière. Vous lui faisiez certainement du bouche-à-bouche pour le réanimer. Je ne vais pas mettre vos compétences en doute. Après tout, vous m'avez sauvé la vie.

Je m'arrêtai avant de pouvoir dire combien je le regrettais à présent.

— Mais ça m'est égal si vous ne voulez pas de moi ici, ajouta-t-il après avoir tiré une bouffée de sa cigarette. Peu m'importe l'endroit où je fume. Je veux simplement fuir les agents de sécurité qui se donnent en spectacle.

— Mitch ? m'étonnai-je, en me demandant ce qu'il voulait dire, car la dernière fois que je l'avais vu, les choses étaient revenues à la normale dans le bar. Quelque chose d'autre est arrivé ?

— Qui ne mérite pas tout le battage qu'il en fait.

Il pointa le bout de sa cigarette vers Sam et lui adressa un sourire.

— Tu vas aimer ça, Jamieson. Quelqu'un est entré dans la cabine de Kirsty Pelham et l'a vandalisée. Tous ses dessous ont été agrafés ensemble.

* * *

Marie me regarda avaler mes pilules de ginkgo biloba avec un double café au lait. Je n'avais pas eu le temps de respecter les doses ces derniers temps. Et je savais que je n'aurais pas dû prendre un café à — je baissai les yeux vers le cadran de ma montre Fossil — une heure du matin, mais mon esprit était tout embrouillé. Et j'espérais toujours mettre la main sur ce podiatre insaisissable.

Marie hocha la tête avec un sourire en coin.

— Le ginkgo agit sur les pertes de mémoire, Darcy, pas sur le mauvais jugement. Comptes-tu sur cela pour te souvenir de *ne pas* embrasser Sam Jamieson ?

— Oh, non !

Je pressai les doigts sur mes yeux en grommelant. J'avais laissé deux messages « juste pour dire bonjour » sur le répondeur de Luke, d'un ton guilleret, totalement neutre et, je devais bien l'avouer, complètement tourmenté par la culpabilité. Il ne prenait pas ses messages quand il était en mission secrète, je le savais, mais cela ne m'empê-chait pas d'être sur le point d'en laisser un autre.

— Ne me fais plus penser à cela. Et ce n'est pas moi qui l'ai embrassé, c'est lui.

— Ah, oui ! Cela fait toute une différence.

Elle jeta un coup d'œil sur la foule qui se pressait dans le bar La Vigie.

— Comme la différence entre avoir ses dessous collés ou agrafés ?

Des buveurs installés au bar éclatèrent de rire, et elle roula des yeux.

— Oh, oui, dis-je, tu parles de la lingerie de Kirsty. Qu'est-il arrivé, de toute façon ?

Je levai ma tasse de café et jetai un œil au-dessus du bord vers Sam, qui était assis quelques tables plus loin, seul avec sa tasse de café. Le docteur l'avait laissé quitter l'infirmerie en disant qu'il ne voyait aucun signe de commotion. Bien sûr. Ce n'est pas parce qu'il pouvait compter les doigts du docteur et se souvenir du nom d'une douzaine de présidents des États-Unis qu'il était cohérent pour autant. Il croyait être amoureux de moi, que diable !

— Kirsty bouillonnait de colère et Mitch s'est jeté sur la liste des invités du futur marié comme un rottweiler enragé, expliqua Marie. Deux de ses collègues ont dû le retenir. C'est plutôt effrayant si l'on considère qu'il porte un revolver.

— C'est vrai. Et ce n'est que de la lingerie, après tout.

Marie porta un macaron trempé dans le chocolat à sa bouche et hésita.

— Eh bien, je crois que Mitch a peut-être un intérêt particulier ?

— Oh, c'est un bon point.

Je fis un signe de tête en direction de l'endroit où l'agent de sécurité s'entretenait avec un serveur. Son expression sombre était bien trop apparente.

— Donc, où est Kirsty ? Elle ne suit pas son héros partout ?

— Non, elle est partie juste après. Je pense qu'elle était très gênée. Tu sais comment elle est. Je n'ai jamais vu quelqu'un manger autant d'antiacides. Elle a probablement trouvé une dégrafeuse et est retournée à sa cabine. D'après ce que j'ai entendu, elle va en avoir pour un bon moment.

— Ouais, cela va être difficile de séparer les morceaux sans les abîmer, dis-je en faisant une grimace en signe de solidarité. Si ses dessous ressemblent à sa garde-robe, je suis prête à parier qu'un sérieux montant d'argent a été attaché… euh… agrafé.

— Et sur les murs, ajouta Marie en hochant la tête.

— Quoi ?

— Oui, environ une douzaine de soutiens-gorges et de culottes ont été agrafés comme des trophées de chasse tout le long du corridor du pont C.

— Es-tu sérieuse ? insistai-je en écarquillant les yeux.

— Ouais, quelqu'un tenait vraiment à la mettre dans l'embarras.

À présent, je partageais la rage de Mitch. Combien cette pauvre fille pourrait-elle encore en supporter ?

Je plissai les yeux et inspectai de nouveau le bar. Presque tout le monde était encore là. Patti Ann et Kyle partageaient un dessert, la Femme Serpent, assise au bar, allumait son briquet et regardait Sam d'une façon insistante, Putnam tentait d'installer un Worley bien éméché sur un tabouret...

— Où est Ryan ? demandai-je en me tournant vers Marie.

— Je n'en sais rien. Il était là il y a environ une demi-heure. Il semble qu'il voulait s'excuser auprès des futurs mariés.

— Quelqu'un a-t-il donné la raison de cette bagarre ? demandai-je en revoyant l'expression menaçante sur le visage de Ryan peu de temps avant qu'il décoche le premier coup de poing au futur marié.

— Non, mais Worley le taquinait comme un beau diable de s'être fait faire une clé par Kyle le cow-boy, et...

Marie leva la tête et fit la grimace.

— Quand on parle du diable, il arrive, Darcy !

Trop tard. J'agrippai le bord de la table pour ne pas tomber quand Worley attrapa le dossier de ma chaise et la fit basculer en arrière sur deux pieds. Je poussai un cri lorsque le café au lait se répandit sur le devant de ma camisole.

— Mais, qu'est-ce que...

Alors que je m'efforçais de retrouver mon équilibre, je respirai à pleins poumons l'haleine chargée de whisky de Dale. Sam poussa un cri à l'autre bout de la salle et Marie sauta sur ses pieds.

— Allez, Darcy, juste un petit baiser ? demanda Dale quand, soudain, il lâcha la chaise et se remit sur ses pieds.

Mes coudes heurtèrent le dessus de la table au moment où ma chaise se releva.

— Hé, là ! dit Marie après avoir attrapé le bras de Dale et s'être appuyée contre sa cravate clignotante.

Il trébucha et retrouva son équilibre en agrippant le bras de Marie. Elle le regarda en grimaçant et en battant des cils d'une façon que je n'aurais jamais crue possible. Ses lèvres s'incurvèrent en un délicieux sourire en coin.

— Y a-t-il une agrafeuse dans votre poche, Worley, ou êtes-vous simplement content de me voir ?

J'en restai bouche bée.

« Allez, Marie ! »

Je me levai et croisai les bras sur mes seins, couverts de café. Du coin de l'œil, je vis Sam traverser le bar, suivi par Mitch et Kyle. Qui avait besoin d'eux ? Superman n'avait rien à envier à Marie Whitley.

Le visage de Dale s'empourpra et sa moustache se mit à trembler. Il plissa les yeux en serrant très fort les bras de Marie.

Elle leva le menton sans sourciller et continua à sourire.

— Ça va ?

— Certainement, Whitley, dit Dale avec un rire mordant. Je vous l'aurais bien proposé si je n'avais pas su que la seule raison pour laquelle vous êtes ici est parce que vous voulez avoir la chance d'embrasser Cavanaugh vous-même.

Il glissa la langue sur sa moustache.

— Bon sang, j'aimerais voir ça. Nous pourrions, tous les trois…

Il resserra sa prise, et cette fois je vis Marie faire la grimace.

— Retirez vos mains, Worley ! grondai-je en avançant pour attraper sa chemise.

Puis, je levai les yeux vers lui, incroyablement furieuse. Peut-être était-ce parce que ma camisole avait été mouillée par le café juste après que mon capri eut été trempé par les glaçons ou parce qu'une gigantesque affiche de mon pied nu était visible sur le mur derrière nous. Je ne le savais pas, mais à présent Dale Worley était le centre d'une cible dont les ronds concentriques étaient représentés par une bande de salauds.

— Doucement, bébé, dit-il en se tournant vers moi. Je suis venu en amoureux, pas en ennemi. Tout ce que je voulais, c'était un petit baiser. Tu es une fille accueillante, non ? Que dirais-tu…

Il lâcha les bras de Marie et s'avança vers moi, en souriant comme le fou qu'il était.

Je sentis la main de Sam contre mon coude et entendis le grondement sourd de la voix de Mitch, mais plus rien ne pouvait m'arrêter.

— Un baiser ? m'exclamai-je en secouant la tête et en grinçant des dents. Mais, ça ne va pas ? Je ne voudrais pas toucher vos foutues lèvres même si ma vie en dépendait et encore moins si c'est votre vie qui en dépendait ! Si vous croyez que vous pouvez rester là avec cette cravate ridicule…

Je cessai ma tirade lorsque Sam se planta devant moi.

— Vas-t'en, Worley, dit-il d'un ton aussi calme que s'il enseignait les consignes d'évacuation de l'école en cas de feu à une classe du primaire, ou tu auras affaire à moi.

Dale le regarda avec un sourire dédaigneux.

— Quoi ? Et te la laisser ? Tu n'as peut-être pas compris quand elle t'a laissé tomber la première fois, Jamieson. Et ta femme devrait peut-être être informée que tu tournes encore autour de ton ancienne petite amie, hein ? Je vais peut-être lui donner un coup de fil.

Sam devint tendu et, perdant toute maîtrise de lui-même, il s'avança vers lui.

— Toi, misérable…

Je saisis Sam par le bras et ouvris la bouche pour lui rappeler que j'étais capable de me défendre toute seule, quand des agents de sécurité firent intrusion dans la salle après que Mitch eut aboyé des ordres. Un grand nombre d'agents. Marie tira sur le bas de ma veste.

— Partons d'ici, murmura-t-elle d'une voix rauque en me tendant mon sac à main.

Il n'était pas question de discuter. De plus, je venais juste de voir le podiatre demander une boisson au bar et s'en aller d'une démarche élégante sur ses supports de voûte plantaire.

* * *

À deux heures et demie du matin, les ponts étaient déserts, et, de la poupe, on ne voyait que l'étendue d'un noir d'encre et les remous créés par le sillage du bateau, plusieurs étages plus bas. Les lumières de Seattle étaient loin derrière nous, mais nous étions encore à des heures de Vancouver ; c'était une sensation d'être déconnectée et à la dérive qui correspondait parfaitement à mon humeur.

— Je ne m'en vais nulle part, Marie, dis-je en posant les coudes sur le bastingage humide et en prenant mon menton dans mes mains.

L'air sentait les embruns, l'huile — et le café, à cause de ma camisole, maintenant sèche. Nous avions fait le tour de toutes les boîtes de nuit et de tous les bars à la recherche du podiatre, mais sans succès.

Marie baissa les yeux vers le cadran de sa montre Kermit et bâilla.

— Donc, je suppose que la boisson de Philippe Talon était son dernier verre avant de se coucher. Quel homme sage !

Le bout de son cigarillo rougeoyait dans l'obscurité.

Je souris, puis fronçai les sourcils en détournant mon regard du bastingage pour le diriger vers les remises situées derrière nous. J'aurais juré avoir entendu du bruit provenir de cet endroit à plusieurs reprises.

— Oui, acquiesçai-je, mais je continue à penser que c'est dommage que le commissaire de bord n'ait pas voulu me donner le numéro de sa cabine.

— Et alors, aurais-tu pu t'introduire dans sa cabine et le surprendre en train d'écrire des poèmes ? Admets-le, tu vas devoir résoudre ce mystère par toi-même, ma belle. Tout simplement en lui parlant directement des affiches et des poèmes. Au moins, le commissaire de bord t'a-t-il donné le programme de ses conférences ?

— Exact, dis-je avec un autre sourire. Je vais faire irruption entre *Tout ce que vous voulez savoir sur les oignons* et *La digitopuncture pour les amoureux des plantes de pieds*. Quelque chose au sujet de cette dernière conférence pue la crème-dessert au chocolat.

Je me retournai vers le pont en entendant un ricanement feutré.

— As-tu entendu ? Je jurerais que ça vient d'une de ces remises.

— La 1505, dit Marie en hochant la tête avec un sourire malicieux.

— Hein ?

Marie prit une bouffée de son cigarillo, ouvrit la bouche en forme de *O* et forma un de ses lents et exaspérants ronds de fumée. Elle le regarda osciller pendant un instant avant de répondre.

— C'est le numéro.

— Quel numéro ?

J'étais bien trop fatiguée pour jouer à ce petit jeu.

— De la remise juste derrière nous, 1505, gloussa-t-elle. « La cabane de l'amour », ou du moins c'est comme ça que l'appelle l'infirmier.

— Quoi ? Tu ne veux pas dire que…

— Ouais. Il n'y a rien d'autre qu'un lit de camp là-dedans. Ils passent longtemps en mer.

Elle pointa son cigarillo en direction d'un des immenses canots de sauvetage suspendus plusieurs mètres au-dessus du bastingage.

— J'ai entendu dire qu'ils avaient l'habitude de se hisser dans les canots de sauvetage, mais maintenant ils sont surveillés par les agents de sécurité, alors…

Je baissai les yeux en pensant que c'était bien possible, un rendez-vous secret dans un canot, si l'on considérait qu'ils étaient couverts, pas comme ces vieilles chaloupes. Mais il fallait être bien désespéré et… Je relevai les yeux en entendant un autre murmure provenant de la remise 1505. Mon visage s'empourpra.

— Mais, ne se font-ils pas prendre ? Je veux dire, n'existe-t-il pas un règlement qui interdit les relations entre employés ?

— Hé, ne me regarde pas comme ça. Je ne suis jamais entrée dans la cabane de l'amour au cours de mes croisières. Tout ce que je sais, c'est qu'il y a une longue liste d'attente pour la remise 1505.

— Allons donc, dis-je en hochant la tête. Retournons à notre cabine. La journée a été bien longue. Après avoir évité de peu une baudroie, assisté à deux bagarres dans le bar, été embrassée, cherché un podiatre et…

Je fis la grimace en entendant un autre chœur de gémissements.

— … et découvert la cabane de l'amour, je suis brûlée.

Je poussai un cri en me rappelant quelque chose.

— Et, bonté divine, je devais aller vérifier si j'ai reçu la télécopie que j'attends de l'avocat de grand-mère.

— Oh, merde. Je suis désolée.

Marie mit son cigarillo entre ses lèvres pour pouvoir fouiller dans son sac banane.

— Cet avis est arrivé à notre cabine plus tôt pour toi. J'avais complètement oublié.

Elle me tendit une enveloppe et sourit en me voyant hésiter.

— Allume. Ce n'est pas un poème. Le steward a dit que c'était un avis pour te prévenir qu'une télécopie était arrivée.

J'ouvris l'enveloppe, lus le bref message et relevai la tête.

— Ça doit être ce formulaire de décharge de responsabilité que je dois signer. Je ferais mieux d'aller le chercher.

— Je vais y aller avec toi. Tu sais, je suis vraiment désolée d'avoir oublié. Je sais combien tu désires clarifier la situation de ta grand-mère.

— Ce n'est pas un problème, dis-je, mais retourne à la cabine. Je vais signer le formulaire et le renvoyer — il n'y aura certainement pas foule dans la salle d'informatique à cette heure.

Marie gloussa et éteignit son cigarillo.

— Non, ce n'est pas aussi populaire que la remise 1505.

* * *

Je pris le dossier sous mon bras et appuyai mon derrière contre la porte de la salle d'informatique en fouillant dans mon sac pour trouver ma carte-clé. Le corridor était désert, comme je l'avais prévu, et une lampe de plafond clignotait, rendant ma tâche plus difficile. Si seulement je l'avais mise dans mon portefeuille, comme toute personne organisée l'aurait fait. Rouge à lèvres, anneau d'orteil — il fallait absolument que je me débarrasse de cette chose stupide, car elle pinçait la peau —, serviette de cocktail collante à cause du café au lait séché, téléphone cellulaire. Ah, voilà !

Je l'insérai dans la fente et attendis le bourdonnement et le déclic en me disant que j'allais renvoyer le formulaire à l'avocat par télécopie et laisser un autre message à Luke avant d'aller m'écrouler dans mon lit. Et demain, nous arriverions à Vancouver. J'avais réservé une place dans l'autocar pour aller au parc Capilano ; l'air frais et la randonnée m'avaient semblé une bonne idée pour me changer les idées. J'allais me dépêcher de terminer ceci et... La porte se déverrouilla, et, au moment d'entrer dans la salle plongée dans l'obscurité, je poussai un hurlement de surprise... *Qui ?*

— Oh ! m'écriai-je, en reculant après avoir vu l'homme.

L'ampoule clignotante du corridor éclairait faiblement sa silhouette, car le rayonnement de l'écran de l'ordinateur était la seule source de lumière à l'intérieur de la salle. Je fus parcourue d'un frisson. Diantre, était-ce l'annexe de la cabane de l'amour ?

— Désolée, je pensais que personne…

Je plissai les yeux dans la pénombre, puis pénétrai dans la pièce avec méfiance. Que se passait-il ici ? L'homme ne bougeait pas, et pourquoi était-il…?

— Euh, dis-je en commençant à me sentir vraiment mal à l'aise, tout va bien ? Puis-je ouvrir la lumière ?

Pourquoi cet homme était-il penché au-dessus de la photocopieuse dans le noir ? Pantalons verts, chemise blanche, le corps entier couché sur la photocopieuse. Non, ce n'était pas la photocopieuse ; c'était la déchiqueteuse que Marie et moi avions vue auparavant. L'énorme déchiqueteuse de format commercial, rivée au sol.

Mais… je levai une main tremblante vers l'interrupteur électrique. La salle fut inondée de lumière, et je clignai des yeux, en laissant tomber le dossier que j'avais sous le bras. Mon cœur se logea dans ma gorge et mon estomac tenta de le repousser.

« Oh, mon Dieu ! »

Le visage de Dale Worley était aplati contre la partie supérieure de la déchiqueteuse, la cravate aspirée dans la fente de chargement en acier inoxydable et tendue comme la corde d'un pendu. Sa peau était violacée et sa langue pendait. Ses yeux étaient grands ouverts, froids et sans vie.

TREIZE

« DESCENDS-LE. ESSAIE DE LE FAIRE RESPIRER. COUPE LA CRA-vate... Mais, comment faire, au nom du ciel ? »

Mes idées se bousculaient, mes mains tremblaient, et mon souffle devint saccadé alors que je cessais mes tentatives stupides pour tirer la cravate de Dale hors de la fente de chargement. Je parcourus la salle des yeux d'un air désespéré.

« Quelque chose de coupant... Voilà, des ciseaux ! »

Là-bas, sur le dessus d'une pile de papiers. Je me précipitai pour les prendre, mais mon pied buta contre une boîte de trombones posée sur le sol et je laissai échapper un grognement.

Repoussant un haut-le-cœur, je glissai les ciseaux dans la mare de salive teintée de sang qui s'était formée sous le menton de Dale et commençai à actionner les lames contre le nœud serré. Je m'efforçai de me concentrer sur les lames, le tissu qui s'effilochait, le bruit alarmant de mon cœur qui battait dans mes tempes ; n'importe quoi sauf le teint brunâtre de Dale et ses yeux injectés de sang.

« Asphyxie. Oh, mon Dieu ! »

Combien de temps était-il resté dans cette position…?

« Ne réfléchis pas. Coupe. »

Je pris les ciseaux plus fermement, les doigts tout engourdis sous l'effort, jusqu'à ce que son corps glisse, lourd comme un poids mort, et s'étale sur le sol, le visage vers le haut. Je saisis le combiné du téléphone et pressai le 0 en hurlant des appels au secours et je m'écroulai près du corps du vendeur de voitures.

Puis, le cœur battant fort, je glissai deux doigts sous le menton de Dale et levai sa mâchoire avant de couvrir sa bouche de la mienne.

* * *

La lumière matinale filtrait à travers les nappes de brouillard, et je ramenai la couverture de pont sur mes épaules, le visage tourné vers la vaste étendue sombre de l'océan Pacifique Nord. Rien d'autre n'existait que la scène horrible qui se rejouait sans cesse dans ma tête. Le visage gris de Dale, les yeux sans vie, et la sensation de son sternum qui se soulevait encore et encore sous la pression de mes mains. J'étais tellement épuisée que j'avais pu dormir pendant quelques heures, mais d'un sommeil agité. Marie était assise dans un fauteuil près de moi. Bénie fût-elle ! Elle m'avait tellement couvée comme une mère poule que je m'étais presque attendue à trouver des plumes quand j'avais lavé mes cheveux.

— Tu recommences à frissonner, me dit-elle en me tendant la tasse de café allongé de brandy. Tiens, bois une autre gorgée. Nous arriverons au port dans environ deux heures. Tu pourras aller faire cette randonnée au parc Capilano et penser à autre chose… Darcy ?

— Tu sais à quoi je n'arrête pas de penser ? dis-je avec un petit rire ironique, bien heureuse que la vapeur qui s'élevait de la tasse me réchauffe le visage. Les dernières paroles que j'ai dites à Worley étaient quelque chose comme : « Je ne voudrais pas toucher vos foutues lèvres même si ma vie en dépendait. »

Je la regardai droit dans les yeux.

— Je lui ai dit des choses horribles. Et maintenant, il est mort.

Marie garda le silence pendant un instant, puis elle sortit un cigare de son sac banane et actionna la molette de son briquet Volkswagen. Le bout du cigare s'enflamma, et, après avoir tiré une bouffée, elle rejeta la fumée en hochant la tête.

— Mais l'important est que tu l'aies fait, rétorqua-t-elle en fronçant les sourcils. Reconnais-le, Darcy, tu as fait du bouche-à-bouche à un gars au visage cyanosé et gluant de salive et au pantalon souillé de…

Je poussai un gémissement, bien contente d'avoir pris deux douches.

— Désolée, insista Marie, mais c'est la vérité. Tu as fait les manœuvres de réanimation sur Dale Worley jusqu'à ce que le personnel infirmier te force à arrêter et constate sa mort. Tu as donné à Worley la seule chance qu'il lui restait. Beaucoup de gens ne l'auraient pas fait.

— Je le sais bien, mais je me sens quand même mal d'avoir été si dure avec lui.

— Alors que c'était un sombre idiot qui harcelait sexuellement de nombreuses femmes ? Quelqu'un qui était cruel avec les animaux sans défense, qui faisait des blagues obscènes et…

— Et qui a fini par trouver la mort à cause de sa foutue cravate ridicule.

— Là, je retrouve la fille forte que je connais ! s'écria Marie en esquissant un sourire.

— Sérieusement, repris-je après avoir pris une gorgée de café fort, comment croient-ils que c'est arrivé ? Qu'ont dit les agents de sécurité ?

— La dernière chose que j'ai entendue était...

Marie leva les yeux et regarda au-dessus de ma tête.

— Attends, voilà Kirsty et Mitch. Ils doivent connaître les dernières nouvelles.

Je me retournai et aperçus le couple s'approchant sur le pont, qui venait d'être arrosé. Même dans la pâleur de la lumière matinale, il était évident que la planificatrice ne se maîtrisait déjà plus. Kirsty tenait son téléphone cellulaire coincé entre l'épaule et le menton, son assistant numérique personnel dans l'autre main, et ses cheveux blonds, d'apparence soignée comme d'habitude, se balançaient avec la précision d'une horloge suisse à chacun de ses pas. Elle ferma le couvercle du téléphone et esquissa un sourire en nous apercevant. Mitch secoua la tête et jeta un coup d'œil sur le cadran de sa montre.

— Il y a tant de choses à faire, murmura Kirsty lorsqu'ils s'arrêtèrent près de nous. Et il reste si peu de temps.

Son regard croisa le mien, et son sourire s'évanouit.

— Je suis désolée, Darcy. Comment puis-je dire cela après ce que vous avez fait dans la salle d'informatique ? Aux yeux de tout le monde, vous êtes une véritable héroïne.

— Je ne dirais pas ça, ce fut un effort de groupe et... Bon, je suis vraiment désolée que nous soyons arrivés trop tard pour sauver Dale.

Marie s'avança sur son fauteuil.

— Mitch, avez-vous réussi à comprendre comment il a pu se retrouver dans cette situation ?

Mitch ouvrit la bouche pour parler et se renfrogna quand Kirsty le devança pour répondre.

— Il buvait, dit-elle avec un claquement de langue à peine perceptible. Comment quelqu'un peut-il être étonné par ce qui est arrivé ? Et il était imprudent. Je suis sûre que tout le monde se souvient qu'il a failli tomber du bastingage lors de notre première soirée à bord, ajouta-t-elle en levant la main pour ajuster ses lunettes cerclées de noir.

Je dus avoir un air surpris, car j'avais réellement oublié cet épisode. Pourquoi tout cela paraissait-il si lointain ? Avant que Paul ait frôlé la mort à cause des pistaches, avant la rencontre presque fatale de Gordy avec de la Super Glue, l'affiche avec les agrafes sur mon pied, l'incident avec la lingerie de Kirsty, la bagarre dans le bar, et maintenant Dale... Quelles sortes de célébrations de mariage étaient-ce là ?

Je pris une rapide gorgée de café et posai un regard inquiet sur la planificatrice.

— Comment Patti Ann réagit-elle à tout cela ?

Même si je craignais de recevoir une bague de fiançailles, je pouvais aisément m'imaginer ce que devait ressentir une future mariée lorsqu'un cadavre était trouvé dans son entourage. Le mariage de Patti Ann avait lieu demain, et à cet instant même les membres de l'équipage étaient à la recherche d'un endroit réfrigéré adapté pour recevoir le corps d'un de ses invités.

— Elle s'en sortira, répondit Kirsty sans sourciller. Les accidents peuvent arriver.

Mitch plissa le front, ouvrit la bouche et la referma aussitôt sans rien dire. Il baissa les yeux vers le cadran de sa montre avant de se décider à parler.

— Je dois retourner au bureau de la sécurité. Nous allons commencer à nous entretenir avec quelques-uns des passagers.

Kirsty croisa les bras, les yeux rivés sur son visage.

— Je ne peux pas le croire, Mitch. Vous allez soumettre des gens à un interrogatoire pour un simple accident ?

Mitch se tordit la bouche sur le côté et tapota ses doigts sur le pantalon de son uniforme.

— Un simple entretien. C'est la procédure, Kirsty. Il nous reste à découvrir ce qu'il avait bu et où, qui l'a vu en dernier, la raison pour laquelle il se trouvait dans la salle d'informatique à cette heure avancée...

— Oh ? l'interrompit Kirsty. Les gens sont censés respecter les heures de bureau pour leurs affaires ? Je préfère ne pas penser au peu de choses que j'aurais accomplies si j'avais agi de la sorte.

Elle cligna rapidement des yeux et cessa de rouler des yeux.

— OK, alors pourquoi ne pas demander la même chose à Darcy ? Elle se trouvait là, elle aussi. Allez, vas-y, Mitch, pose-lui la question.

— Je, euh... bredouillai-je lentement, en observant les lèvres pincées de Kirsty.

Que diable, étais-je censée répondre à cela ? Je jetai un regard en coin vers Marie.

Mitch prit la parole, d'un air embarrassé.

— Je ne dis pas que nous voulons entendre tout le monde. Certaines choses ne sont pas de mon ressort. Surtout maintenant, avec...

Il s'arrêta brusquement comme s'il en avait trop dit et écarta les bras en signe d'impuissance.

— En tout cas, je dois retourner au bureau. Je suis désolé.

Kirsty ferma les yeux pendant un instant, aspira et expira doucement, comme je l'avais vue faire quand elle avait pris sa posture de yoga au gymnase. Quand elle rouvrit les yeux, elle m'adressa un sourire, puis se tourna vers Mitch.

— Non, attends. C'est moi qui suis désolée. Vraiment. Je suis trop sensible, je suppose, parce que je pense aux pauvres Patti Ann et Kyle et à la façon dont ils vont se sentir si l'accident de Dale retient toute l'attention contrairement à ce qu'ils avaient prévu. Il y a déjà eu tellement d'autres diversions. Le temps est compté, Mitch.

Je fus tentée de me prononcer sur le fait que le temps de Dale Worley s'était complètement arrêté, que la mort de quelqu'un pouvait difficilement être considérée comme une diversion et que quelqu'un devrait peut-être être sensible à cela, mais, franchement, je me dis que ce ne serait pas très sage. Il valait mieux ne pas irriter une femme qui avait tout récemment retiré des agrafes de ses dessous. De plus, je venais juste de me souvenir d'une ou deux choses qui m'avaient dérangée dans tout ce qui s'était passé dans la salle d'informatique. Et je n'étais pas prête à les partager avec eux.

— Alors, que penses-tu de tout cela ? demandai-je à Marie en regardant Mitch et Kirsty s'éloigner dans des directions différentes.

— Tout d'abord, je pense que si tu regardes la définition du mot « intense » dans le dictionnaire, Kirsty n'en est pas loin. Ensuite, je pense que Mitch en sait plus qu'il ne veut bien le dire.

Elle souffla sur son café, en but une gorgée et secoua la tête.

— Comme quoi ?

— La mort de Dale n'était peut-être pas vraiment accidentelle ?

« Oh, mon Dieu ! »

Un filet de brandy n'était pas suffisant, et maintenant je me demandais même si la randonnée allait empêcher mes idées de se diriger dans la direction où elles allaient. Je remontai la couverture sur mon menton en luttant contre un autre frisson. Je faillis me mordre la langue en reprenant la parole.

— Euh, je viens de me rappeler quelque chose.

— Quoi ?

Je glissai les doigts sur mes lèvres alors que l'horrible scène repassait dans ma tête.

— Ce n'est peut-être rien, mais c'est étrange. Quelque chose que j'ai remarqué quand j'ai commencé le bouche-à-bouche.

— Quoi, Darcy ? Qu'as-tu trouvé ? insista-t-elle en plongeant ses yeux gris dans les miens.

— Des agrafes. Il y avait des agrafes dans les lèvres de Worley.

— Que veux-tu dire ?

— Juste quelques-unes en réalité, dans sa salive, sur son visage et autour de sa bouche. J'ai dû les retirer, mais…

— Mais quoi ?

— J'ai fini par en retirer de ma bouche.

Je secouai la tête, espérant que ce n'était pas ce à quoi je pensais et souhaitant plus que tout que la mort de Dale soit accidentelle.

— Mais cela est peut-être dû au fait que j'ai bousculé certaines choses sur le bureau lorsque j'ai essayé de téléphoner. Des trombones, des crayons et…

— Une boîte d'agrafes ?

— Non, répondis-je avec un sourire tremblotant. Je n'ai vu ni agrafes ni agrafeuse. Mais il y a autre chose, et j'ai oublié d'en parler aux agents de sécurité.

Marie haussa les sourcils, et je poussai un léger gémissement.

— Quand j'ai ouvert la porte de la salle d'informatique, les lumières étaient éteintes. Pourquoi Dale aurait-il travaillé dans l'obscurité ?

* * *

Six heures plus tard, je me trouvais sur le parcours de randonnée qui faisait ressembler mes tentatives de réanimation d'un vendeur de voitures à une promenade dans un parc. Surtout depuis que ma randonnée dans ce parc canadien si particulier m'avait entraînée au milieu d'un pont suspendu où je sentais naître en moi une crise de panique.

« Oh, mon Dieu ! »

Je fermai les yeux pour ne pas regarder la rivière qui coulait soixante-dix mètres plus bas. Pourquoi diable étais-je ici ? Il y avait tant d'autres choix…

Un peu plus tôt, vu du bateau, Vancouver avait semblé composé de gratte-ciel de verre et de vastes étendues d'océan entourées de montagnes aux sommets enneigés. Et de plus de totems aux figures grimaçantes qu'il n'y a de plumes sur le corps d'un corbeau Squamish. Mais non, j'avais mis de côté le parc Stanley, Gas Town, le village chinois et même l'aquarium, avec ses bélugas et ses rainettes venimeuses, pour faire ce qui était censé être une randonnée relaxante. Un bien mauvais choix, car maintenant j'étais transie, figée sur place, et je transpirais de peur sur les planches branlantes du pont Capilano, un pont piétonnier de cent quarante mètres constitué de planches de cèdre et de câbles, suspendu comme une toile d'araignée au-dessus d'une rivière rugissante. Au nom du ciel, que m'était-il passé par la tête ?

Je tentai d'avaler ma salive, mais ma langue resta collée sur mon palais. Ma tête se mit à tourner sous de nouvelles vagues humiliantes de vertige. Mon Dieu, que m'arrivait-il ? L'enceinte de câbles arrivait à la hauteur des épaules, ce n'était donc pas comme s'il était facile de faire une chute, et je n'avais jamais eu peur des hauteurs. Sauf peut-être après avoir glissé sur la falaise du phare lors de ma dernière croisière. Peut-être mon angoisse venait-elle du fait que j'avais peu dormi depuis l'horrible accident de Dale... Ce n'était pas le moment de faire mon analyse. Je devais absolument quitter ce pont.

J'ouvris un œil en poussant un gémissement et regardai vers le bas les kayaks miniatures qui dévalaient les rapides de la rivière.

« Oh, non ! »

Le pont se mit à se balancer quand plusieurs personnes, derrière moi, entamèrent leur traversée. Mes doigts agrippèrent les câbles comme le font les singes au zoo. Quelqu'un m'interpella :

— Allez, il faut avancer, ma belle.

J'aurais aimé me retourner, mais mes yeux étaient rivés sur la rivière et mes genoux tremblaient. Le rugissement des rapides emplit mes oreilles, et une brise fraîche souffla dans la forêt de vieux sapins de Douglas environnante. L'idiot derrière moi se remit à m'apostropher.

« Peut-être si je me mettais à quatre pattes, très discrètement, et si je me déplaçais comme un crabe... »

— Darcy ?

Qui ? Tout en gardant la main bien serrée sur les câbles, je détournai mon regard de l'eau pour regarder vers l'autre bout du pont. Patti Ann, avec des bottes de randonnée et un chandail à l'effigie de l'éléphant de l'université d'Alabama, venait vers moi comme s'il s'agissait d'une répétition pour sa cérémonie de mariage.

— Es-tu bloquée là, mon amie ? cria-t-elle, les mains en porte-voix de chaque côté de sa bouche.

Apparemment, elle n'éprouvait aucun besoin primaire de se tenir après quelque chose.

— Non, j'étais simplement…

— Oh, pour l'amour du ciel ! cria l'homme derrière moi, faites partir cette tête rousse de ce pont avant qu'elle ne mouille son pantalon.

Cette fois-ci, je réussis à me retourner et à regarder, et je jure que si j'avais eu les mains libres, j'aurais montré à ce type un oiseau qu'il ne verrait jamais sur aucun totem.

— Ne fais pas attention à lui, ma chérie, me dit Patti Ann, ses hanches larges la propulsant le long de l'étroit sentier du pont. Pense plutôt à ceci : la brochure dit que Marilyn Monroe a traversé ce pont, ainsi que Walter Cronkite, Margaret Thatcher, les Rolling Stones…

Ce n'était pas le moment de dire à notre future mariée que j'étais presque sûre que Jagger n'avait pas toujours pris des décisions rationnelles et que j'étais convaincue que Margaret Thatcher non plus. De plus, la seule chose qui retenait mon attention était que, dans sa tentative pour venir à mon secours, Patti Ann faisait balancer le pont.

Elle s'arrêta en face de moi, avec un sourire qui illuminait son visage rond et ses yeux de cocker spaniel qui se faisaient rassurants.

— Tu es la femme la plus courageuse que je connaisse, Darcy Cavanaugh. Et je ne mens pas.

Elle fit un rapide signe de la tête, et ses boucles d'oreilles en argent se balancèrent en suivant le mouvement.

— Il te suffit de croire en toi. De croire que tu peux y arriver. D'accord ?

J'acquiesçai d'un signe de tête et réussis à desserrer mes doigts. Les planches se remirent à vaciller sous mes pieds, et je poussai un gémissement.

— Voilà, dit Patti Ann en se retournant vers moi. Mets ta main dans ma poche arrière, ma chérie, et nous allons faire quelques pas de danse pour partir d'ici.

Je glissai mes doigts dans la poche arrière brodée du pantalon cargo de la future mariée, et nous nous mîmes à avancer. Je ne savais pas vraiment s'il s'agissait d'avoir confiance en moi ou si je devais remercier cette fille d'avoir un postérieur aussi substantiel qu'un buffet du Sud.

* * *

Trente minutes bénies plus tard, nous étions installées à la terrasse du café du parc avec des burgers de saumon et deux bières Moosehead. L'air sentait les pins et la fumée de bois, et les rayons du soleil perçaient la frondaison des arbres, chauffant ma peau sous le blouson en molleton noir que j'avais pris quelques semaines plus tôt dans le placard de Luke. Je jouai avec la tirette de la fermeture à glissière en pensant à lui et en m'efforçant de refouler la douleur que je ressentais quand je me demandais s'il allait vouloir reprendre ce blouson quand il partirait pour la côte est. J'avais encore essayé de lui parler ce matin à l'aube, mais sans succès. Il allait falloir que je m'y habitue. Tout comme il allait falloir que je m'habitue à ne pas le voir. La douleur se fit insistante quelque part sous la fermeture à glissière.

« Il va partir. »

En face de moi, Patti Ann haussa ses sourcils, épilés à la cire, tout en trempant une frite dans du ketchup.

— Alors, Marie ne voulait pas apprendre à sculpter un totem ?

— Non, répondis-je en souriant d'un air penaud. Elle n'aime pas les hauteurs.

J'éclatai de rire.

— Je suis celle qui a du cran.

Je pris une gorgée de bière, mousseuse et aigre-douce.

— En parlant des absents, où est passé notre futur marié ?

Patti Ann ouvrit la bouche, hésita et reposa la frite qu'elle tenait dans sa main.

— J'avais besoin d'un peu de temps à moi aujourd'hui.

Sans en être certaine, je crus voir des larmes se former dans ses yeux, avant qu'elle ne m'explique en riant :

— Je veux dire — oh merde —, cette croisière tourne au cauchemar, tu comprends ? Demain, c'est le jour de mon mariage. Comment puis-je lancer un bouquet et exécuter la danse des canards quand un de nos invités a fait preuve d'imprudence et en est mort ?

Je croisai les bras et frottai mes doigts sur le blouson de Luke en m'efforçant de ne pas penser aux agrafes. Et à la possibilité que Dale n'ait rien fait pour mourir et que quelqu'un d'autre soit plutôt responsable de ce drame.

— Je croyais que tous mes plans étaient parfaits, Darcy, et que tout allait se dérouler comme j'en avais toujours rêvé.

Elle gloussa légèrement.

— Ma meilleure amie d'Alabama se rend au mariage en avion. Elle est certainement déjà arrivée à Victoria. Je sais que ça peut paraître ridicule, mais je nous revois toujours quand nous jouions avec nos poupées Barbie —

toutes ces petites chaussures à talons hauts et ces petits sacs à main en plastique — et je me rappelle comme la robe de mariée était mieux que tout... Bon, enfin, tu vois.

Je fis de mon mieux pour sourire, car je savais exactement ce qu'elle voulait dire. La vérité était que j'avais passé mon enfance à jouer au poker à cinq cartes avec ma mère ou aux G.I. Joe avec mes deux frères. Barbie aurait pu faire l'affaire, mais seulement si elle avait rasé sa tête, mis des petites bottes de combat en plastique et promis de ne pas avoir une quinte flush.

C'était peut-être ce qui expliquait ma phobie du mariage. Un manque de Barbie.

— Et, ajouta Patti Ann, avec les yeux humides, j'avais pensé qu'un mariage sur la côte ouest avec quelques touches du Sud pourrait être un bon compromis pour nos deux familles, mais maintenant...

Sa poitrine se souleva et elle poussa un profond soupir.

« Bonté divine. »

Je hochai la tête en me rappelant la façon dont elle avait surgi devant Marie et moi, lors de notre première nuit à bord, vêtue de sa jupe violette et de son tee-shirt *JE SUIS LA FUTURE MARIÉE*, tout excitée par les cornichons frits et le Mardi gras. Cela avait été ridicule, mais en même temps bien sympathique. Il n'y avait plus trace de cette excitation dans ses yeux, et ce n'était vraiment pas juste.

— Kirsty a bien le contrôle sur tout, Patti Ann, la rassurai-je en lui prenant la main. Si quelqu'un peut le faire, c'est bien elle. Je pense qu'il faut rester optimiste.

Cela résonnait comme une excuse boiteuse, même à mes oreilles, et ne pouvait pas tromper une autre infirmière du service des urgences. La mort était quelque chose d'horrible.

— Je sais, répliqua-t-elle en prenant son verre de bière. Quelles que soient les circonstances, demain finira par arriver. Je n'arrête pas de me le dire.

Sa bague de fiançailles étincela dans les rayons du soleil, et je la regardai fixement, aussi stupéfaite que je l'avais été lorsque j'avais regardé la rivière du haut du pont suspendu.

— Et je n'arrête pas de me dire qu'un « mariage parfait » n'est pas tout, ajouta-t-elle. Un mariage, c'est bien plus qu'une belle cérémonie. Et Dieu sait que je désire plus que tout devenir la femme de Kyle.

— Comment en es-tu si sûre ? m'entendis-je lui demander en rougissant.

Mon regard glissa de la bague vers ses yeux, et je fus surprise de me rendre compte que j'étais pressée d'entendre sa réponse.

— Comment sais-tu que tu désires te marier avec Kyle ?

Patti Ann me regarda d'un air incrédule comme si je lui avais demandé comment elle respirait. Elle sourit, et je vis une lueur cordiale s'allumer dans ses yeux.

— Parce que je l'aime, bien sûr.

— Je sais cela, dis-je en m'inclinant sur le banc de bois. Mais avoir, bon… des sentiments pour quelqu'un et vouloir l'épouser sont deux choses différentes. Le mariage est un engagement important. Dieu sait si celui de mes parents a mal tourné. Ils n'ont même pas su réussir leur divorce, en passant, grommelai-je. Enfin, peu importe. Ce que je veux dire, c'est que tu ne connais pas Luke depuis longtemps et…

— Kyle, s'écria Patti Ann d'un ton vif en fronçant les sourcils.

— Hein ?

— Tu as dit « Luke ». Je te corrigeais.

— C'est ce que j'ai dit ?

Oups ! Je me mis à jouer avec les restes de mon burger au saumon, sachant très bien que mon visage me trahissait.

— Bon, c'est bizarre. Je ne sais pas pourquoi j'ai dit cela alors que je pensais à Kyle et…

Je balayai les miettes de la table, puis, après avoir jeté un coup d'œil sur le cadran de ma montre, j'ajoutai :

— Et je ne sais pas pour toi, mais moi je suis prête à retourner au bateau.

— La confiance, dit-elle soudainement avec un hochement de tête convaincu.

Ses boucles d'oreilles, qui, je le réalisais maintenant, étaient deux petits cœurs en argent, se balancèrent avec frénésie.

— Pardon ?

— La raison pour laquelle j'ai su que je désirais épouser Kyle. Je l'aime, bien sûr, mais c'est surtout parce que j'ai confiance en moi, en mon cœur, pour savoir ce qui est bon pour moi. Kyle est bon pour moi. Je voudrais toujours avoir un mariage de rêve, mais la vérité est que j'épouserais cet homme même en plein milieu d'un maudit rodéo ou…

Elle s'interrompit en regardant une rangée d'arbres du coin de l'œil.

— Hé, dit-elle en secouant la tête, regarde.

— Quoi ? demandai-je, en essayant de voir ce qu'elle regardait.

— Là-bas.

Elle commença à lever la main, puis la laissa retomber.

— Non, attends. C'est vraiment bizarre.

— Qui as-tu vu ? Qu'est-ce qui est bizarre ?

— Ryan Galloway. J'aurais juré qu'il nous observait, mais il est parti avant que je n'aie pu lui faire un signe de la main.

QUATORZE

Nul besoin d'être Margaret Thatcher pour se rendre compte que quelque chose n'allait pas et que les cérémonies de mariage de Patti Ann se déroulaient dans des eaux troubles. Le premier indice était que toutes les visites organisées avaient été annulées. La passerelle était maintenant, sans exception, à sens unique pour permettre aux passagers de remonter à bord. Et il y avait ce ruban qui délimitait une scène de crime.

— Où exactement était tendu ce ruban ? demandai-je à Marie en remarquant que Paul Putnam faisait de grands signes à un groupe d'invités du mariage à l'autre bout de la salle des fêtes.

Il avait été le premier à rendre compte de sa découverte et, à ce qu'il paraissait, il racontait son aventure à qui voulait bien l'entendre.

— La salle d'informatique, répondit Marie en tirant une chaise près de la mienne autour d'une table située près du mur de photos.

Je regardai attentivement les photos brillantes pendant un instant en me demandant si c'était la lumière ou s'il y avait vraiment plus d'agrafes. Brrr ! L'idée des agrafes suffisait à me faire frissonner.

— Et, d'après ce qu'a dit Paul, poursuivit-elle, ils en ont mis devant la porte de la cabine de Dale également. Tu paries combien que ça ne cadre pas avec le programme de notre planificatrice de mariage ?

Je gémis en me rappelant comment j'avais essayé de convaincre Patti Ann que Kirsty pouvait tout prendre en main. J'espérais que notre planificatrice avait apporté une pleine caisse des antiacides qu'elle avait toujours sur elle, car je me doutais bien que ce dernier drame, quel qu'il soit, allait représenter pour elle un défi qui ne faisait pas partie du contrat qu'elle avait signé. Je me souvenais de l'expression de Patti Ann quand, lorsque nous avions monté la passerelle une heure auparavant, au moins six agents de sécurité avaient vérifié si nos noms figuraient sur une nouvelle liste des passagers qui était en leur possession. Elle était parsemée de crochets faits à la main, de nombreux signes mystérieux ainsi que de plusieurs mentions de « mariage » comme s'il s'agissait d'une cellule terroriste. Et maintenant, nous étions pratiquement retenus captifs dans cette salle. Je poussai un autre gémissement entre mes dents serrées.

— Souris, Darcy, me dit Marie en hochant la tête. Nous ne pouvons rien y faire.

— Mais j'aurais aimé entendre une annonce officielle, tu vois ? rétorquai-je en bougeant sur ma chaise et en tiraillant sur la bretelle de ma robe imprimée à corsage bain-de-soleil. C'est sinistre, la façon dont nous disposons soudainement de boissons et d'amuse-gueules gratuits aussi longtemps que nous ne sortons pas de cette salle. Le bateau est envahi de gardiens de sécurité. Je t'assure que je m'attendais à ce que l'un d'entre eux me tende une serviette lorsque je suis sortie de la douche.

— Non, ils sont bien trop occupés autour de l'aire d'atterrissage de l'hélicoptère.

— Quoi ?

Marie jeta un regard en coin autour de la salle et baissa la voix.

— J'ai entendu dire qu'il y avait un hélicoptère sur le toit autour de midi.

Puis, avec un sourire malicieux, elle ajouta :

— Probablement au moment où tu étais sur le pont suspendu. C'est dommage qu'ils n'aient pas pu te lancer une échelle de corde.

— Merci de m'y faire penser. Mais, sérieusement, pourquoi un hélicoptère ?

— Je suppose que c'est pour emporter le corps de Dale.

« Gordy, et maintenant Dale. »

— Maudit, jurai-je à voix basse en dirigeant mon regard vers le mur de photos et le cliché représentant Putnam, Gordy, Worley et Sam à la caserne des pompiers.

Et la fille avec le dalmatien.

— Mon Dieu, quelle mauvaise farce. Je ne crois pas que Barbie ait une tenue pour aller en hélicoptère.

— Hein ? s'exclama Marie en me regardant comme si j'étais folle.

Je commençais à me le demander moi-même.

— Peu importe, dis-je en remarquant que Sam venait juste d'entrer, suivi par Ryan Galloway, ce qui me fit penser que...

Je me retournai vers Marie.

— Ryan nous a espionnées aujourd'hui.

— Que veux-tu dire ?

— Au pont Capilano. Patti Ann a dit qu'il nous observait et qu'il s'est sauvé quand il a vu qu'elle l'avait remarqué.

— Pourquoi ne suis-je pas surprise ? Reconnais que Kyle a de bien étranges amis. Tous, les uns après les autres. Et, pour te dire la vérité, je serai bien contente quand nous aurons enfin descendu l'allée dans notre robe à pois et que je pourrai prendre le premier vol pour rentrer à la maison.

— Moi aussi, renchéris-je, me sentant coupable, mais très honnête. Mais je sais tout ce que cela représente pour Patti Ann et je continue à penser que s'il y a quelque chose à faire…

Je m'interrompis en voyant Mitch De Palma se diriger vers la petite scène faisant face à la salle. Kirsty s'assit près de nous avec un air tendu.

— On dirait que nous allons être informés, finalement, dit-elle en scrutant la salle.

Tout le monde était présent : Sam, Ryan, Paul, Kyle, Patti Ann et, au-delà du bar, la Femme Serpent et les autres invités qui n'avaient pas eu droit à la colle, aux agrafes ou à la strangulation. Bon sang. Ce n'était pas Barbie.

— Merci à tous d'être là, commença Mitch, jambes écartées et mains serrées derrière son dos, dans la position où je l'avais vu cette première nuit quand il nous avait mis en garde.

Mais j'étais bien persuadée que la machine à pets ne figurait pas sur sa liste à présent. Il s'éclaircit la voix et lança un bref coup d'œil vers Kirsty avant de poursuivre.

— Je suis sûr que vous avez entendu des rumeurs et je tiens à profiter de cette occasion pour éclaircir les choses. Vous avez pu remarquer que nous avons demandé à une agence extérieure de nous aider à procéder aux entretiens.

Paul Putnam grommela, et Mitch lança un regard dans sa direction.

— Oui, vous serez tous interrogés au sujet des évènements entourant la mort de Dale Worley, ajouta-t-il en levant la main pour réclamer le silence. Chacun d'entre vous, sans exception.

Il regarda Kirsty encore une fois, et un muscle de sa mâchoire se contracta.

— Je veux que vous sachiez que nous allons faire tout ce qui est en notre pouvoir pour boucler les choses avant notre arrivée à Victoria demain matin. Il n'est pas dans notre intention de retarder le mariage.

« Retarder ? Oh, grand Dieu ! »

J'observai Patti Ann, qui portait la main à sa bouche et laissait échapper un gémissement.

La Femme Serpent fit des signes de la main de sa place au bar.

— Voulez-vous dire que le mariage de ma cousine pourrait être reporté ?

Je ne pouvais en être sûre, parce qu'il portait une bière à sa bouche, mais je crus que Ryan Galloway affichait un sourire grimaçant comme le visage des totems Squamish.

— Nous ferons tout ce que nous pourrons pour éviter que cela arrive, précisa Mitch en gardant son calme.

Paul Putnam se leva en plissant les yeux et en donnant à sa charpente imposante une pose laissant penser qu'il était sur le point de démolir à coups de hache la porte d'un immeuble en feu.

— Bon, c'est bien aimable à vous, De Palma. Mais, que diable, je peux faire mieux que ça ! Victoria n'est qu'à deux heures. Nous pourrions transporter cette fête à bord d'un traversier et éviter ainsi la croisière pittoresque le long de la côte et vos foutus interrogatoires.

Il se retourna en levant les mains vers les invités rassemblés.

— Alors, qu'en pensez-vous, les amis ? Combien de temps vous faut-il pour préparer vos affaires ?

— Non, le coupa Mitch avant que quelqu'un ait pu répondre. Ce n'est pas une option, monsieur Putnam. Nous allons poursuivre notre itinéraire, et personne ne quittera ce bateau.

Marie haussa les sourcils en parfait unisson avec les miens.

Sam se leva, et je remarquai que l'ecchymose de son œil avait pris une teinte verdâtre autant que violacée. Je fis mon possible pour oublier le trouble qui m'avait envahie lorsque j'avais soigné cette blessure.

— Vous êtes en train de dire que nous sommes retenus à bord ? demanda-t-il.

— Détenus, techniquement parlant, jusqu'à la fin de l'enquête, répondit Mitch, la crispation de sa mâchoire toujours apparente.

— Alors, la mort de Dale n'était pas accidentelle ? insista-t-il en fronçant les sourcils.

Mitch n'était plus en mesure de faire cesser les murmures dans la salle des fêtes, et je vis Kirsty sortir un antiacide de son sac. Suivi par un second.

— C'est en effet une possibilité, répondit Mitch.

* * *

Il était inutile d'essayer d'éviter Jamieson. Un peu partout, les invités étaient réunis en petits groupes nerveux. On se serait crus dans ce vieux film d'horreur où tout le monde vérifie les yeux de tout le monde pour savoir si c'est la véritable personne ou si c'est le double qui l'a envahie. Sauf que cette fois, quelqu'un pouvait être un meurtrier.

Nous n'en saurions pas plus avant nos interrogatoires. Mais Mitch nous avait assurés que nous pouvions nous déplacer librement sur le bateau en attendant notre tour. Quand ils seraient prêts, ils appelleraient la personne concernée par l'interphone du bateau.

— Bien, dis-je à Sam en buvant une gorgée de mon martini au chocolat et en regardant au-dessus du bastingage les voiles en téflon qui sont une des caractéristiques du port de Vancouver. Que vont-ils dire dans leur annonce ? Quelque chose de discret comme : « La prochaine personne suspectée de meurtre peut-elle se présenter pour subir une fouille en règle ? »

Sam gloussa de cette façon qui m'était si familière. À son regard, je sus que j'avais une fois de plus été stupide. En effet, il valait mieux ne pas parler de nudité à un homme qui avait vu votre tatouage, surtout après qu'il eut avoué qu'il pouvait être amoureux de vous. Si j'avais joué à la poupée Barbie, je l'aurais probablement su.

Il retint sa cravate, que la brise faisait voler, et je remarquai qu'un léger coup de soleil était entré en compétition avec son ecchymose. Il avait choisi l'excursion *Aventures en kayak sur l'île de Granville* et avait été très ouvertement déçu lorsque j'avais refusé de me joindre à lui. Sam avança de quelques pas, jusqu'à être si près de moi que je pus sentir son après-rasage.

— Alors, dit-il, crois-tu réellement que tu es suspectée ?

Je fus surprise de m'entendre bredouiller :

— Je, euh... eh bien...

Étais-je suspectée ? Sam se remit à parler avant que je n'aie pu décoller ma langue et formuler une réponse.

— Je me demande bien ce qu'ils vont pouvoir me demander. Au moins, de définir la nature de ma relation avec Worley. Je mentirais si je niais que je pensais que c'était une véritable perte d'oxygène, dit-il en fermant les yeux pendant un instant.

— Et puis, bien sûr, je l'ai menacé.

Sam ouvrit les yeux et soupira doucement, puis, avant d'avoir pu réaliser ce qui allait arriver, il passa un doigt sur ma joue.

— À cause de toi.

J'ouvris la bouche pour dire quelque chose, n'importe quoi, quand un mouvement attira mon attention dans le hall d'entrée du bateau, à quelques mètres de moi. J'avais juste entraperçu un homme avec des cheveux blonds, des épaules musclées et une veste sport de tweed grise et…

Non. Mon estomac fit un étrange petit bruit, et je poussai un soupir. Sam baissa la main pour me prendre par le coude, et je plissai les yeux pour scruter au loin, mais il n'y avait plus rien à voir. *Ce n'était pas possible.*

— Que se passe-t-il, Darcy ?

— Rien, dis-je, me sentant stupide. Je suis simplement fatiguée. Et un peu nerveuse, je crois.

Je fis un pas en arrière et remontai mon châle orange sur mes épaules en jetant un autre coup d'œil vers le hall. Je souris.

— Cette attente me rend folle.

— Alors, asseyons-nous, suggéra Sam. Nous sommes sur un paquebot de croisière. Je suis sûr que nous pouvons trouver quelque chose à grignoter.

Il avait certainement en tête quelque chose qui ressemblait plutôt à moi lui faisant manger du raisin dans sa cabine, avec nos vêtements en tas par terre, le hublot couvert de buée, et tout ce qui fait une ambiance romantique comme — bon, c'était Sam, après tout — des rediffusions de *South Park*, par exemple ? En tout cas, il avait trouvé du guacamole, du chorizo, des poivrons rouges fourrés au fromage de chèvre, des brochettes de crevettes, des pommes de terre rôties, des olives farcies et des tapas. Le tout arrosé de sangria. Beaucoup de sangria. Et nous avions beaucoup de compagnons pour boire avec nous. Les invités du mariage au grand complet, notre galerie de suspects, étaient tous entassés dans le bar Barcelone Tapas, sur le pont Lido.

Et ils se plaignaient du fait que, Dale Worley étant mort, ils étaient obligés de se soumettre aux interrogatoires de Mitch De Palma.

Nous étions arrivés juste après que Marie eut entendu l'annonce lui demandant de se présenter pour faire sa déposition.

Paul Putnam laissa échapper un rot et s'essuya la bouche sur une serviette portant le logo du bateau.

— Bon, à quoi no-nous att-tten-dions-nous, marmonna-t-il, que la mort de notre bon vieux pote Dale soit traitée avec le plus grand respect ?

Il donna un coup de poing sur la table, qui agita les quartiers d'orange d'un pichet de vin.

— Non. Au lieu de cela, nous devons subir des contre-interrogatoires par une bande de maudits avocats ! Les opérateurs de cette croisière veulent couvrir leurs arrières, un point c'est tout.

Je lançai un regard vers Kirsty, qui avait interrompu sa conversation sérieuse avec Patti Ann.

— Est-ce vrai, Kirsty ? demandai-je. Ce sont les avocats des opérateurs de la croisière qui dirigent les interrogatoires ?

Mon cœur fit un bond à la vue des stries de mascara qui maculaient le visage de la future mariée. L'assurance dont elle avait fait preuve sur le pont avait disparu.

Kirsty écarta ce qui ressemblait à une assiette d'amuse-gueules qui n'avait pas été touchée en respirant lentement. Sa voix était calme et étonnamment forte pour une femme qui semblait ne rien manger.

— Je crois que le service juridique est impliqué. Je m'y attendais, étant donné que les opérateurs de croisière doivent protéger leur image de marque. Mais je suis sûre que c'est Mitch qui conduit les interrogatoires.

Elle secoua la tête, et ses cheveux parfaitement coiffés effleurèrent les épaules de son tailleur en gabardine fauve.

— Et il m'a promis de me tenir personnellement informée à chaque étape du processus.

Elle posa son bras autour des épaules de Patti Ann et ajouta :

— Rien ne viendra perturber ce mariage.

Patti Ann renifla, et on assista à une étrange sorte de pantomime quand Ryan essaya de lui tendre un mouchoir en papier et quand Kyle le lui arracha des mains.

Je regardai Sam d'un air surpris, et il haussa les épaules comme s'il ne comprenait pas du tout ce qui se passait entre ces deux gars, lui non plus. L'idée des personnes envahies par des doubles n'était peut-être pas si folle.

— Et, poursuivit-elle en regardant le cadran de sa montre, sur une note positive, je crois que le bateau lèvera l'ancre plus tôt que prévu, aux environs de dix-huit heures au lieu de minuit. Nous pourrons ainsi profiter d'une magnifique vue sur la côte canadienne.

Sam leva son verre de vin pour le porter à sa bouche, mais interrompit son geste et demanda :

— Qu'est-ce que ça signifie exactement ? Nous arriverons plus tôt à Victoria, alors ?

— Non, répliqua rapidement Kirsty, l'arrivée est toujours prévue à la même heure. Nous allons tout simplement remonter la côte plus tranquillement vers…

— L'Alaska ? s'écria Patti Ann en écarquillant ses yeux charbonneux comme un raton laveur surpris. Oh, mon Dieu ! Ma cérémonie de mariage doit se dérouler à Victoria, et nous allons jusqu'en Alaska ?

Kyle la prit dans ses bras, et ses sanglots furent étouffés contre sa chemise western. Derrière eux, Ryan remplissait calmement son verre de sangria.

— Non, non, la rassura Kirsty en attrapant sa mallette. J'ai une carte, je vais vous montrer. Nous allons simplement faire une boucle autour…

— Ce ne sont que des conneries ! rugit Putnam. Tout ce qu'ils font, c'est nous éloigner de la côte le plus vite possible.

— Quel trait de génie, Putnam ! s'écria Ryan avec un sourire dédaigneux.

Il essaya de se lever, vacilla et retomba lourdement sur sa chaise.

— Et as-tu pensé, espèce de fou, que c'est parce que tu as dit aux agents de sécurité que nous allions prendre le traversier pour partir d'ici ? Hein, Putnam ? Es-tu vraiment si intelligent que ça ?

Paul poussa un grognement en se levant de son siège, et Ryan, vacillant sur ses pieds, agrippa le dessus de la table pour rétablir son équilibre. D'un bond, Sam se planta devant Putnam. J'entendis Ryan pousser un juron alors que Kyle tentait de le retenir, et… l'interphone du bateau crachota et diffusa une voix à l'accent britannique. Tout le monde se figea et leva les yeux.

— Passager Ryan Galloway, veuillez contacter le poste 2271.

Sauvés par la convocation de Ryan.

Putnam se rassit, Sam se rassit, et Kyle glissa de nouveau son bras autour de Patti Ann. Kirsty ouvrit le bout d'un rouleau d'antiacides avec son seul ongle qui n'était pas rongé.

Ryan prit une dernière gorgée de sa boisson.

Je ne voulais même pas me demander comment le dernier appelé allait faire pour descendre les six étages pour se rendre au pont inférieur et s'il allait réussir à se faire comprendre après trois ou quatre verres de sangria. C'était le problème de Mitch. Et de plus — mes yeux scrutèrent le groupe exécrable réuni autour de la table —, j'étais déjà trop ennuyée par ce qui venait de se passer. Et par la sensation d'impuissance qui persistait à l'idée de savoir que je ne pouvais rien y faire. Que diable, la future mariée pleurait, la planificatrice de mariage prenait des antiacides et le futur marié et ses garçons d'honneur étaient sur le point de se sauter à la gorge ! Comment, en seulement quelques jours, avions-nous pu en arriver là, après le Mardi gras et le limbo, les photos de mariage, le voile blanc, les mimosas et la journée au spa...? Un instant. Tout cela me fit penser... Quelle heure était-il ? Je baissai les yeux vers le cadran de ma montre et bondis sur mes pieds.

— Sam, dis-je en attrapant mon châle et mon sac à main, quand Marie reviendra, dis-lui que je suis descendue à la salle de conférences du café Java.

— Pourquoi ? Que vas-tu y faire ?

Je souris en songeant que, finalement, je pouvais probablement faire quelque chose.

— Je vais assister à la fin de ce séminaire, lui répondis-je : *La digitopuncture pour les amoureux des plantes de pieds*.

* * *

Je ne pensai absolument pas à mes sandales à semelles compensées jusqu'à ce que j'arrive devant la porte de la salle de conférences. Un rapide coup d'œil. Belles chaussures — une part substantielle de mon salaire — en cuir fauve, s'harmonisant très bien avec ma robe. Mais les orteils découverts. Après la scène que je venais de vivre dans le bar Barcelone Tapas, la dernière chose dont ma psyché avait besoin était de voir le docteur Philippe Talon complètement excité par mes orteils. Mais, bien sûr, ce n'était peut-être qu'une supposition injuste. Après tout, je ne savais pas vraiment si Philippe était derrière toute cette affaire d'affiches aux quatre coins du bateau ou s'il avait commandé la crème-dessert au chocolat pour ma pédicure. Et la poésie… là aussi, ce n'était qu'une supposition. Je n'avais aucune preuve. Je ne pouvais pas repartir les mains vides. Après tout, j'étais venue pour lui poser des questions. Je saisis une brochure et pénétrai dans la salle d'un air aussi nonchalant que possible, les orteils recroquevillés dans mes sandales. Je n'allais pas laisser passer ma chance.

Je me glissai dans la rangée du fond de la salle, faiblement éclairée, au moment où Philippe venait apparemment de faire une remarque amusante au sujet des voûtes plantaires ou peut-être d'une épine calcanéenne puisqu'il avait des graphiques illustrant les deux dans sa présentation assistée par ordinateur. Des éclats de rire fusèrent, et je pus voir qu'il les dévorait de la même façon qu'il avait avalé à grands bruits les nouilles de blé lors de notre dîner ce jour-là. Au restaurant japonais où nous nous étions assis, pieds nus, et... *Non !* Je ne pouvais pas faire cela. J'allais lui donner le bénéfice du doute et simplement poser quelques questions pertinentes. J'étais une infirmière, une professionnelle avec une objectivité clinique. Je pouvais le faire. Philippe Talon ne me ferait pas baisser mes standards. Même si mes standards n'allaient jamais être aussi hauts que les pantalons de cet homme. Ouf !

Je glissai mes pieds d'une façon protectrice sous la chaise devant moi, tout en me penchant sur le côté pour pouvoir regarder entre deux femmes âgées et avoir ainsi une meilleure vue.

Il portait les mêmes pantalons que d'habitude, à taille haute et sans ceinture, avec un polo rayé à trois boutons sous un blazer de lin mauve. Les revers de son blazer étaient cloutés avec ce qui ressemblait à... des épinglettes portant des logos professionnels, peut-être ? Il se déplaçait de gauche à droite en parlant, une main derrière son postérieur amolli et l'autre tenant un pointeur qu'il déplaçait sur les photos apparaissant à l'écran. L'écran qui venait juste de s'éteindre. Minutage parfait — j'en savais déjà plus sur l'orthopédie que je ne m'en souciais.

Les lumières se rallumèrent, et j'attendis pendant que les participants rassemblaient leurs affaires. Plusieurs d'entre eux s'approchèrent de Philippe pour lui serrer la main et voir de plus près les semelles fabriquées sur mesure qu'il avait assemblées sur la table située sur le devant de la salle. J'étais fière, même si je tremblais un peu, de réussir à garder mon calme même quand une femme souleva le support de voûte plantaire en velours. Je mordillai ma lèvre, me tempérai et attendis jusqu'à ce que, lentement, la salle s'éclaire et que Philippe découvre ma présence. Il vint vers moi à une vitesse incroyable. J'étais presque sûre qu'il baissait les yeux vers mes pieds. Il prit ma main dans les siennes, et je humai une bouffée de son eau de Cologne, qui avait étrangement la même odeur que le cirage de chaussures.

— Darcy, je suis content de vous voir ! J'ai été très surpris lorsque je vous ai vue au bar l'autre soir.

« Oui, bien sûr. »

Je me forçai à lui adresser un sourire en me disant de nouveau que je n'avais pas de preuve qu'il m'avait harcelée. J'étais tout simplement en mission de reconnaissance. Et, par-dessus tout, j'étais une professionnelle calme et objective.

Je retirai ma main et levai la brochure aux couleurs brillantes en essayant de trouver quelque chose de neutre à dire. Quelque chose pour entretenir la conversation et faire en sorte qu'il détourne les yeux de mes orteils.

— Oui, j'ai été également surprise de découvrir que vous étiez à bord, Philippe, dis-je en glissant un doigt sur la couverture de la brochure, pour donner des conférences sur…

Et c'est exactement à ce moment que je remarquai le curieux logo dans le bas de sa liste de qualifications professionnelles.

Je clignai des yeux une ou deux fois en pensant que c'était probablement dû aux effets de la sangria, mais il était bien là : le pied ailé si familier. Hermès ou Mercure ou quoi que ce soit que le groupe de poétesses lesbiennes avait identifié quand elles avaient lu les poèmes contenus dans les enveloppes FedEx et… Ma bouche resta grande ouverte, une chaleur envahit mon visage et je pointai le doigt vers la brochure d'un air incrédule et méchant.

— Qu'est-ce que cela ? m'écriai-je en levant le menton et en me rapprochant de lui.

Mais, avant que Philippe ait pu répondre, je découvris les petites initiales sous l'emblème, *PT*, les mêmes que Marie avait remarquées sur les affiches. *PT*, Philippe Talon. Ses initiales…

« Oh, mon Dieu ! »

Le visage en feu et les cheveux roux en furie, je me retournai pour mieux voir l'immense affiche, à quelques pas, sur le mur de la salle de conférences. Le logo ailé était sur celle-là également. Avec ma chaîne de cheville, mon pied, mes dix orteils retouchés graphiquement et…

« Bâtard ! »

— Bon sang, Philippe ! explosai-je en me tournant vers lui et en hurlant plus comme une hystérique que comme une professionnelle. M'avez-vous engagée pour montrer mes orteils ?

— Je, euh…

Il tenta de fuir, mais ses semelles l'en empêchèrent.

Le poing martelant sa poitrine, je pointai un doigt accusateur en direction de l'épinglette représentant un pied ailé fixée au revers de son blazer et défiai du regard son visage rouge en débitant cette litanie :

— Des poèmes, de la crème-dessert au chocolat, des ours en peluche et des serpents. Et les agrafes, Philippe ! Vous ne tenez certainement pas à ce que je commence à parler des agrafes, n'est-ce pas ?

— Des agrafes ? bredouilla Philippe, les yeux dilatés et le visage pâle.

Puis, soudain, mon propre nom résonna dans mes oreilles. Hein ? Une profonde sensation de culpabilité me fit tout d'abord penser que c'était ma conscience — les bonnes catholiques ne maltraitent pas les podiatres. Puis, je réalisai que cela provenait de l'interphone. J'étais appelée :

— Passagère Darcy Cavanaugh, veuillez composer le...
Je cessai d'assaillir la veste du docteur Talon.
L'heure de mon entrevue avait sonné.

*   *   *

— OK, voilà ma signature, juste en dessous de celle de Marie, dis-je en rendant le stylo à Mitch, dans le hall à l'extérieur du bureau de la sécurité.

Je ne savais pas très bien si mon estomac se tordait parce que j'avais réalisé, dans l'ascenseur en me rendant à mon entrevue, que je venais d'agresser un homme ou parce que j'étais sur le point de décrire cette scène horrible au cours de laquelle j'avais fait du bouche-à-bouche à Dale Worley.

— Hé, ajoutai-je en plaisantant pour me calmer les nerfs, ne prenez pas mes empreintes après, d'accord ?

— Entendu. Entrez, et ensuite je vous accompagnerai à la salle où se déroulent les entrevues, répondit Mitch en souriant.

— Ce n'est pas ici ? m'étonnai-je avec un froncement de sourcils. Mais alors, pourquoi suis-je ici ?

— L'avocat veut vous expliquer quelque chose à propos d'un conflit avec votre entrevue. Je ne sais pas exactement de quoi il s'agit. Mais entrez, je vous suis.

Parfait. Cette nouvelle complication n'avait rien pour améliorer l'état de mon estomac. Apparemment, tout le monde avait des conflits. Ryan, Kyle, Kirsty, docteur Talon, et maintenant... J'ouvris la porte, et mon cœur fit un bond dans ma poitrine. *Luke ?*

QUINZE

JE FERMAI LA BOUCHE AVANT QUE N'EN SORTE UN CRI BIEN féminin qui m'entraîne dans les bras de Luke, parce que, bonté divine, Mitch était juste derrière moi. Et aussi parce que j'étais une bonne élève. Six mois à l'école des petites amies d'un agent du FBI m'avaient appris à reconnaître ce léger mouvement de tête de Luke et le code en morse que m'envoyaient ses yeux bleus. Juste maintenant, ces yeux, tellement capables d'exprimer « Je suis pressé de t'entraîner sous les couvertures... mais le plancher fera l'affaire », m'envoyaient malheureusement le message suivant : « Mission secrète. Je ne te connais pas. »

Donc, Luke se tenait à peine à quelques mètres de moi, les yeux rivés sur mon visage, les cheveux décolorés par le soleil et légèrement décoiffés par le voyage en hélicoptère, les poignets de sa chemise en oxford, toujours un peu ajustée sur ses larges épaules, roulés sur ses avant-bras bronzés, et sa cravate légèrement desserrée. Il se redressa, et son pantalon kaki se tendit sur des hanches musclées et sur un postérieur absolument fabuleux grâce à ses nombreuses séances de jogging dans les collines de

San Francisco. Diable, c'était comme si quelqu'un tendait une boule de crème glacée Häagen-Dazs à quelques pas de moi sans que je puisse y toucher ! L'agent fédéral allait me devoir quelque chose.

— Darcy, dit Mitch en m'incitant à entrer dans la pièce, voici monsieur Skyler, du service judiciaire des opérateurs de la croisière.

Il adressa un signe de tête à Luke et tapota nerveusement son bloc-notes. Le pauvre garçon était visiblement stressé. Je connaissais bien cette sensation. À cet instant même, je ressentais des picotements dans tout le corps sous l'effet du stress. Il s'éclaircit la gorge et ajouta :

— Je vous présente mademoiselle Cavanaugh, monsieur. C'est... euh... elle qui a fait le bouche-à-bouche.

— Ah bon ? dit Luke, avec un regard espiègle. Oui. Elle semble parfaitement capable de faire du bouche-à-bouche.

Puis, son regard s'adoucit, et il poursuivit d'un air intéressé :

— Mais cela a dû être une pénible expérience, mademoiselle Cavanaugh. Je suis désolé.

— Eh bien, répondis-je, avec une envie folle de me jeter dans ses bras, je suis infirmière. Donc, c'est plus ou moins dans mes attributions.

Même si je m'y efforçais, mes yeux ne voulaient pas se détourner de Luke. Il ne sourcillait pas, et le silence tendu me tuait.

Mitch tourna la tête en entendant un bruit dans le corridor, puis il se retourna vers Luke.

— C'est certainement pour la prochaine entrevue, monsieur. Dois-je...?

Je poussai un gémissement, mais c'était de loin préférable à me mettre à crier : « Oui ! Sortez de là, par pitié ! »

C'était ce que j'avais très envie de faire. Mais je n'eus pas à me compromettre, car Luke prit l'initiative, et heureusement avec plus de tact.

— Oui, De Palma, allez voir ça et attendez dehors. Je vais d'abord m'occuper de mademoiselle Cavanaugh.

À peine la porte refermée, nous nous jetâmes dans les bras l'un de l'autre avec la même fougue que deux trains de marchandises venant de directions opposées.

Après quelques petits rires nerveux et des railleries du genre « occupez-vous vite de moi, monsieur » et « bouche-à-bouche », je fus soulevée du sol avec ma robe relevée et les jambes enroulées autour de la taille de Luke, comme une femme adultère.

Une sandale fauve tomba sur le sol, et les rires cessèrent.

Je respirai l'odeur mêlée de savon et de cuir de la peau de Luke et sentis la rugosité de sa barbe naissante, juste avant que ses doigts se glissent profondément dans ma chevelure. Sa bouche couvrit la mienne et... Cela avait vraiment valu la peine de subir cette attente épouvantable. Il fit quelques pas, en me portant aisément et en m'embrassant encore et encore, ne s'arrêtant que pour respirer, jusqu'à ce que mon dos rencontre le mur de la cabine, interrompant notre élan.

Ses baisers étaient tellement passionnés que je ressentis l'urgence de penser à des choses pratiques comme le sol ou la table et de me demander si l'on pouvait compter sur Mitch De Palma pour suivre les instructions, quand... Bon sang. Le téléphone cellulaire de Luke se mit à vibrer. Sa bouche s'éloigna de la mienne, et je glissai lourdement sur le sol recouvert de moquette. Je vacillai sur la sandale qu'il me restait, ajustai ma robe et me mis à bouder comme si quelqu'un venait de jeter ma friandise Häagen-Dazs dans l'évier.

— Désolé, me dit Luke, puis il se détourna et se mit à parler par monosyllabes au téléphone.

J'en profitai pour remettre de l'ordre dans ma tenue et chercher mon autre chaussure, me reprochant d'avoir été assez stupide pour être étonnée de la présence de Luke. Le FBI était responsable des investigations sur les paquebots de croisière qui naviguaient dans les eaux internationales ; c'est ainsi que je l'avais rencontré l'année dernière, que diable, au cours de cette croisière pour admirer les couleurs de l'automne qui nous avait menés jusqu'en Nouvelle-Angleterre. L'avais-je oublié ? Bon, d'accord. Pas le moins du monde.

Je souris et jetai un coup d'œil vers son incroyable derrière, en me souvenant qu'il avait été obligé de danser le cha-cha-cha et le mérengué et même de se déguiser en Capitaine Crochet pour la fête d'Halloween alors qu'il se faisait passer pour un animateur de danse. Comme tout cela avait été fou, effrayant et tellement romantique à la fois !

Mais alors, il était question d'un vol de bijoux, et cette fois il s'agissait d'une attaque malicieuse et… d'un meurtre ? Dale Worley avait-il réellement été tué ? Et — la chair de poule envahit mes bras — le FBI pensait-il que j'avais quelque chose à voir dans tout cela ?

Luke ferma son téléphone et se retourna pour me faire face en se passant les doigts dans les cheveux. Il baissa les yeux vers sa montre et s'avança plus près en soupirant. J'étais presque certaine que la scène d'amour était terminée.

— Écoute, Darcy, dit-il d'un ton gentil, je vais avoir beaucoup de contraintes et je ne peux vraiment rien te promettre. Nous ne disposons que d'environ cinq minutes avant qu'un des autres agents ne vienne te rencontrer.

— Ce n'est pas toi ? lui demandai-je en comprenant que cette question était ridicule alors même que les mots sortaient de ma bouche.

— Je ne peux pas, tu le sais, répondit-il en faisant un signe de tête.

Il lança en riant un regard vers le mur sur lequel il m'avait appuyée, comme s'il espérait y voir une trace de brûlure.

— Je suis ici seulement jusqu'à ce qu'ils aient trouvé quelqu'un d'autre. Il ne faut pas être un génie pour savoir que notre relation pose un problème.

Il était sérieux, mais je ne pouvais m'empêcher d'insister. Je ne retrouvais pas mon calme aussi rapidement que lui.

— Je ne vois là aucun problème, Skyler, dis-je doucement en m'approchant pour ajuster le nœud de sa cravate. Je pense que je suis plutôt coopérative et je pourrais le prouver si...

Il me prit les mains en riant et pressa ses lèvres contre mes doigts.

— Je le sais bien, et rien ne me ferait plus plaisir ; ça, c'est déjà un problème.

Pas de crème glacée, de toute évidence.

— Alors ? insistai-je en redressant les épaules. Que va-t-il se passer ?

Il poussa un soupir, puis sourit, et, devant son regard, ma gorge se noua.

— Merci. Tu es la meilleure. Bon, alors laisse-moi t'expliquer. C'est Scott qui va diriger ton entrevue. Il connaît notre relation, mais il ne fera pas de concessions. Il ne le peut pas. Personne d'autre, pas même De Palma et ses agents, n'est au courant pour nous deux ni ne sait que je ne suis pas l'avocat des opérateurs de la croisière. Seuls le capitaine et les plus importants membres de l'équipage en sont informés.

— Et Marie, dis-je vivement.

— Et Marie.

Une lueur s'alluma dans ses yeux et un large sourire éclaira son visage. J'aurais dû être jalouse en voyant combien il appréciait mon amie, dégourdie et fumeuse de cigares.

— De toute façon, elle espère que nous retarderons le mariage. Elle m'a parlé de quelque chose qui concerne des pois et... Ethel Mertz ? Enfin, peu importe, je vais faire des entrevues puis me promener autour du bateau et parler avec les passagers. En tant qu'avocat, pas en tant qu'agent fédéral. Je ne peux ni parler ni être avec toi.

Je me remis à faire la moue. Et le regard de Luke le confirma.

— Il ne s'agit que de seize heures, Darcy, jusqu'à notre arrivée à Victoria.

— Tu les as comptées ? m'écriai-je, véritablement touchée par cette idée. Tu as compté les heures avant que nous puissions être ensemble ?

Il sourit.

— Et, comme je te l'ai dit, nous allons nous bouger les fesses pour que ce cas soit résolu avant cela. Tu pourras alors être la demoiselle d'honneur et je pourrai reprendre mon autre enquête et...

Il hésita à continuer, et ma poitrine se noua sous cette douleur familière.

« Et alors, tu pourras faire tes boîtes et déménager sur la côte est. »

— Et, poursuivit-il, je ne peux te laisser me dire quoi que ce soit sur la mort de Dale Worley et je ne peux pas te questionner à ce sujet. Pendant seize heures. C'est d'accord ?

— Combien y a-t-il d'agents à bord ?

— Des avocats. Et je ne peux pas te le dire.

— Dale a-t-il vraiment été tué ? demandai-je en me rendant compte que je frissonnais légèrement.

Luke prit son étui et son revolver dans le tiroir du bureau et les plaça sous son bras.

— Notre enquête porte sur un cas de mort suspecte, dit-il en prenant son veston de sport en tweed gris. C'est tout ce que je peux dire.

Pour quelque raison, le veston de Luke attira mon attention, et je le regardai glisser ses bras dans les manches, lorsque des voix venant de l'extérieur de la pièce interrompirent mes pensées.

Luke me serra tendrement le bras.

— C'est certainement Scott, qui est prêt à te recevoir.

Il fronça les sourcils.

— Ça va ?

— Bien sûr, mentis-je, luttant contre un trouble soudain et inconfortable.

C'était stupide, mais un élément à propos du veston de Luke me tracassait. Il me faisait penser à quelque chose, et pourtant j'étais presque sûre de ne l'avoir jamais vu, mais…

— Tout va bien, alors.

Luke commença à marcher vers la porte, puis s'arrêta. Il fit demi-tour, et un regard que je ne sus décrypter éclaira son visage.

— Il y a toutefois une question que j'aimerais te poser. Ça ne concerne pas Worley.

Je haussai les sourcils.

— D'accord.

Pourquoi soudain ressentais-je d'étranges sensations au niveau de mon estomac ? Qu'est-ce qui clochait ?

Il me fixa d'un regard intense en parlant.

— Pourquoi ne m'as-tu pas dit que Sam Jamieson devait participer à cette croisière ?

J'ouvris la bouche puis la refermai, car je venais de me rappeler ce qui me dérangeait au sujet de ce veston. C'était ce veston en tweed que j'avais vu plus tôt, celui que portait l'homme qui m'avait épiée depuis le hall d'entrée quand j'étais avec Sam. Oh, Dieu, l'homme en question était Luke !

— Je ne savais pas qu'il venait, dis-je en sachant que cela sonnait faux. Je savais que c'était un vieil ami de Kyle, bien sûr, mais je ne savais pas qu'il venait. Absolument pas, et...

Je bafouillais comme une idiote. Je pris une profonde inspiration et lui adressai un sourire le plus désinvolte possible.

— En fait, il s'agit juste d'une étrange coïncidence.

Qu'y avait-il dans les yeux de Luke ? Du doute ? Oh, par pitié, pas le doute.

— Ouais, bien sûr.

Ses yeux avaient viré aux gris et son regard était impénétrable.

La porte s'ouvrit de l'extérieur, et il se dirigea vers elle.

Sentant le désespoir s'emparer de moi, je m'approchai pour toucher son bras. Je devais faire en sorte qu'il me croie.

— Luke, je t'assure, c'est...

— C'est l'heure de ton entrevue, dit-il.

* * *

Moins de deux heures plus tard, j'étais de nouveau en pleine forme, drapée dans ma robe de soirée cuivrée, découvrant une épaule et, franchement, très surprise de voir autant de personnes autour de la table qui nous avait été assignée. Car, après une première ronde d'entrevues, les invités au mariage de Patti Ann étaient tous en état de choc. Si je n'en avais déjà eu conscience, je m'en serais aperçue en entendant la Femme Serpent — je savais maintenant qu'elle s'appelait Sissy Rose — se tromper lorsqu'elle annonça au serveur le plat qu'elle avait choisi. Apparemment, cet accident était une source de préoccupation pour tout le monde. Pour moi aussi, à l'exception de la grande portion de mon cerveau qui était encore sous le choc de l'arrivée de Luke.

— J'ai encore du mal à croire que Luke soit là et que tout cela se produise, murmurai-je à Marie après avoir balayé la table du regard.

Patti Ann, les yeux cernés sous le stress, était blottie contre Kyle. Kirsty, dans une robe de satin lilas, était assise à côté d'elle. Ryan, Putnam, Sam... Tout le monde était là.

— Tu peux le croire, dit Marie avec un sourire. Je dois vraiment sortir mes reçus du bar du fond de mon sac banane pour prouver que j'y étais la nuit dernière. Le gars qui m'a interrogée doit avoir commencé sa carrière au service des impôts. À mon avis, ils vont avoir du mal à trouver quelqu'un qui n'a jamais eu envie de tuer Worley.

— Nous ne savons toujours pas s'il a été tué, dis-je en me rappelant que l'agent Scott était resté silencieux lorsque je lui avais posé cette question.

— Lui as-tu fait part de ta théorie au sujet des agrafes ?

— Non. J'étais sur le point de le faire, mais je me suis sentie vraiment stupide. Surtout que je n'ai toujours pas réussi à élucider ces bizarreries.

— Je suis presque sûre que c'est pour cela qu'ils sont là.

Marie jeta un rapide coup d'œil par-dessus son épaule et chuchota :

— F-B-I. C'est leur rôle, et non le nôtre. Ne l'oublie pas.

— Ouais, bon, je serais bien folle de ne pas tenter de prouver que je ne suis pas une meurtrière.

Ou une menteuse. Je serrai mes yeux fermés en revoyant l'affreux regard plein de doute de Luke quand il m'avait questionnée au sujet de Sam.

— De plus, ajoutai-je en me penchant pour mieux voir les futurs mariés, je ferai tout pour que le mariage ait bien lieu demain.

Je levai les yeux en entendant une voix, épaisse sous l'influence de l'alcool, s'élever de l'autre côté de la table. Putnam.

— Allez-vous-en, Kirsty, voulez-vous ? grommela Paul, après avoir demandé au serveur d'un signe de la main de remplir son verre. J'ai toute la nuit devant moi, et vous ne m'arrêterez pas.

Il tira sur le col de son smoking, et j'aurais pu dire, à son regard trouble, qu'il avait été au bar avant le souper. C'était sans aucun doute ce qui l'avait incité à insister pour que la place de Worley reste libre.

J'essayai de ne pas remarquer la cravate western avec le tatou aux yeux brillants qu'il avait posée sur l'assiette ou le lama en carton qui trônait, tel un croque-mort, au bout de la table.

— Je vais faire ma propre petite enquête, s'écria-t-il en se levant à demi de sa chaise, les yeux lui sortant de la tête comme Perry Mason. Je ne suis peut-être pas un de ces foutus avocats, mes amis, mais je suis le meilleur ami de Dale Worley depuis dix ans.

Il se pencha et saisit la boucle en métal martelé représentant un tatou et la balança comme une corde de pendu.

— Où diable était donc chacun d'entre vous quand mon vieil ami a été étranglé ?

Dieu ! En lançant un regard en coin, je vis Marie faire une grimace.

— Paul, s'il te plaît, implora Patti Ann. Ne fais pas cela.

Kyle commença à se lever, et Kirsty le retint par le bras.

— Non, dit-elle calmement. Une autre bagarre est bien la dernière chose dont nous avons besoin, et peut-être Paul a-t-il raison. Si nous éclaircissons certains points nous-mêmes, nous pourrons mieux nous aider les uns les autres. Nous avons déjà répondu à cette question pendant nos entrevues, donc ce n'est pas un secret. Je vais commencer.

Elle prit une profonde inspiration et redressa les épaules.

— À une heure ce matin — il semble que ce soit l'heure où Dale a eu cet accident —, j'étais dans ma cabine. Je raccommodais ma lingerie, fit-elle en rougissant.

Elle fit un signe de tête vers Putnam, qui s'écroula dans le fond de son siège et se tourna vers Kyle.

— Kyle ?

— J'étais avec Patti Ann, répondit-il, et il contracta sa mâchoire en jetant un regard vers Putnam.

— Au café Java, où nous répétions nos vœux, renchérit Patti Ann en fronçant les sourcils.

Je vis son menton trembloter.

— Pour que nous soyons prêts demain.

Ryan haussa les épaules et baissa les yeux vers son assiette, en gardant le silence.

La Femme Serpent prit la place de Ryan.

— J'étais au piano-bar. J'ai donné mon reçu à un des avocats, monsieur Scott. L'heure est inscrite dessus. Mais, comme je l'ai dit à l'avocat, je connaissais à peine monsieur Worley et…

— Bon sang, Galloway, l'interrompit Putnam. Personne ne passe son tour. Où étais-tu à cette heure-là ?

Ryan lui lança un regard furieux et prit quelque temps avant de répondre.

— Dans ma cabine, fit-il finalement. Et c'est exactement là que je vais retourner, car je ne dois d'explications à personne.

Il jeta sa serviette sur la table et s'éloigna à grands pas, en faisant tomber le lama de Worley au passage.

— Euh…

Kirsty ferma la bouche et garda le silence.

— J'étais au bar La Vigie, s'empressa de dire Marie en haussant les épaules. J'ai moi aussi le reçu, et le serveur se souviendra de moi, car j'ai déjà pris part à une autre croisière avec lui.

Merde. Mon tour était venu.

— J'étais sur le pont, dis-je en tentant de ne pas rougir, sur le pont arrière. Sam était blessé, et j'étais…

Je relevai les yeux et je vis que Kirsty m'observait d'un regard aussi intense que celui de la mère supérieure d'une école religieuse. Je pouvais presque sentir une gifle arriver.

— Elle posait un sac de glace sur ma blessure, dit Sam en hochant la tête avec l'air penaud d'un enfant qui en dénonce un autre et en levant la main vers sa joue. Après que Mitch m'eut frappé. Ce qui s'est avéré être une chose terrible à dire à cet avocat. Il m'a mis sur le gril comme si j'étais un « squeegee ».

— Quel avocat ? demanda Putnam.

Mon estomac se révulsa. Je me doutais bien de qui il s'agissait.

— Skyler, répondit Sam en secouant la tête. Cet homme a un drôle de comportement.

Putnam, qui avait enroulé la cravate western de Dale sur son nœud papillon, prit une gorgée de sa boisson et laissa échapper un rire sarcastique.

— Ne t'inquiète pas de Skyler, fit-il. Tu as un bon alibi. Toi aussi, Darcy.

Il se remit à rire et fit jouer ses doigts en désignant Sam et moi.

— Que diable, nous devons nous couvrir les uns les autres. Tous les trois. Un pour tous et tous pour un.

Tous les trois ? Pardon, mais il n'était pas question que cet homme joue le rôle de D'Artagnan.

Marie me chuchota quelques sympathies tandis que mon estomac commençait à faire de drôles de choses. Je n'aimais pas où Putnam voulait en venir avec toute cette affaire. Et le fait que Kirsty me dévisage ainsi ne m'aidait pas.

— Que veux-tu dire, Putnam ? demanda Sam en lançant un rapide coup d'œil vers moi.

— Que je vais dire toute la vérité, répliqua-t-il en prenant une autre grande gorgée de sa boisson. Il s'essuya la bouche, et son sourire vira au ricanement lubrique.

— Je vais dire à monsieur Lucas Skyler que je faisais un tour dehors quand je vous ai vus bien occupés à vous faire des mamours.

« Oh, merde ! »

Rien ne m'aurait fait plus plaisir que d'attraper les bouts argentés de cette cravate western et de serrer jusqu'à ce que les yeux de Putnam lui sortent de la tête et roulent sur la table, mais cela aurait probablement paru suspect.

De plus, l'interphone se remit à crachoter au-dessus de nos têtes. J'étais de nouveau demandée dans la salle où se tenaient les entrevues.

* * *

J'avais dû faire quelque chose de très mal dans une vie antérieure. C'était la seule explication possible pour justifier que je passe la dernière nuit de croisière à bord d'un paquebot luxueux dans la cale humide et sans fenêtre du bateau en compagnie d'un Mitch De Palma trempé de sueur, de deux agents du FBI vêtus de smokings pour se fondre dans la foule des passagers, et d'une autre personne ciblée.

Je me demandais ce qui était le plus épouvantable ; que le deuxième agent fédéral soit un sosie de Luke Skyler ou le fait que l'autre interviewé soit le docteur Philippe Talon. Mais, pourquoi était-il là ?

— Mademoiselle Cavanaugh, poursuivit l'agent Scott, j'aimerais que vous nous aidiez au sujet de faits étranges dont nous avons pris connaissance au cours de nos entrevues avec les invités du mariage et les membres du personnel du bateau.

Je lançai un regard vers Luke, pas plus expressif qu'une dalle de marbre. Philippe, d'un autre côté, rayonnait d'un air suffisant, son regard se posant dangereusement sur mes pieds de temps en temps. Après avoir croisé les chevilles, je me retournai vers Scott.

— Sans problème, mais je ne vois vraiment pas ce que je pourrais savoir qui pourrait vous aider, répondis-je avec un sourire gêné.

L'agent Scott croisa les bras, et j'entendis son étui à revolver craquer sous sa veste, ce qui n'était pas habituel pour un avocat.

— Cela concerne des agrafes, mademoiselle Cavanaugh.

J'étais presque certaine qu'il m'avait entendue suffoquer.

— Des agrafes ?

Pour quelque folle raison, Philippe Talon posa les mains sur ses hanches ou quelque part sous la ceinture de son pantalon à taille haute et se mit à hocher la tête comme s'il était au courant.

— Oui, dit Scott. Que pouvez-vous me dire à ce sujet ?

SEIZE

L E PODIATRE FOURBE AVAIT REMIS AUX AGENTS DU FBI —
oh, mon Dieu ! — une vidéo de ma scène lors de la
conférence. Comment pouvais-je savoir que ces conférences étaient enregistrées ? Qui diable pouvait vouloir un
de ces enregistrements ? Mais il n'en restait pas moins que
ce n'était pas bon pour moi.

— Voilà, dit Philippe en désignant l'écran de télévision encastré dans le mur, comme un chasseur de sor-
cières. Rembobinez-la et repassez la dernière partie, mais
en augmentant le volume pour que Darcy puisse entendre
clairement ses paroles.

Mitch appuya sur le bouton de la télécommande, et je
poussai un gémissement en me voyant apparaître de
nouveau sur l'écran : sourire poli et battement de cils, très
jolie robe... des yeux verts qui commençaient à lancer des
flèches, le sourire qui se contractait, les épaules qui s'agi-
taient... puis mes cheveux roux qui se balançaient sauva-
gement et mon doigt qui pointait de manière menaçante le
revers de la veste du docteur Talon. Puis, encore pire, ma
voix — raison pour laquelle je jouais du tambourin dans

la chorale de l'Esprit saint —, qui grondait sur un ton digne de *L'Exorciste* :

— … Et les agrafes, Philippe ! Vous ne tenez certainement pas à ce que je commence à parler des agrafes, n'est-ce pas ?

Le bouton cliqueta, et mon image recula puis avança de nouveau comme une des femmes de Stepford :

— … Et les agrafes, Philippe ! Vous ne tenez certainement pas à ce que je commence à parler des agrafes, n'est-ce pas ?

Le bouton cliqueta de nouveau, et mon image recula lentement et…

— OK, criai-je, plus fort que je ne l'avais voulu, pouvez-vous arrêter, maintenant ?

Puis, tout en cherchant à distinguer la silhouette de Luke dans la pénombre, j'ajoutai d'un ton plus calme :

— S'il vous plaît ?

Les lumières se rallumèrent, et je poussai un soupir de soulagement.

— Je peux tout vous expliquer, dis-je en jetant un coup d'œil vers Luke et en espérant pouvoir m'arranger pour le voir seul et lui expliquer beaucoup d'autres choses. Mais avant tout, le docteur Talon a peut-être des choses à expliquer. N'est-ce pas, Philippe ?

J'aurais pu tuer Talon quand je le vis hausser les épaules. Luke sembla désolé de m'en croire capable.

— Je n'ai rien à dire pour expliquer votre comportement, Darcy, répondit le podiatre, d'une voix aussi calme que s'il s'adressait à un patient. À moins que cette attaque ait quelque chose à voir avec ma décision de ne pas vous embaucher pour le poste de représentante en matériel orthopédique l'année dernière.

— Qu-oi ? *Votre* décision ? Qu-oi, ai-je bien entendu ?

Je fis un pas vers Philippe en levant le menton et sentis Luke bouger juste derrière moi.

Philippe soupira et lança un regard embarrassé vers Scott.

— Un gentleman ne peut entrer dans les détails, évidemment, mais je ne voulais tout simplement pas d'une relation autre que professionnelle. J'étais flatté, bien sûr, néanmoins je ne voulais pas aller plus avant. J'ai essayé d'expliquer cela le plus gentiment possible à Darcy, mais...

« Oh, mon Dieu ! »

J'ouvris tout grand la bouche, puis la refermai sur des bredouillements, et mon visage s'empourpra.

Les poings serrés, je finis par retrouver ma voix.

— Bonté divine ! Non ! Attendez ! Je ne vais pas vous laisser partir comme cela !

Je fis un autre pas vers Philippe, et Mitch me saisit le bras.

Je me dégageai et me tournai d'un air désespéré vers Scott et Luke.

— Je ne l'ai pas menacé, pour l'amour du ciel ! C'est même tout le contraire. Je voulais qu'il m'explique les poèmes sur les pieds et les enveloppes FedEx et...

Mon doigt menaçant se leva tout seul :

— ... tous ces horribles petits pieds ailés. Hein ? Parlez-nous de ces pieds, Talon. Regardez, il a même des épinglettes à cette effigie.

Je désignai du doigt le revers de la veste de Philippe.

— Juste ici et...

Il ne le fit pas, bien sûr.

— Très bien, alors demandez-lui de parler du serpent dans le spa et de l'ours en peluche et de la crème fouettée...

Je cherchai à reprendre ma respiration, et mon estomac se contracta en voyant la lueur dans les yeux de Scott.

— Mademoiselle Cavanaugh... dit-il gentiment.

— Non, insistai-je en levant la main. Il y a plus. Laissez-moi terminer. Demandez-lui de parler de la crème-dessert au chocolat et du vison et des affiches et de ces affreuses prises de vues de mes pieds et...

Ma voix faiblit, et mes yeux durent se remplir de larmes, car soudain Luke, qui s'approchait pour intervenir, devint flou. Je clignai des yeux, et une larme glissa sur mon visage. Génial, à présent la femme menaçante se mettait à pleurer. J'essuyai mon visage en gémissant.

— C'est tout, docteur Talon, dit brusquement Luke. Si nous avons encore besoin de vous, nous vous le ferons savoir.

— Mais j'ai encore quelques questions à lui poser, dis-je d'un ton qui résonnait comme une plainte lamentable.

— Au revoir, docteur, dit Luke en m'ignorant et en ouvrant la porte.

J'étais prête à jurer que Philippe avait lancé un regard sur mes pieds avant de glisser d'un air suffisant sur ses supports de voûte plantaire.

* * *

— Je jure que je ne le menaçais pas, dis-je après une pause de dix minutes qui m'avait permis de boire de l'eau en quantité suffisante pour faire baisser mon rythme cardiaque à un niveau raisonnable.

Je balayai des yeux la table de la salle, Scott, Mitch, et finalement je croisai le regard de Luke avec une imperceptible lueur de supplication.

— Vous devez me croire. J'essayais simplement de découvrir si c'est lui qui a posé des agrafes sur cette affiche non autorisée de mes pieds.

Je saisis de nouveau la bouteille d'eau en roulant des yeux.

— Et maintenant, vous me dites que ces affiches ont toutes disparu ?

Mitch acquiesça de la tête.

— Nous n'avons pas pu trouver une seule des affiches que vous avez décrites. Nous avons fait le tour du bateau. Juste après que Sam Jamieson en eut fait mention.

Luke se renfrogna.

— Jamieson n'est pas une source fiable.

— Qu'est-ce que ça veut dire ? m'écriai-je en haussant les sourcils.

Luke me lança un regard noir et tapota son stylo sur la table.

— Simplement qu'il peut avoir des raisons de vouloir vous aider, mademoiselle Cavanaugh.

Je fis tout mon possible pour ne pas crier.

Scott nous jeta un coup d'œil et, après s'être éclairci la voix, il ajouta :

— Alors, quel est le portrait de la situation, De Palma ?

Mitch passa la main dans ses cheveux, et je remarquai une fois de plus qu'il semblait épuisé. Il était certainement furieux de ne pas pouvoir être avec Kirsty. Je regardai Luke en pensant que je comprenais bien ce qu'il ressentait.

— L'agrafeuse rose de mademoiselle Pelham a disparu. Nous avons fait une enquête en pensant que cela faisait partie d'une mauvaise blague. De nombreuses agrafes avaient été posées sur la collection de photos des futurs mariés. Puis, il y a eu l'incident avec le garçon d'honneur,

Gordy Simons. En plus des blessures dues à la colle, nous avons trouvé des agrafes dans sa jambe, monsieur.

Il tourna quelques pages de son bloc-notes.

— Et, ajouta-t-il en me lançant un coup d'œil rapide, les supposées agrafes dans les supposées affiches de pieds non autorisées.

Mitch s'éclaircit la voix.

— Puis, euh… l'incident avec la lingerie de mademoiselle Pelham.

— Ses dessous ? demanda Scott.

— Oui, monsieur. Ils ont été agrafés.

Je levai ma bouteille d'eau et en bus une autre gorgée en pensant à l'enchaînement des évènements, tel qu'il avait été relaté par Mitch. Il n'était pas tout à fait exact, bien sûr ; il avait oublié au moins un mystérieux incident avec les agrafes. Le tout premier, en fait. Les ailes de poulet Buffalo épicées aux pistaches de Paul Putnam. Mais quelque chose me disait qu'il valait mieux ne pas en parler pour le moment. Pas encore. De plus…

— Qu'est-ce que tout cela signifie ? demandai-je d'un ton brusque, en reposant ma bouteille d'eau sur la table.

Que diable, il était temps d'aller droit au but.

— Pourquoi les agrafes sont-elles si importantes tout d'un coup ?

Je tortillai une mèche de cheveux entre mes doigts et fronçai les sourcils en direction des trois hommes assis devant moi.

— Et quand allez-vous finir par nous dire si Dale Worley a été tué ou pas ?

Le silence s'installa pendant un moment, troublé seulement par le craquement du cuir de l'étui à revolver provenant de sous la veste de Scott quand il se redressa sur sa chaise. C'est à cet instant que je réalisai que Mitch De

Palma était aussi curieux que moi. De toute évidence, je n'étais pas la seule à être dans le brouillard.

Une fois encore, Luke demanda à Mitch de quitter la pièce, le remercia et l'escorta jusqu'à la porte, après lui avoir conseillé d'aller prendre un peu de repos.

Quand Luke vint se rasseoir, il retira une enveloppe jaune de sa mallette.

Je tendis légèrement la tête pour voir. Elle portait ce tampon : *Bureau du médecin légiste. FBI. Quantico.*

Il sortit ce qui semblait être une pile de photographies de l'enveloppe et les posa face contre la table. Luke se tourna vers Scott en haussant les sourcils et, pour je ne sais quelle raison, mes jambes se mirent à trembler.

Scott se pencha en avant et me regarda dans les yeux.

— Vous avez fait des manœuvres de réanimation sur Dale Worley. C'est ce que vous déclarez ?

Je jetai un coup d'œil furtif sur la pile de photos et luttai contre une vague de nausée.

— Oui, c'est ce que j'ai fait. Mais vous le savez déjà. Pourquoi…?

Je mordis ma lèvre inférieure en secouant la tête.

Scott plissa le front.

— Avez-vous remarqué quelque chose d'anormal à ce moment-là ?

« Oh, mon Dieu, il veut parler de…? »

Je levai les yeux vers Luke d'un air désespéré, puis les reportai sur mes mains avant de prendre une profonde inspiration.

— Dans la salle d'informatique, quand j'essayais de sauver Dale, j'ai dû me servir du téléphone. J'ai renversé certaines choses, des fournitures de bureau, alors elles venaient peut-être de là ou bien… OK, il y avait quelques agrafes.

Luke poussa un soupir, et Scott hocha la tête.

— Où exactement ?

Je passai mes doigts sur mon menton, me souvenant trop bien de ce moment.

— Juste quelques-unes, en réalité. Sur son visage, prises dans sa salive. Il y avait aussi un peu de sang.

Je baissai les yeux vers mes mains en m'attendant à les trouver moites, mais, au lieu de cela, je me rendis compte qu'elles tremblaient.

— C'est tout. Pourquoi ?

Luke retourna les photos et me tendit la première de la pile. Mon estomac se révulsa en constatant que c'étaient les photos de l'autopsie de Dale Worley.

Le visage violacé, les yeux sans vie et la moustache en guidon de vélo — comique même dans la mort. Puis, près de sa tête, sur la feuille du médecin légiste... Qu'est-ce que c'était ?

En relevant la tête, je me rendis compte que Scott continuait à m'observer.

— La cause de la mort de monsieur Worley est l'asphyxie, dit-il. Il a été étranglé par sa cravate, qui était coincée dans la déchiqueteuse. Mais on a relevé la marque d'un coup à la base de son cou, qui laisse croire qu'il était probablement inanimé à ce moment-là.

— Que voulez-vous...?

Ma gorge se noua, et je ne pus finir ma question.

— Quelqu'un l'a assommé avant d'insérer sa cravate dans la fente de la déchiqueteuse.

— Oh !

C'était une chose bête à dire, mais je ne pouvais trouver quelque chose de mieux.

— Et, poursuivit Scott en secouant la tête pendant que Luke me tendait une deuxième photo, nous avons découvert autre chose.

Je baissai les yeux en me préparant à voir une autre photo du visage sans vie de Worley. Mais ce n'était pas cela. C'était un gros plan de la chose que j'avais vue sur le drap à côté de la tête de Dale. Environ deux centimètres de long, métallique, avec des entailles parallèles, en forme de pont… *Un tas d'agrafes ?*

Les sourcils froncés, je reportai mon regard sur Scott.

— Des agrafes ?

— Oui, répondit l'agent alors que Luke me tendait une troisième photo.

Cette fois, c'était un plan rapproché de la moustache en guidon de vélo de Dale et de ses lèvres violacées, la bouche maintenue grande ouverte par des doigts recouverts de gants, pour révéler…

« Oh, mon Dieu ! »

Je portai la main à ma bouche.

— Des agrafes, confirma Scott, sous sa langue et coincées dans le fond de sa gorge.

*   *   *

— Merci, dis-je, en prenant le Cosmopolitan frais que me tendait Marie.

Dieu merci, elle avait trouvé une petite table libre dans le bar calme, décoré de miroirs et de palmiers, situé près de la salle de spectacle.

— J'en veux un autre. J'ai besoin de boire pour oublier que je suis suspectée de meurtre et me retenir de faire ce que j'ai envie de faire.

Je bus une gorgée de mon cocktail à base de jus d'orange et de jus de canneberge, en désignant de la tête la rangée de hublots donnant sur le vaste océan sombre.

— Crois-tu qu'à nous deux nous pourrions jeter ce misérable Talon par-dessus bord ?

Marie me regarda à travers la frange de ses cheveux bruns avec cette expression signifiant « Je ne te juge pas, mais dis-moi à quoi tu penses » qu'elle avait perfectionnée depuis que je l'avais rencontrée.

— Enregistré sur cassette ?

Des éclats de rire inopportuns fusèrent en provenance de la salle de spectacle.

— Si je veux voir le bon côté des choses, je dirais que je n'ai fait que le pointer du doigt en élevant la voix. J'aurais pu le frapper avec ma sandale.

— Hum, ce n'aurait certainement pas été une bonne idée, à moins que tu ne veuilles te monter un cercle d'admirateurs sur Internet. C'est déjà bien assez que Talon ait les photos avec la crème-dessert au chocolat.

Je poussai un gémissement en portant le verre glacé sur ma joue.

— Personne ne veut me croire maintenant que toutes les affiches ont disparu, juste au moment opportun. Non, je ne suis qu'une rousse un peu folle qui poursuit de ses assiduités un podiatre qui l'a éconduite.

Je poussai un autre gémissement.

— Et une infirmière trop stupide pour ne pas réaliser qu'elle souffle des agrafes dans les poumons de son malade. Oh, mon Dieu ! Quand j'y pense, c'est vraiment horrible !

Je pris une autre grande gorgée de mon cocktail avant d'ajouter :

— Je devrais reconnaître que j'ai de la chance qu'il ne puisse pas me poursuivre en justice quand il commencera à rouiller comme l'homme métallique du *Magicien d'Oz*.

— Hé, s'écria Marie en tapotant le doigt contre le bord de mon verre, arrête ces conneries ! Combien de mises en garde au sujet des fournitures de bureau avons-nous lues dans le guide de réanimation ? Tu souffles, et l'air entre. C'est ainsi que ça marche. Les agrafes étaient, eh bien...

— Enfoncées dans la bouche de Worley par le tueur.

Je regardai Marie, toujours obsédée par cette question.

— Pourquoi ? Que diable signifient ces agrafes ?

Marie haussa la voix pour couvrir les échos de musique qui s'échappaient de la salle de spectacle.

— Je n'en sais rien, mais, d'après ce que tu viens de dire, je ne crois pas que le FBI considère ces incidents comme de mauvaises blagues. Pas après l'autopsie de Dale.

— Te l'ont-ils dit ? demandai-je.

— Non, mais il se peut qu'ils m'aient interrogée avant de recevoir le rapport. Tu as été convoquée deux fois.

— Ne me fais pas penser à ça, dis-je, réalisant que mon verre était vide, et pas simplement parce que j'en voyais le fond.

Je sentais ma tête tourner légèrement, ce qui était probablement une bonne chose, considérant...

— Comment vais-je pouvoir faire avec Luke ? demandai-je brusquement en sentant une vague de panique me gagner. Dieu sait ce qu'il doit penser au sujet de Sam et moi à cause de cet idiot de Putnam ! Et je ne peux pas le voir seul pour lui en parler. C'est contraire aux règlements du FBI. Crois-tu que Paul lui a vraiment dit que nous nous étions fait « des mamours », qu'il l'a vraiment dit de cette façon ?

Marie hésita, puis son air se rembrunit.

— Tu me demandes si je crois le meilleur ami de Dale Worley capable de se comporter d'une manière écœurante ?

— Oh, mon Dieu !

— Mais, je t'ai dit que Luke m'en avait parlé et que je lui avais raconté toute la vérité, que c'est parce qu'il a reçu de faux courriels que Sam est venu, et de quelle manière il t'a tendu une embuscade avec ce baiser, que tu n'avais jamais eu l'intention de…

Marie se retourna et regarda derrière son épaule vers la salle de spectacle, et je tirai sur sa manche, impatiente de l'entendre finir ce qu'elle avait à dire.

— Et alors, est-ce qu'il t'a crue ?

Je fronçai les sourcils en la voyant sourire sans répondre. Je détestais son petit sourire satisfait qui voulait laisser croire : « Je sais quelque chose que tu ne sais pas. » Ce n'était pas seulement le jeu du chat qui avale le canari ; avec Marie, c'était plutôt le chaton espiègle qui vient d'attraper un condor.

— Marie, allez, dis-le-moi. Est-ce que Luke t'a crue, au sujet du baiser ?

Son sourire s'épanouit, et elle désigna du doigt l'homme qui se tenait près du rideau de velours qui masquait la porte d'entrée de la salle de spectacle.

— Demande-lui donc toi-même, ma belle ! s'exclama-t-elle en me gratifiant d'un clin d'œil complice.

* * *

— Luke… Est-ce que tu me crois ?

— Oui.

— Promis ?

— Promis.

— L'enquête est bientôt terminée ?

— Ne me pose pas de questions.

— Mais juste…

— Je ne peux pas en parler.

Tapotement du doigt. Pause. Ronronnement taquin.

— Envie de moi ?

Profond grognement masculin.

— Dieu !

C'était la conversation la plus intime que nous pouvions avoir. En effet, Luke et moi étions assis dans la salle de spectacle, parmi quelque mille passagers qui regardaient une pyramide de Chinois tenant des assiettes en équilibre sur des baguettes. Waouh ! Le tout posé sur les épaules voûtées d'un homme trop âgé pour faire des acrobaties sur un monocycle. Je me cachai les yeux derrière le programme, en m'efforçant de ne pas remarquer que l'homme sur le monocycle respirait d'une drôle de façon. Pas question.

Le seul bouche-à-bouche que je désirais faire était… sur Luke. Même si je n'avais pas grand espoir que cela arrive. Maudit FBI. Quel travail haïssable pouvait obliger un homme à porter une arme sous le bras et à parler du coin de la bouche à une femme qu'il prétendait ne pas être là ? Et je ne rendais pas les choses faciles en glissant ma main sur ses hanches. J'étais incapable de résister à cet homme en smoking.

Du bout des doigts, je traçai des arabesques le long des plis du pantalon de Luke et je sentis ses muscles se contracter sous le tissu. Je savais très bien quelle autre réaction j'espérais. Puis, mes doigts remontèrent jusqu'à la couture de son entrejambe, et je crus entendre une douce plainte, mais il me fut difficile d'en être certaine en raison du vacarme assourdissant de deux cents assiettes heurtant le plancher de la scène. Terrifiant. La foule retint son souffle ; quelques personnes se levèrent, et tous se mirent à applaudir et à crier des messages d'encouragement.

Je tendis le cou pour voir au-dessus des cheveux permanentés de la femme assise devant moi, en espérant que le cycliste âgé n'avait pas mordu la poussière quand...

Oh... Des doigts chauds se glissèrent furtivement sous mon bras et remontèrent vers mon sein gauche. Un doigt, entraîné à actionner une gâchette, atteignit ma peau nue après s'être faufilé sous ma robe. Je souris. On pouvait toujours faire confiance à un agent spécial pour profiter d'une diversion. *Waouh !*

Je levai mon programme et rendis le sourire fatal de Luke. Si ce n'était que je portais une robe d'un prix équivalant à la moitié de mon chèque de paye, que ce gars avait un 9 mm sous sa veste et que nous étions dans les affres d'une enquête pour meurtre, cela n'aurait été rien de plus qu'un tripotage d'adolescents. Mais Dieu que j'aimais ça !

Gloussement masculin de satisfaction.

— Tatou ?

— Tu veux voir ?

— Mmm...

Parcours excitants du bout des doigts pour obtenir une réponse localisée.

Yeux engageants derrière le programme.

— Dossier clos ?

Grognement masculin.

Je plaisantais, mais qui voulais-je tromper ? Je n'étais plus une adolescente. Je désirais plus que tout passer un moment seule avec Luke, même si ce n'était que pour sentir ses bras m'enlacer pendant quelques minutes. Rien qu'une brève étreinte. Ses étreintes étaient si bonnes. Et j'en avais grand besoin après les épisodes surréalistes des derniers jours. Mais…

— Retrouvons-nous quelque part.

Ma main se glissa de nouveau sur ses hanches, accompagnée par la musique chinoise.

Silence. Sourcils froncés et complot flagrant.

— Ta cabine ?

Mes doigts retournèrent vers l'entrejambe.

Juron feutré.

— Pas seul. Scott.

— Où, alors ?

Plus de musique. Applaudissements.

Coup d'œil vers la montre.

— Pas le temps. Maudite enquête.

Présentateur. Explosion de musique chinoise.

La foule se leva pour ovationner les artistes, et nous restâmes assis dans l'obscurité, isolés comme si nous étions entourés d'une forêt de grands arbres. Juste pour un moment. Et juste le temps nécessaire.

— Darcy. Approche.

Les mains de Luke caressèrent mon visage, ses lèvres se posèrent sur les miennes, et il m'embrassa comme s'il en mourait d'envie. Puis, hélas, les lumières se rallumèrent. Hors d'haleine, aveuglés et désespérément excités, nous bondîmes sur nos pieds.

Juron du coin des lèvres. Luke tapota sa montre.

— Retrouvons-nous dans vingt minutes.

À l'abri derrière ma brochure, bousculée par une grosse femme.

— Où ?

Une centaine de personnes s'amassèrent dans les allées et se précipitèrent vers la sortie.

« Bon sang. »

Luke fut entraîné loin de moi, et la foule, jungle virtuelle de paillettes aux couleurs vives, de vestes de smoking et de fourrures sentant l'antimite, emplit l'espace qui nous séparait jusqu'à ce que je le perde presque de vue, n'apercevant plus que ses larges épaules dans la veste noire de son smoking et une mèche de cheveux blonds, coupés court. Puis, il s'arrêta et regarda en arrière, et je le vis sourire et me dire quelque chose, mais...

— Où ? répondis-je en essayant, ridiculement, de me mettre sur la pointe des pieds pour mieux voir tandis que la foule me dépassait. Il répéta les mots en articulant lentement comme s'il s'adressait à un spécialiste de la lecture sur les lèvres, puis je vacillai et le perdis de vue.

Je poussai un soupir exaspéré et hochai la tête en pensant à la nature bizarre de ma vie. Puis, j'essayai de me rappeler l'endroit où était affiché le plan du bateau. Car, sauf erreur de ma part, cette femme suspectée de meurtre se dirigeait vers une solution de fortune avec un agent du FBI. Un canot de sauvetage.

DIX-SEPT

SI J'ÉTAIS SORTIE AVEC UN AGENT DE LA GARDE CÔTIÈRE, IL m'aurait avisée du degré de difficulté pour monter à bord d'un immense canot de sauvetage couvert, suspendu dans l'obscurité au-dessus d'un paquebot de croisière en mouvement. Tout spécialement avec des talons de sept centimètres. Les gens adorent raconter ces histoires de grands-mères de quarante kilos qui trouvent la force surhumaine de soulever un camion d'une demi-tonne de la poitrine du grand-père ; eh bien, j'étais la preuve vivante que la concupiscence pouvait conduire, elle aussi, à de telles extrémités. En tout cas, elle m'avait fait détaler comme un marin. Mais je savais que passer un moment de qualité avec Luke m'aiderait à supporter toute la confusion et le chaos de ces derniers jours. Dieu merci, un de ses collègues avait pu installer des cônes d'urgence en plastique pour bloquer la sortie, un grand éclair de lumière, une bonne connaissance de la mécanique du bateau... et un sens discret de la « fraternité ». Il m'aida en poussant respectueusement mon postérieur revêtu de ma robe de soirée en satin, et j'y étais.

Je clignai des yeux en attendant qu'ils s'habituent à l'obscurité, et mon souffle s'accéléra comme celui d'une oie blanche. Bonté divine, l'allure de cet homme dans la lumière des lampes d'urgence avait quelque chose de criminel.

Je souris doucement tandis que mon cœur battait d'une façon pathétique.

— Allô, Skyler.

— Allô, toi.

Luke s'assit à quelques pas de moi, la veste de smoking et l'étui de revolver enlevés, le nœud papillon desserré sur la chemise à plis immaculée, déboutonnée jusqu'au nombril. La lumière de la lanterne fit étinceler l'ombre dorée de sa barbe naissante et fit jouer des reflets sur les muscles de sa poitrine. Il gloussa doucement et plissa les yeux.

— Pourquoi as-tu mis si longtemps ?

C'était plus fort que moi, je ne pus résister à lui répondre :

— Si je te le dis, il me faudra te tuer.

— Vraiment charmant. Mais, viens par ici.

Je fis quelques pas en avant, et Luke bondit sur ses pieds pour me rejoindre, ce qui fit vaciller le canot. Il m'attira contre lui. Deux bras ne m'avaient jamais à ce point soulagée. Il ne me prit pas plus d'un instant pour enlacer son cou, et je ris dans la chaleur de la toison de sa poitrine. Je respirai l'odeur de propreté et de musc de sa peau en souriant.

— Je ne sais pas ce qui est meilleur, murmurai-je, entre être dans tes bras ou pouvoir enfin parler par phrases entières.

— Et sans musique chinoise, renchérit-il, les mains épousant la courbe de mes fesses. Mais parler est parfaitement inutile.

Après s'être écarté, il roula une longue mèche de mes cheveux entre ses doigts et plongea ses yeux dans les miens comme s'il avait besoin d'y voir quelque chose. Puis, il prit mon menton et, soulevant mon visage vers lui, il m'embrassa tendrement, glissant de façon excitante sur mon sourcil, le bout de mon nez, le creux de ma gorge palpitante, la commissure de mes lèvres... Il maintenait ses lèvres chaudes trop loin encore pour que je puisse les goûter. Au nom du ciel, il avait devant lui une femme affamée. Ne le voyait-il pas ?

Je pris l'initiative et passai de nouveau les bras autour de son cou. Puis, m'emparant de son beau postérieur, je l'attirai fermement contre moi, mon corps ne laissant planer aucun doute sur mes intentions. Non que je sois impatiente, mais mes lèvres s'approchèrent des siennes et je murmurai :

— De combien de temps exactement...?

Sa bouche avide s'empara de la mienne, et j'oubliai complètement ce que j'allais dire. Environ une minute plus tard, je fus frappée d'amnésie au point de ne plus savoir mon propre nom. Je finis par me demander si je n'allais pas oublier de respirer tandis que nous nous laissions aller dans le fond du canot. Et une enquête fédérale en cours dénuda mon tatouage et beaucoup plus.

— Ah... Luke, attends, tu ferais mieux d'avoir du produit répulsif pour requins sur ton pantalon si tu le jettes ainsi.

— Les requins peuvent bien manger mes foutus pantalons, dit-il en revenant sur moi. Alors, où en étais-je ?

— Oh ! Oui. C'est ça... là. Fais attention à l'aviron.

Il était tout à fait possible que l'ambiance, à l'intérieur du canot de sauvetage, soit un véritable aphrodisiaque. Le grincement des chaînes, le froid, la fibre de verre lisse, la couverture rugueuse et cet étrange pot-pourri viscéralement maritime d'embruns, de diesel et de toile moisie, accompagnés de l'exquis picotement de la brume océane se déposant sur la peau nue, et le tangage et le balancement des planches du fond qui se tendaient pour s'adapter à... aux divers mouvements inventifs des hanches, indispensables dans un espace aussi réduit. J'étais faite pour naviguer.

Et je n'aurais jamais dû offrir à Luke Skyler une montre avec une alarme. Il était à parier que 007 n'aurait jamais...

— Tu m'as programmée dans ton emploi du temps ? le taquinai-je en relevant ma tête de sa poitrine, où mes cheveux emmêlés étaient étalés comme ceux d'une sirène assouvie. Voilà une affaire rondement menée, Skyler. Que dirais-tu...

Je m'interrompis en entendant un bruit sourd et insistant sur la coque du canot, et Luke se releva d'un mouvement brusque. Pas facile avec une jambe coincée sous le banc et l'autre enterrée sous une pile de gilets de sauvetage orange. Le bruit sourd se fit entendre de nouveau, et Luke m'embrassa rapidement.

— Je dois y aller, dit-il en attrapant son pantalon et en se relevant pour faire un signe de la main à son collègue. Ma pause-repas est terminée.

Une lueur coquine éclaira ses yeux.

— Mes compliments au chef, en tout cas.

Il reprit une attitude professionnelle.

— Je dois faire une autre entrevue dans vingt minutes.

— Qui ?

— Je ne peux pas...

Son visage se rembrunit.

— Très bien. Jamieson.

— Encore ?

Je relevai la couverture rugueuse sur ma poitrine en me demandant ce que Sam le pompier pouvait savoir au sujet du meurtre et en détestant l'idée que nous allions retourner chacun vers nos occupations professionnelles, aussi macabres soient-elles.

Luke posa le regard sur le cadran de sa montre, puis le reporta sur moi en soupirant.

— Il nous reste environ six heures pour clore ce dossier, Darcy. Nous avons déjà de bons indices, mais il nous en faut plus. Sinon, les gens devront être détenus par les autorités locales à notre arrivée à Victoria.

Je l'observai pendant qu'il finissait de se rhabiller et qu'il attrapait son revolver et son étui.

— Et le mariage de Patti Ann ? demandai-je en m'imaginant les yeux de la future mariée et redoutant la réponse.

— Je ne sais pas encore. Mais, selon toute vraisemblance, je serai parti avant que la décision ne soit prise.

— Parti ?

Je fus parcourue par un frisson qui n'avait rien à voir avec la fraîcheur de la nuit. Cette douleur familière oppressait ma poitrine.

Luke ouvrit la bouche et hésita un moment avant d'ajouter :

— L'hélicoptère vient me chercher dès l'aube. Je dois retourner à Monterey pour préparer mes affaires. Il ne me reste plus beaucoup de temps avant…

« Plus beaucoup de temps avant ton déménagement. »

J'observai Luke glisser l'étui à revolver sous son bras comme je l'avais déjà vu faire des douzaines de fois auparavant, mais cette fois je commençai à me demander si c'était la dernière fois. Et combien de fois encore nous allions pouvoir faire l'amour et…

— Pardon ? lui demandai-je avec un regard interrogateur.

— Boston, répéta-t-il avec un regard tendre. C'est magnifique, Darcy. Les cerisiers ne sont plus en fleurs maintenant, mais l'été va bientôt s'installer et mes grands-parents ont une propriété sur l'île de Martha's Vineyard, célèbre pour la culture de palourdes et ses grands feux de joie. Il y aura des feux d'artifice pour le 4 juillet et...

Luke déglutit légèrement.

D'accord, j'en avais assez entendu.

Il sourit et secoua la tête.

— C'est vraiment drôle. Nous nous sommes rencontrés en Nouvelle-Angleterre, il y a presque six mois exactement...

Son téléphone cellulaire se mit à vibrer, et il se détourna pour répondre à cet appel. J'en profitai pour me dire que si je respirais, je réussirais peut-être à faire disparaître la douleur qui étreignait ma poitrine.

Quand sa conversation fut terminée, j'étais rhabillée. À mon grand étonnement, ma robe n'avait pas trop souffert de la situation. Mais moi oui. J'étais toute chiffonnée et j'avais froid, tout comme je m'étais sentie après cette terrible épreuve avec Dale.

— Tu frissonnes, me dit Luke en m'enlaçant une dernière fois. Ce canot, ce n'était pas une bonne idée. Je suis désolé. J'aurais dû trouver un autre endroit.

— Non, répondis-je en esquissant un sourire et en lui prenant le bras. C'est le meilleur moment que j'ai passé dans un canot de sauvetage. Sérieusement. Et c'est beaucoup mieux que la cabane de l'amour 1505.

— Hein ?

— La remise 1505, à l'arrière du bateau. Le local où les hommes et les femmes viennent se retrouver.

Luke haussa les sourcils.

Refermant mes doigts sur son bras, je m'empressai d'ajouter :

— Du moins, c'est ce que l'on m'a dit. Ne t'inquiète pas. Tu ne me retrouveras pas morte dans cet endroit.

* * *

Sous la douche, mon regard s'attarda sur le savon pendant un long moment, et je me demandai combien de fois j'allais encore pouvoir prendre une douche avec Luke avant son départ pour Boston. Puis, j'enfilai ma camisole à volants, un capri et une paire de sandales. J'attrapai ma veste en jean et jetai un œil sur le cadran de ma montre. Il était presque onze heures, et le mariage de Patti Ann approchait lentement mais sûrement. Annulé si le FBI ne coinçait pas le meurtrier de Dale. Mais, en vérité, après notre rencontre dans le canot de sauvetage et ma rêverie sous la douche, j'avais commencé à penser que je pouvais faire quelque chose pour éviter cette déroute. L'estomac noué, je me dirigeai vers la porte de la cabine. J'avais une faim de loup et je voulais parler avec Marie d'une idée que j'avais eue. Un terrible pressentiment au sujet des agrafes, qui m'avait rendue très nerveuse. Je m'étais donc arrangée pour la retrouver au bar du Dauphin. Je pourrais ainsi parler avec elle tout en mangeant.

Vingt minutes plus tard, Marie tendait prudemment la main vers le plat de hors-d'œuvre à moitié vide, comme si elle craignait que je puisse confondre son doigt avec un piment jalapeño. Un sourire se dessina sur ses lèvres.

— Tu as bon appétit, n'est-ce pas, ma chérie ?

Je grommelai en mâchonnant une bouchée de nachos crémeux, avec un bien-être proche de celui que me procuraient les macaronis.

— Hum. Désolée. Voilà, il en reste beaucoup, dis-je en poussant le plat vers elle et en ignorant ses sous-entendus.

Mon estomac était plein, et il était temps de lui présenter ma théorie au sujet des agrafes.

Marie n'était pas près d'abandonner.

— J'aurais pu arriver plus tôt, dit-elle, en haussant sa voix d'une octave et en jetant des coups d'œil vers la porte, mais il a fallu que je contourne la zone bloquée par des cônes d'urgence et gardée par un type musclé avec…

— Bonté divine ! Il n'a pas encore retiré les cônes ? m'exclamai-je en me tournant vers la fenêtre donnant sur le pont.

— Je m'en doutais, dit Marie en riant. Quand j'ai vu Luke se diriger vers le canot de sauvetage baissé et…

— C'était une urgence, ripostai-je en saisissant ma bière.

Je lui adressai un sourire en sentant mon visage s'empourprer à ce souvenir.

— Je n'en doute pas. Je vous connais, tous les deux, tu te souviens ?

Portant un nachos à sa bouche, elle détailla du regard la clientèle clairsemée du bar du Dauphin. Son regard se porta sur une table éloignée où Kyle était assis devant un verre de bière et revint se poser sur moi.

— Mais que voulais-tu dire dans ce message que tu as laissé sur mon téléphone cellulaire ? Il était question de faire l'inventaire des fournitures de bureau ?

Elle secoua la tête et retira du bout des doigts un morceau d'oignon qui était resté collé sur une frite.

— Tu deviens aussi mystérieuse que ton agent fédéral, en tout cas.

Je me penchai en avant en baissant la voix.

— Je voulais dire que j'ai dressé une liste détaillée. Un décompte chronologique fort intéressant de...

L'interphone du bateau m'interrompit :

— Passager Jamieson, veuillez appeler le 2271. Sam Jamieson, s'il vous plaît.

Je reportai les yeux sur Marie.

— N'est-ce pas la troisième fois qu'ils l'appellent ?

— Oui, répondit Marie en faisant un signe de tête vers la porte d'entrée du bar. On dirait que Sam le pompier a décidé de ne pas répondre aux appels de nos « avocats ».

Sam entrait justement dans le bar en compagnie de Ryan Galloway. Les deux hommes s'étaient changés et avaient mis des vêtements plus confortables, et Ryan, selon ses nouvelles habitudes, n'était manifestement pas très stable sur ses pieds. Ils s'installèrent à une table proche de celle de Kyle, et je me recroquevillai dans ma chaise en espérant que Sam ne me remarquerait pas. Je fouillai dans mon sac décoré de bandes en imitation léopard et en sortis un morceau de papier plié. Cette habitude de dresser des listes me venait probablement de ma grand-mère. Bien sûr, à présent, elle les utilisait certainement pour organiser le dosage de la nourriture pour poissons de ses voisins.

— Voilà, dis-je en remarquant que Putnam pénétrait dans le bar. Regarde si j'ai bien répertorié les évènements.

J'étalai le papier sur le plateau de la table et glissai le doigt le long de la colonne.

— Première nuit : Patti Ann nous dit que Kirsty a demandé aux garçons d'honneur d'agrafer du papier crépon sur le mur de photos dans la salle des fêtes — Dale, Ryan et Ed, je pense. Puis, plus tard, nous avons vu cette grosse agrafeuse rose sur le sol près du mur de photos.

Je hochai la tête, puis poursuivis :

— Elle provenait de cette ceinture à outils de Kirsty, avec le marteau, les pinces et tout le reste ?

— Oui, approuva Marie, et ensuite Paul Putnam a eu un choc anaphylactique à cause d'une aile de poulet Buffalo dans laquelle était plantée une pistache. Je m'en souviens très bien.

— Exactement, fis-je en tapotant la liste du bout du doigt. Une pistache agrafée à l'intérieur.

— Attends, dit Marie après avoir avalé une gorgée de bière. Es-tu en train de dire que tu crois que ces gars ont fait cela parce qu'ils ont eu accès à l'agrafeuse ? Parce que, diable, Ed est parti en hélicoptère avec Gordy et Dale est mort, donc...

Elle lança un coup d'œil vers la table où Sam était assis avec Ryan Galloway en haussant les sourcils, avant d'ajouter :

— Oh, merde, tu veux dire...

— Non, m'empressai-je de répondre, en essayant de chasser l'image de Ryan nous épiant derrière les buissons au pont Capilano. Je ne pointe personne du doigt... pas encore. J'essaie tout simplement de mettre cette histoire d'agrafeuse en perspective.

Je glissai le doigt un peu plus bas sur la liste.

— Et, le matin suivant, Gordy Simons a été retrouvé avec les organes collés.

— Et il y avait des agrafes dans sa cuisse.

— Exactement, et en allant souper, nous nous sommes arrêtées dans la salle des fêtes et nous avons vu toutes ces agrafes sur le mur de photos.

— Puis, au cours du souper, nous avons tous fait la connaissance de Mitch, et il a annoncé que la grosse agrafeuse rose de Kirsty avait disparu.

— Ouais... Oh, merde ! dis-je en reportant mon regard vers le bar. Talon.

Je fis la grimace en voyant Talon se glisser sur un tabouret, ses mocassins se détachant du talon de ses bas à losanges.

— Ce qui me fait penser que le prochain incident a été quand Sam a vu cette affiche de mon pied avec des agrafes posées dessus.

— Alors, peut-être Talon...?

Elle secoua la tête, et sa frange de cheveux balaya son front.

— Il ne reconnaîtra jamais rien, ce sale pervers.

Je croisai les jambes, en agitant mon pied en direction du bar comme s'il s'agissait d'un appât de pêche.

— Mais même si j'aimerais voir ce podiatre en prison, je continue de penser qu'il n'est vraiment pas capable de tuer quelqu'un, sauf si c'est possible de le faire par courriel.

— Bon, qu'y a-t-il ensuite ? demanda Marie en penchant la tête pour examiner ma liste.

— La lingerie de Kirsty, répondis-je en réalisant que je n'avais pas vu la pauvre fille depuis le souper.

J'espérais sincèrement qu'elle était quelque part avec Mitch et qu'ils soient nus dans les bras l'un de l'autre. Ils en avaient bien besoin tous les deux. Ces deux-là étaient pareils à une chandelle à deux bouts qui brûle dans le milieu.

— Et puis...

Marie sortit un cigare de son sac banane.

— Et puis, Dale Worley a été retrouvé avec la bouche pleine d'agrafes.

— Oui.

Je baissai les yeux vers ma liste en me demandant comment diable tout ceci avait pu se produire en l'espace de quelques jours.

— Mais maintenant, je pense qu'il serait plus simple d'analyser tout cela d'une façon différente.

— Que veux-tu dire, Darcy ?

— Je veux dire que nous devrions aller plus loin. Au lieu de nous demander qui a pu mettre toutes ces agrafes, peut-être devrions-nous nous demander qui avait une agrafeuse. Et pourquoi.

— Tu veux dire, remonter jusqu'à ces mauvaises blagues et…?

— Non, répliquai-je en notant du coin de l'œil que Ryan était maintenant debout près de Kyle et que Sam allait les rejoindre. Je pense que tout cela n'a rien à voir avec les mauvaises blagues. Mis à part les appareils photo qui crachent de l'eau et les machines à pets, bien sûr. Je pense que tout ce qui a été marqué avec des agrafes relevait d'une intention malveillante de cibler une victime potentielle. Paul, Gordy, Kirsty, Dale et…

— Toi ? dit Marie en fixant les yeux sur moi. Tu es une victime potentielle ?

J'hésitai, ne voulant pas davantage y croire qu'elle-même.

— Je n'en suis pas sûre, mais je pense qu'il existe une relation entre nous tous et le meurtre…

Bon sang, que se passait-il ?

Je tournai la tête en même temps que Marie, juste à temps pour entendre Ryan se remettre à crier en se tournant vers Kyle. Et soudain, sans vraiment savoir pourquoi, je me précipitai vers eux. En vérité, j'en avais assez de leurs débordements de testostérone et je n'avais pas peur de leur dire. Après tout, j'avais grandi avec deux frères. Marie me suivit de près.

Quand j'arrivai à la table, Sam retenait Ryan, Kyle s'agitait rapidement, et je n'aurais su dire si Paul Putnam, qui venait d'arriver, était là pour améliorer les choses ou pour les envenimer.

— Pour l'amour de Dieu ! grondai-je, les mains sur les hanches, en faisant un pas vers Ryan. Vous n'arrêterez donc jamais ? N'avons-nous pas assez d'ennuis comme ça ?

Marie se mit à me donner de légers coups du bout des doigts dans le dos, et je fis un pas en avant en haussant les épaules pour la repousser. Elle n'allait pas m'arrêter ; je ne faisais que commencer. Je tournai la tête vers Kyle en plissant les yeux.

— Tu crois que ce genre de conneries va apaiser Patti Ann...

Je m'interrompis en entendant un grondement s'échapper des lèvres de Ryan. Sam se précipita pour le maîtriser, mais il réussit à libérer une de ses mains et empoigna le devant de ma veste en jean.

— Demandez-lui, cria Ryan, rouge de colère, en m'envoyant des postillons dans le visage. Demandez donc à ce salopard de Kyle s'il se préoccupe des sentiments de Patti Ann. Allez-y, Darcy, demandez-lui !

— Hé, dis-je aussi calmement que possible, compte tenu du fait que Ryan agrippait le devant de ma veste et que Marie tapotait mon dos comme un pic-bois affolé. Ne pouvons-nous pas tout simplement...

J'hésitai pendant un moment, horrifiée que je puisse être sur le point d'évaluer Mr. Rogers et Big Bird. Puis, je réalisai que Marie avait cessé de me taper dans le dos.

Et que tous, y compris Ryan, s'étaient brusquement tus parce qu'ils regardaient... Luke, qui se tenait près de moi.

— Lâchez-la, dit-il d'une voix profonde et calme. Tout de suite.

Je retins mon souffle en essayant de ne pas penser qu'un de ces types pouvait être un meurtrier — peut-être même celui qui avait son poing sous mon menton — ou que Luke avait un revolver et...

Ryan me lâcha. J'étais presque sûre d'avoir entendu Marie pousser une plainte. C'est alors que, du coin de l'œil, je vis Philippe Talon siroter une boisson ornée d'une ombrelle en papier et tendre le cou pour mieux voir.

Après un moment de silence, Paul Putnam laissa échapper des éclats de rire dans lesquels transparaissaient des traces de nervosité et de raillerie provocatrice. Il toisa Luke de haut en bas, des mocassins de cuir fin au polo noir sous un blouson de serge gris foncé, de toute évidence pour le jauger.

— Bon, écoutez, les gars, s'écria-t-il en posant la main sur l'épaule de Kyle. Le soi-disant avocat est venu nous lire le règlement.

Luke cligna une fois des yeux, et un muscle de sa mâchoire se contracta. Puis, il se tourna vers moi.

— Tout va bien, mademoiselle Cavanaugh ?

— Oui, répondis-je d'une voix à peine plus forte qu'un murmure, surtout parce que ma langue était collée à mon palais, et en jetant un coup d'œil vers Marie, qui était visiblement mal à l'aise.

— Je vais vous accompagner à l'extérieur alors, dit Luke après un regard vers Putnam.

— Non, intervint Sam, je vais prendre soin de Darcy.

— Il semble que vous n'en soyez pas vraiment capable, Jamieson, rétorqua Luke en plissant les yeux.

Merde. Je devais faire quelque chose. Dès maintenant.

— Hé, vraiment, dis-je en lissant le devant de ma veste, je vais bien. Vous voyez ? Je n'ai pas besoin...

— Bon, Skyler, s'écria Putnam avec un rire aigu et sans tenter de cacher son dédain. Nous pourrions entamer des paris sur la comparaison entre les avocats et les pompiers. Porter une personne hors d'un feu versus jouer au golf ?

Sam sourit, mais au moins il eut la sagesse de se taire.

Il y eut un long moment de silence, et je ne savais pas si je devais me laisser à la panique ou éclater de rire en voyant Paul s'attaquer bêtement, sans le savoir, à un agent du FBI. Mais j'étais surtout subjuguée et pleine de respect pour le calme et l'assurance qui se lisaient sur le visage de Luke. Voilà un homme qui faisait confiance à ses instincts. Et j'étais presque certaine que cela faisait partie intégrante de sa nature profonde, et non du fait qu'il pouvait se transformer en inspecteur Harry en un clin d'œil. J'aurais tout de même assez aimé le voir balayer de la main l'ombrelle décorant le piña colada de Talon.

— Désolé, pas maintenant, répondit-il en glissant les doigts sous mon coude, et je souris en sentant son pouce glisser imperceptiblement sur ma peau. Et maintenant, je vais accompagner mademoiselle Cavanaugh à l'extérieur.

Puis, après avoir lancé un regard vers Sam, il poursuivit :

— Je vous attends dans mon bureau, sur le pont inférieur, monsieur Jamieson. À moins que vous ne préfériez recevoir un mandat d'arrêt ? Dans ce cas, je peux faire ce qu'il faut.

Sam ouvrit la bouche, mais n'eut pas le temps de répondre, car Patti Ann, hors d'haleine, arriva précipitamment derrière nous.

Je vis Ryan plisser les yeux en regardant Kyle et le futur marié s'éclaircir la voix et sourire alors que Patti Ann s'arrêtait devant le groupe.

— Darcy, Marie ! s'écria-t-elle en reprenant son souffle. Oh, Dieu merci ! J'ai besoin que vous veniez m'aider. Kirsty est dans tous ses états et je ne sais plus quoi faire. Nous ne trouvons pas Mitch, et…

Elle secoua la tête.

— Bon sang, quelqu'un a vandalisé la salle des fêtes ! C'est une vraie pagaille. Elle avait travaillé si fort pour faire le mur de photos… Quelqu'un a posé des agrafes partout.

DIX-HUIT

NON SEULEMENT PATTI ANN ÉTAIT-ELLE EUPHORIQUE, MAIS la salle des fêtes baignait dans une telle ambiance d'adolescents que je fus surprise de ne pas voir du papier hygiénique enroulé autour des lampes. C'était déjà bien assez que des moustaches aient été dessinées au Magic Marker sur toutes les photos me représentant.

— Bon sang, dit Marie, scrutant derrière le ruban que les agents de sécurité avaient tendu, tu ressembles à la sœur de Dale...

Elle toussa derrière sa main.

— ... ou à la femme à barbe du cirque.

— Ça va, répliquai-je en lui donnant une bourrade amicale, j'avais remarqué.

Je fis le tour de la salle du regard pour voir qui était présent. Pas beaucoup d'invités importants au mariage, en vérité : seulement Sissy — la Femme Serpent, Patti Ann, Kyle, qui affichait bizarrement un regard abattu après avoir croisé Ryan avant d'entrer dans la salle, et Kirsty Pelham. Pauvre Kirsty. Martha Stewart avait une mine plus réjouie dans ses nouveaux vidéoclips tournés en prison.

— Je vous conseille à tous de ne rien toucher, dit-elle en pointant le stylet de son assistant numérique personnel.

Puis, elle s'approcha de moi et, baissant la voix, elle murmura :

— Apparemment, les empreintes vont pouvoir être facilement relevées sur les photos, et quel que soit le responsable, je veux qu'il paye.

Elle plissa les yeux.

— Et qu'il paye chèrement.

Elle serra les yeux fermés derrière ses lunettes, puis poursuivit :

— C'est vraiment le comble, Darcy.

Je regardai de nouveau le papier crépon déchiré, les ballons dégonflés et même les reflets argentés des agrafes qui parsemaient les murs. Puis, j'observai l'air misérable qu'affichait notre planificatrice en trouvant ironique qu'elle considère cet acte de vandalisme comme le « comble ». À mon avis, un meurtre pesait beaucoup plus lourd dans la balance, ce qui me fit penser qu'il fallait que je retourne examiner ma liste. J'allais bientôt découvrir qui avait bien pu agir de la sorte et les raisons qui l'avaient poussé à le faire.

— Mitch a-t-il dit que quelqu'un allait relever les empreintes ? demandai-je en remarquant, avec un brin d'inquiétude, que Kirsty portait deux chaussures différentes, des sandales en tissu du même style, mais de couleur différente : une chaussure pistache et une chaussure mauve.

Je me doutais bien qu'elle n'essayait pas de lancer une nouvelle mode. Bon, il fallait maintenant que je découvre à quel moment elle avait cessé de s'alimenter. Elle commençait visiblement à se négliger.

Kirsty glissa derrière son oreille une mèche de cheveux qui s'était échappée et poussa un soupir.

— Personne n'a vu Mitch. J'ai appelé plusieurs fois le poste de la salle des entrevues, mais les agents m'ont répondu qu'il n'était pas là. Il n'est pas dans sa cabine et il ne répond pas non plus à mes appels ou…

Je tapotai son bras en souriant pour la réconforter et je décidai de ne pas lui dire que je l'avais vu un peu plus tôt lors de mon entrevue. Ça ne servirait à rien, et peut-être qu'il s'était tout simplement écroulé dans un lit quelque part. Dieu sait s'il avait besoin de sommeil. Mais il y avait aussi la possibilité que Mitch De Palma se soit demandé s'il était bien sage d'entretenir une relation avec une femme aussi entière. Et, franchement, je ne pouvais pas le blâmer.

Kirsty leva la main et agita les doigts vers Patti Ann, qui était, semble-t-il, en pleine conversation avec Kyle. Puis, la planificatrice s'excusa et se faufila — une chaussure verte, une chaussure mauve — pour les rejoindre. En arrivant près d'eux, elle sortit son assistant numérique de son sac, et pour la première fois le mot « fuir » traversa mon esprit. Je me tournai vers Marie pour lui faire part de mes pensées — Patti Ann ferait peut-être mieux de se sauver en emportant son tee-shirt *JE SUIS LA FUTURE MARIÉE* —, quand je réalisai qu'elle n'était plus là. Elle se tenait près d'une banque de photos disposées à quelques pas du mur et me faisait de grands gestes.

— Viens ici. Il y a quelque chose que tu dois absolument voir, siffla-t-elle en m'invitant à la rejoindre. Oh, mon Dieu !

Je la rejoignis devant un collage comprenant des photos de la caserne de Kyle ainsi que de ses compagnons de rodéo et je tentai de voir ce qui semblait tellement l'intriguer. Je fis une grimace en apercevant une autre photo de moi, celle où, avec une moustache, j'étais sur le char de carnaval des pompiers pour soutenir le centre des grands brûlés. C'est à cet instant que je vis la traînée d'agrafes. Clairsemée tout d'abord, comme la traînée de miettes laissée par la sorcière pour mener Hansel et Gretel jusqu'au four, puis de plus en plus épaisse et se dirigeant vers une photo en particulier... J'étirai ma tête et soufflai sur un morceau de papier crépon déchiré.

« Oh, mon Dieu ! »

— C'est plutôt dégoûtant, tu ne trouves pas ? demanda Marie en grimaçant.

Je ne pus rien faire d'autre que hocher la tête et regarder fixement la photo des quatre pompiers en uniforme avec la fille bien en chair tenant le chiot dalmatien dans ses bras. Ou ce qu'il restait de cette photo, en tout cas. Je me penchai au-dessus du ruban de sécurité en repensant à ce qu'avait dit Kirsty au sujet des empreintes. J'espérais qu'il serait possible d'en relever quelques-unes, car je désirais plus que tout savoir qui avait posé des agrafes en forme de X sur les yeux de Paul, Gordy, Dale et... Sam.

Il y eut un bruit feutré de pleurs suivi d'un violent gémissement, et soudain notre future mariée quitta la salle en courant. Puis, Kyle se précipita à sa suite. Marie et moi nous regardâmes en nous demandant ce qui se passait.

* * *

D'un autre côté, Sam paraissait tout savoir. Et il semblait bien qu'il allait se servir de cette connaissance pour m'entraîner dans une autre séance de « Je crois que je t'aime ». Le temps était limité, et l'homme était aussi persévérant que l'ours Smokey, la mascotte de la prévention des incendies de forêt. Mais ce que Sam ne savait pas, c'est que j'étais moi aussi bien déterminée à découvrir la vérité sur ce qui s'était passé durant cette croisière de mariage qui avait mené à un meurtre. Sans parler de cette attaque cruelle et surprenante avec des agrafes sur les yeux magnifiques de cet homme.

— Alors, c'est pour cela que tu ne répondais pas aux appels ? demandai-je en notant avec amusement que Sam avait choisi une table dans le coin le plus sombre du bar La Vigie, derrière des palmiers en pot.

Notre table en bambou baignait dans la lueur chaude de la bougie d'une lampe-tempête, qui se reflétait dans la vaste surface vitrée surplombant la proue. Elle étincelait dans les yeux sombres de Sam, qui étaient rivés sur les miens avec beaucoup trop d'intensité. Je haussai les sourcils en me demandant s'il m'avait entendue.

— Tu dis que tu t'occupes de Ryan Galloway ?

Il leva sa bière et son regard se rembrunit.

— Oui, il est déterminé à faire des histoires avec Kyle et je pensais pouvoir l'arrêter, donc…

Il soupira, et ses yeux se firent de nouveau implorants.

— Darcy, je suis désolé que Galloway t'ait agrippée ainsi. Je pensais le maîtriser et…

— Hé, arrête, dis-je, en portant instinctivement les doigts sur le devant de ma veste.

En croisant son regard, je sus qu'il pensait encore à la remarque critique de Luke sur ses qualités de chevalier servant.

— Depuis quand ai-je besoin de quelqu'un pour me défendre ?

Je bus une gorgée de mon chardonnay, bien déterminée à ramener la conversation sur le sujet qui m'intéressait.

— Alors, que se passe-t-il avec Ryan ? Il agit comme si un double avait envahi son cerveau.

— Je ne suis pas sûr que son cerveau a quelque chose à voir avec tout cela, répondit-il en riant.

— Ce qui signifie ?

Bien sûr, je savais ce qu'il voulait dire, mais je ne comprenais toujours pas. Certaines personnes sont très faciles à cerner ; elles sont connues pour être en tout temps d'un abord agréable et inoffensif. C'était le cas de Ryan Galloway. Jusqu'à cette croisière.

Les doigts de Sam pianotèrent lentement sur le plateau de la table en avançant vers ma main qui tenait le pied de mon verre en cristal.

— Ce qui signifie que quelquefois, l'amour fait faire des bêtises.

— L'amour ?

Je levai mon verre et regardai Sam par-dessus le bord.

— Ryan ?

Je haussai les sourcils.

— Attends, tu veux dire avec Patti Ann ?

Le cerveau en ébullition, je me souvenais des nombreuses escarmouches entre Ryan et Kyle, de la façon dont il était toujours dans leur entourage pour mieux les observer. Comme aujourd'hui au pont Capilano. Était-ce possible ?

— Il t'a dit qu'il avait des sentiments pour Patti Ann ?

— Pas exactement. Je ne fais que le supposer. Mais il fait tout ce qu'il peut pour perturber ce mariage, Darcy. Je suis certain que tu l'as remarqué.

Je luttai contre une sensation inconfortable dans le fond de mon estomac.

— Et jusqu'où va-t-il aller ?

— Je n'en sais rien. Il a dit qu'il « sait quelque chose » sur Kyle, quelque chose qui pourrait pousser Patti Ann à reconsidérer sa décision, et qu'il l'a menacé de tout lui révéler s'il ne le faisait pas lui-même.

— Qu'est-ce que c'est ? demandai-je en me souvenant de la conversation sérieuse du couple dont j'avais été témoin dans la salle des fêtes, une heure plus tôt. Kyle a-t-il été mêlé à quelque chose ?

— Je ne sais pas. Mais je sais que beaucoup de personnes ont été questionnées au sujet de Galloway pendant leur entrevue. Moi aussi.

— Ah bon ?

J'avais volontairement évité le sujet des entrevues après cet échange virulent entre Luke et Sam au bar. Mais voilà qu'il l'abordait.

— Comment vont les choses avec les… avocats ?

Sam tapota du bout des doigts sur la table en promenant son regard dans le bar. Il laissa échapper un rire aigu et répondit en baissant la voix :

— Tu ne vas pas le croire. Ce gars, Skyler ?

Je me redressai sur ma chaise en secouant la tête.

Il se pencha au-dessus de la table et me regarda droit dans les yeux :

— Il fait partie du FBI. Je suis sérieux.

J'ouvris la bouche en espérant avoir l'air très surpris.

— Oh !... Comment le sais-tu ?

— Le revolver sous sa veste a été un indice. Cela et le badge qu'il a essayé de m'enfoncer dans la gorge. J'ai l'impression que ce gars ne m'aime pas.

— Vraiment ? Hum.

Je dissimulai un sourire en me demandant si Sam Jamieson ne venait pas de ternir l'image que je m'étais faite de l'agent spécial Lucas Skyler, calme et affirmé. Mais là encore, il fallait compter avec l'instinct primaire qui pousse un homme à défendre son territoire.

— En passant, il m'a posé des questions sur toi, dit-il, en se tournant légèrement alors que le serveur apportait une deuxième bière. Au sujet de ces courriels.

Il leva la main avant que je ne puisse protester.

— Je sais, je sais, tu ne les as pas envoyés. Mais Skyler m'a demandé de les télécharger dans un ordinateur portable. Je ne sais pas pourquoi.

Je ne le savais pas non plus, mais j'étais certaine que Luke m'avait crue lorsque je lui avais dit, pendant notre rencontre dans le canot de sauvetage, que je n'étais plus attirée par Sam le pompier.

Il voulait juste s'assurer de ne rien laisser passer et de vérifier toutes les pistes, un point c'est tout. Tout comme j'essayais et — oh, bon sang ! — comme Jamieson essayait de le faire à cet instant même, en créant une complicité avec moi. Il se pencha sur la table et prit ma main.

— Je pensais ce que je t'ai dit, Darcy, dit-il avec un sourire tendre. Je crois que je t'aime.

« Oh, mon Dieu ! »

Je regardai Sam dans les yeux en cherchant mes mots. Qu'étais-je censée faire ? Bien sûr, il fut un temps où… Non, ce n'était pas vrai. Si Sam m'avait tenu ces propos l'année précédente, j'aurais été prise de panique et je me serais portée volontaire pour faire autant d'heures supplémentaires que possible au service des urgences. J'aurais branché le répondeur à la première sonnerie du téléphone et j'aurais tiré les couvertures par-dessus ma tête. D'accord, j'aimais faire l'amour avec lui et nos éclats de rire étaient mémorables, mais l'amour, c'était autre chose. Évidemment, j'avais été furieuse en apprenant l'existence de Chloé, mais le fait était que je n'avais jamais été prête à m'engager. Même maintenant, même avec Luke, qui... Non, je n'allais pas laisser une conversation avec Sam m'entraîner à penser à tout cela. Après un clignement des paupières, je me rendis compte qu'il venait juste de me poser une question.

— Pardon ? demandai-je en sentant les doigts de Sam jouer avec les miens.

— Cet avocat, désire-t-il t'épouser à ton retour ? répéta-t-il.

Oh, mon Dieu, le voulait-il ? J'ouvris la bouche pour faire une réponse vague et suffisante, quand je réalisai, avec un léger choc, que je n'avais pas pensé à la mystérieuse petite boîte noire depuis des jours. Même pas après avoir été surprise de trouver Luke à bord. C'était étrange, mais j'avais tellement désiré être *avec* Luke que j'en avais oublié que je faisais tout pour ne pas me faire offrir une bague de fiançailles. Diable, j'en avais même oublié de me gratter.

Sam haussa les sourcils et me pressa de répondre.

— Nous venons de mondes tellement différents, répondis-je, ayant sans doute besoin d'exprimer ce que je pensais à haute voix et sans me soucier que ce puisse être équivoque de le faire devant Sam le pompier. Ils sont du Sud depuis quatre générations, expliquai-je en secouant la tête. Ses parents sont toujours mariés, et je parie que sa mère porte ses perles pour repasser les dessous du juge.

J'éclatai de rire en voyant Jamieson froncer les sourcils.

— Son père est juge. Son grand-père l'était, lui aussi. On les distingue par des chiffres romains.

Puis, avec une légère plainte, j'ajoutai :

— Tu te souviens de mon père ? Bill « l'exterminateur » ?

— Bien sûr, on peut difficilement oublier le cafard peint sur sa camionnette.

Puis, avec un large sourire, il caressa le bout de mes doigts, avant de poursuivre :

— Mais, que diable, Darcy, à mon point de vue, qu'il soit exterminateur rend ce vieil homme… juge, juré et exécuteur. Envoie au diable ces sudistes et leurs caleçons amidonnés !

Je lui souris en retour, et si je n'avais pas pensé que cela allait compliquer les choses, je l'aurais embrassé. J'optai plutôt pour un « merci », puis, après avoir dégagé mes doigts, je saisis mon verre de chardonnay.

Il se frappa la tête, et son air s'assombrit légèrement.

— Tu ne penses quand même pas que tu n'es pas assez bien pour lui, n'est-ce pas ?

— Mais non, dis-je en un éclair et avec une telle fougue que je renversai mon vin. Il ne s'agit pas du tout de cela.

« D'accord, madame Je-sais-tout, de quoi s'agit-il alors ? »

Je bus une gorgée de vin, d'un air songeur… et ne voulant vraiment, vraiment pas penser à tout cela maintenant.

— Je suppose que je n'ai pas vu beaucoup d'exemples de relations qui durent, tu vois ?

— Tes parents habitent encore non loin l'un de l'autre et se glissent toujours dans leur chambre de temps en temps ? me demanda-t-il avec un clin d'œil.

— Oui. Leur divorce a échoué, lui aussi. Non qu'il n'y en ait pas quelques bons exemples dans la famille. Des deux côtés de la famille. C'est au tour de mon frère aîné. Son divorce a été prononcé le mois dernier. C'est cela que je voulais dire ; l'échec des relations fait partie intégrante de ma famille.

— Alors, à cause de tout cela, à cause d'eux… tu crois que tu ne peux pas te faire confiance ?

Grrr ! Un double avait également envahi le cerveau de Sam. C'était idiot, et j'étais folle d'avoir ouvert la bouche. Je n'allais pas rester ici à entendre Sam jouer au docteur Phil.

— Ce que je pense, dis-je, en essuyant ma bouche avec une serviette et en redressant les épaules, c'est que je ne veux plus en parler, Sam. En parlant de relations tumultueuses, je vais aller trouver Patti Ann et essayer de découvrir ce qui la contrarie tellement et…

Je m'interrompis brusquement au moment où la main de Sam se referma sur mon poignet.

— Attends, dit-il. S'il te plaît, Darcy. Je ne veux pas te mettre de pression. J'aimerais seulement savoir s'il reste une petite chance pour nous deux. Je veux dire que, si ce n'est pas sérieux avec cet avocat, alors… bon, alors c'est bien.

Il secoua la tête comme s'il essayait de me convaincre et poursuivit :

— Et si je revenais m'installer à Morgan Valley… tu vois, et travailler à la caserne ? Tu n'as qu'un mot à dire, Darcy, et je viendrai.

— Non, Sam, dis-je en apercevant quelqu'un à une table éloignée, c'est inutile. Il n'est pas question que…

— D'accord, s'empressa-t-il de répondre en me coupant la parole. Nous en reparlerons plus tard. Tu n'auras qu'à siffler. Je ne serai pas loin.

Il laissa échapper un petit rire.

— Que diable, ce n'est pas comme si quelqu'un allait dormir cette nuit.

Il baissa les yeux vers le cadran de sa montre.

— En fait, je dois retourner voir ce con d'agent Skyler dans dix minutes.

Il pressa doucement mon poignet avant de le lâcher.

— Alors, nous nous retrouverons plus tard, d'accord ?

— D'accord, répondis-je, en partie parce qu'il était évident que je devais essayer encore de lui faire entendre raison, mais surtout parce que j'avais réalisé que la personne au loin était Kirsty Pelham.

Il fallait que je me débarrasse de Sam et que j'aille la rejoindre, car on aurait dit qu'elle pleurait.

Et qu'elle buvait. Je ne voulais pas le croire, mais la planificatrice était un peu ivre et en pleurs, et je ne voulais pas être obligée de piquer son doigt pour en connaître la raison, cette fois. Pas de baisse du taux de sucre dans le sang, seulement trop de Jell-O ; trop de Jell-O alcoolisé, que diable ! Et, quand elle approcha les lèvres de ma joue, je perçus son haleine qui sentait la pastèque, la noix de coco et le rhum. Qu'est-ce qui avait bien pu la pousser à cela ?

— Kirsty, avec votre diabète, ne devriez-vous…?

Je tentai de sourire et résistai à l'envie de vérifier ses chaussures sous la table. Mais à présent, les chaussures différentes étaient bien le moindre de ses problèmes.

— Ne vous inquiétez pas, répliqua-t-elle en essuyant ses joues zébrées de mascara. J'ai pris une pilule supplémentaire et je mange des cacahuètes.

Elle mit les doigts dans le bol de cacahuètes et en plaça délicatement une sur le bout de sa langue pour me prouver qu'elle disait la vérité. C'était le plus que je l'avais vue manger durant nos trois jours en mer. Elle sourit, et je remarquai que les verres de ses lunettes étaient maculés de traces graisseuses.

— Donnez-moi vos lunettes et je vais les nettoyer, lui dis-je.

Elle me les tendit, et je frottai les lentilles avec une serviette tandis qu'elle enlevait la peau d'une autre cacahuète et la cassait en petits morceaux. Il y avait au moins deux verres à liqueur sur la table, et je savais qu'elle avait un peu mangé au souper. Ma curiosité l'emporta sur la délicatesse.

— N'étiez-vous pas occupée quelque part à mettre la touche finale à vos plans pour Patti Ann et Kyle ?

De toute évidence, c'était la mauvaise chose à dire.

— Bien sûr. Vous voulez dire notre belle du Sud, bête comme ses pieds, et son cavalier de rodéo, menteur et tricheur ?

Oh ! Je cessai de nettoyer ses lunettes avant de remettre un doigt sur les verres.

— Quoi ?

Un léger grognement naquit dans sa gorge et s'enfla pour se transformer en un hurlement plaintif qui me donna la chair de poule.

— Kyle a reconnu l'avoir trompée et Patti Ann s'est enfermée dans leur cabine. Ryan Galloway offre des tournées au bar des Sports et Mitch ne rend pas mes appels.

« Bonté divine. »

— Alors…

Que pouvais-je répliquer à cela ?

Kirsty garda son calme pendant ce qui me sembla une éternité, puis elle repoussa le Jell-O alcoolisé en se renfrognant. Après avoir saisi une serviette, elle la passa sur son visage et remit délicatement derrière ses oreilles les mèches de cheveux qui lui cachaient les yeux. D'une main assurée, elle balaya les miettes de cacahuètes des revers de sa veste.

— Je suis désolée, Darcy.

Soudain, elle m'adressa le sourire confiant dont elle m'avait gratifiée lors de notre première soirée à bord, quand son seul souci tournait autour de Dale Worley qui se dandinait sous la barre de limbo dans le soleil couchant.

— Je n'ai aucune excuse pour me comporter de la sorte, et, vous avez raison, il me reste beaucoup de choses à faire.

Elle ouvrit la fermeture de son sac à main et en sortit son assistant numérique personnel. Dans le bas de l'appareil était coincé ce qui ressemblait à une vieille photo. Elle glissa sur la table, et je la saisis. C'était la photo d'une femme forte, aux cheveux courts et foncés, appuyée sur une canne. Son visage me semblait vaguement familier, mais le fait que j'étais infirmière finissait par rendre tous les visages familiers à mes yeux.

— Oups, c'était collé…

J'entendis Kirsty reprendre son souffle.

— Merci, dit-elle. C'est ma mère.

Je hochai la tête en me rappelant qu'elle m'avait dit vouloir rendre sa mère fière d'elle et que cela semblait très important pour elle.

J'espérais qu'elle savait que le fiasco de cette croisière n'était pas un signe d'incompétence de sa part. Qu'elle aurait d'autres occasions de…

— Elle est morte, dit Kirsty, en remettant la photo dans son sac. Et je suis désolée, mais je dois m'en aller maintenant, Darcy. Il est tard, et j'ai encore tant de choses à faire.

Je la regardai s'éloigner d'une démarche assurée sur ses deux pieds chaussés de sandales assorties et je me sentis mieux. Jusqu'à ce que je réalise que j'avais toujours ses lunettes dans la main. Je levai la monture sombre devant mes yeux pour m'assurer que j'avais retiré toutes les traces de cacahuètes. Étrangement, j'avais l'impression de regarder à travers du verre ordinaire. Pas beaucoup de correction, à première vue. Alors, pourquoi s'embêter à les porter ?

Je rangeai les lunettes de Kirsty dans mon sac à main et vérifiai le cadran de ma montre. J'avais rendez-vous pour une entrevue avec l'agent Scott. C'était peut-être le bon moment pour lui montrer la liste sur laquelle je travaillais.

* * *

Il était environ cinq heures du matin, et nous étions quelque part au large de la Colombie-Britannique. Personne ne savait si le mariage aurait lieu aujourd'hui. Mais à cette minute précise, je ne pouvais penser à rien d'autre qu'à ce que l'agent Scott venait de me dire. Ce ne pouvait pas être vrai.

— Que voulez-vous dire par « Luke va être envoyé à Boston immédiatement » ? Il était censé avoir encore deux semaines.

J'enroulai les bras autour de moi en frottant les mains sur les manches de ma veste en jean. Il faisait si froid dans la salle des entrevues que mon souffle restait collé dans ma poitrine.

Scott dégonfla ses joues et expira, regrettant visiblement les mots qui venaient de s'échapper de ses lèvres.

— Je suis désolé, Darcy. Je pensais que Luke vous l'avait déjà dit. Nous avons reçu la télécopie il y a environ une heure. Un agent va arriver ce matin pour le remplacer. Il y a eu une pause imprévue dans le cas de Monterey, donc il est libéré du dossier. Le Bureau avait besoin de lui à Boston… disons hier. Vous savez comment c'est dans ce métier. Je suis désolé.

— Quand ? demandai-je en pensant que, oui, je savais comment c'était.

Mais je ne savais pas jusqu'à cet instant que cela pouvait faire aussi mal. Mon esprit nageait dans la mélasse — quel jour étions-nous, de toute façon ? Samedi ? Oui, samedi. Je devais rentrer chez moi dimanche, et alors il nous resterait…

— Quand doit-il partir pour Boston ?

Scott poussa un soupir.

— Il faudra demander l'heure exacte du vol à Luke, mais je peux vous dire qu'il partira demain, Darcy, répondit-il en passant les doigts dans ses cheveux grisonnants.

DIX-NEUF

PLUS PERSONNE NE RIAIT SAUF PHILIPPE TALON, ET J'ÉTAIS sûre que c'était à cause de mes anneaux d'orteils. Au nombre de deux. Ces foutus anneaux pinçaient la peau et je m'étais juré de ne plus jamais les porter, mais j'étais désespérée. L'horloge égrenait son tic-tac et j'avais besoin de l'aide de ce podiatre pervers.

— Alors, allez-vous le faire, Philippe ? demandai-je d'une voix aussi acidulée que… la crème-dessert au chocolat.

Plissant la bouche, Talon regarda la petite enveloppe que je lui tendais. Il posa le regard sur la porte de la salle des entrevues, puis le reporta sur moi en passant par mes orteils.

— Vous voulez que je remette cette enveloppe à l'avocat qui se trouve à l'intérieur ?

— Oui, répondis-je, en luttant pour que mes mains ne se crispent pas. Monsieur Skyler. C'est lui que vous allez voir, n'est-ce pas ce que vous m'avez dit ?

Bon sang, je n'avais pas trouvé d'autre façon de communiquer avec Luke. Lui et Scott avaient été bien occupés pendant les deux dernières heures, et l'aube allait bientôt se lever. Quand l'hélicoptère arriverait et...

— S'il vous plaît, Philippe ?

Talon haussa les sourcils.

— Comment puis-je savoir si cette note ne contient pas certaines histoires inventées à mon sujet ?

« Parce que la vérité est plus étrange que la fiction, méchant petit troll. »

Je souris et — mon Dieu, pardonnez-moi — rejetai mes cheveux en arrière d'un geste ample qui fit glisser la bretelle de ma camisole *sexy*. Je ne lui laissai voir que le trèfle ; je ne voulais quand même pas aller en enfer pour ce type. Je caressai sa cravate.

— Cela n'a rien à voir avec vous, idiot, susurrai-je. Alors, vous voulez bien le faire ?

Philippe esquissa un sourire.

— Qu'est-ce que ça va me rapporter ?

Je baissai les yeux sur le cadran de ma montre ; quelques minutes encore avant que Philippe soit appelé. Je n'avais pas le temps d'entrer dans son petit jeu ou ses sous-entendus. Je reculai de quelques pas en plissant les yeux, avant de murmurer d'un ton sérieux :

— Et si j'oubliais tout au sujet du serpent et de la crème-dessert ?

Son sourire ne faiblit pas.

— Vous avez signé une décharge.

— Pas pour ces affiches.

Il lança un coup d'œil autour de lui et haussa les épaules.

— Quelles affiches ? Où ?

— D'accord, Longfellow, alors parlons des poèmes ?

J'aurais pu jurer avoir vu une lueur de fierté s'allumer dans ses yeux, presque la même lueur que lorsqu'il m'avait montré le support de voûte plantaire pour la première fois. Je repoussai cette idée.

— Si je dépose une plainte formelle, l'origine de ces poèmes pourra être découverte.

Je croisai les bras.

— Le harcèlement par courriel n'est-il pas considéré comme un...

— OK, s'empressa-t-il de répondre, son sourire ayant disparu. Je vais donner cette enveloppe à monsieur Skyler.

Je ne savais pas s'il allait vraiment le faire, bien sûr, mais je devais tenter ma chance. Rencontrer Luke dans la remise 1505 — ce serait probablement la première fois que cet endroit ne servirait qu'à discuter — était la seule idée que j'avais pu trouver dans un si court laps de temps.

Au moins, j'allais pouvoir lui dire au revoir avant que l'hélicoptère ne l'emporte au loin.

J'empruntai le corridor à l'éclairage tamisé en direction des ascenseurs. Il était temps de passer à la seconde phase de mon plan : trouver Marie et plancher avec elle sur la liste que j'avais dressée. Je devais faire tout mon possible pour aider le FBI à résoudre ce cas, et pas seulement à cause de Patti Ann, Kyle et Kirsty. Qui savait même s'il y aurait un mariage cet après-midi ? Je ne pensais plus comme une demoiselle d'honneur. Je ne désirais rien d'autre que de voir le meurtre de Dale Worley élucidé afin que je puisse prendre le premier vol du Canada vers San Francisco. Pour passer une journée de plus avec Luke.

* * *

Le rond de fumée flotta lentement, s'étira comme l'apparition floue d'un fantôme et s'éleva directement vers le détecteur de fumée de la cabine.

— Oh, merde ! s'écria Marie en bondissant sur son lit et en balayant l'air avec un caleçon Garfield. Je suppose que ce n'était pas assez rapide.

Puis, se rasseyant sur le lit en face de moi, elle ajouta :

— Alors, qu'en est-il de cette liste, Nancy Drew ? Aucun déclic à l'horizon ?

Je jetai un coup d'œil sur le hublot ; il faisait toujours nuit. Il était encore temps. Je poussai un soupir et inscrivis une annotation sur la deuxième page avant de prendre ma tasse de café.

— Il doit bien y avoir quelque part un indice sur le mobile. Qui détestait Worley ?

— Tout le monde sauf sa mère, et encore je n'en suis pas certaine. Crois-tu qu'il portait ses cravates ridicules pour les repas de l'Action de grâce ?

— Hum. Je n'ai pas assez creusé cet aspect, dis-je, en poursuivant ma réflexion et en prenant un contenant en mousse de polystyrène rempli de pâtes congelées. Je veux dire, faire tout tourner autour de la haine pour Worley. Il n'était pas la seule cible.

Je me renfrognai devant un morceau de rotini ; qu'aurais-je donné pour un bon vieux plat de macaronis au fromage ! De la vraie nourriture pour l'intellect.

— Paul Putnam aurait pu mourir de son allergie aux pistaches. Quelqu'un le détestait, lui aussi.

— Ça se comprend facilement, renchérit Marie. Puis, il y a eu ce pauvre Gordy Simons. Il faut vraiment avoir de la haine pour coller le pénis d'un homme. Non qu'il ne soit pas capable de blagues déplacées. Comme tous ces gars, en fait. On dirait que le tueur…

Elle haussa les sourcils et cligna des yeux en rejetant la fumée de son cigarillo à la cerise.

Je posai brusquement le bol de pâtes.

— C'est cela ! Oh, mon Dieu, tu es brillante ! C'est une question de vengeance !

Je saisis une autre feuille de papier, la posai sur mes genoux sur le catalogue Neiman et commençai à écrire.

— Qu'ont-ils bien pu faire pour que quelqu'un les déteste au point de vouloir les tuer ? Et à qui l'ont-ils fait ? Réfléchis. De quoi nous souvenons-nous ?

— Les gommes qui déteignent, les appareils photo qui crachent de l'eau…

— Pas assez méchant, dis-je en encerclant le mot « malicieux ».

— La machine à faire des pets, dit Marie, mais je doute que cela donne des idées de meurtre. Les agents de sécurité en ont trouvé une dans la cabine de Worley, en tout cas. Hé, crois-tu qu'ils ont vendu…

— Que diable, Marie, dis-je, en regardant vers le hublot. Le soleil va bientôt se lever. Réfléchis. Qu'ont-ils bien pu faire pour mécontenter quelqu'un au point de faire naître une volonté de les tuer ?

Marie écrasa son cigare, et ses yeux se voilèrent d'une lueur de gêne.

— L'humiliation a toujours bien marché avec moi.

Puis, elle fit disparaître cette lueur d'un rire rapide, avant d'ajouter :

— Reconnais-le, ces gars étaient de vrais chacals quand il s'agissait de s'en prendre à quelqu'un de différent.

Différent ? Sans savoir pourquoi, mes pensées se tournèrent brusquement vers Ryan, mais je n'allais pas encore une fois m'empresser de sauter aux conclusions. Il ne restait pas assez de temps pour se précipiter sur une fausse route.

— Souviens-toi de toutes ces choses dégoûtantes que Worley et Putnam ont dites à la soirée d'enterrement de vie de garçon, comme celle au sujet de la volontaire de la caserne des pompiers. Ils ont même demandé à Sam s'il avait « baisé la Grassette » !

— Oui, dis-je en sentant la chair de poule envahir mes bras. Oui, je m'en souviens. Et je ne te l'ai jamais dit, mais j'ai parlé avec Sam au sujet de cette femme.

Je posai mon crayon et tortillai une mèche de cheveux, avant de poursuivre :

— Ils lui ont fait une blague horrible en profitant cruellement du fait qu'elle était très attirée par Sam. Ils lui ont donné un faux rendez-vous, se sont moqués d'elle, ont pris des photos…

Je fis la grimace.

— Qui sait jusqu'où ils seraient allés s'ils n'avaient pas été interrompus par un appel au feu ?

Marie fronça les sourcils.

— Merde. Sam ferait une telle chose ? Je savais qu'il était capable de mentir, mais je n'avais jamais imaginé le voir se comporter de la sorte.

— Non, répliquai-je en me souvenant de l'air peiné qu'avait eu Sam lorsqu'il m'avait raconté cette histoire. Il m'a dit qu'il n'était même pas là. Il était aussi contrarié que moi.

— Je m'en doute. Qui était cette femme, de toute façon ?

— Je ne m'en…

Je fermai les yeux en essayant de me souvenir de son nom. Le blanc total. Bon sang, la mémoire me faisait défaut, peut-être parce que j'avais oublié de prendre le ginkgo et les vitamines. Bon. Je n'allais certainement pas tarder à être victime de la génétique.

— Je ne m'en souviens pas. Je ne pense pas l'avoir vue plus d'une ou deux fois dans le stationnement de la caserne. Mais quand Sam m'en a parlé, son nom m'a paru familier. Comme si je l'avais déjà entendu à l'hôpital ou…

Marie me regarda d'une drôle de façon.

— Qu'est-ce qui ne va pas ? Ce n'était pas la femme sur la photo, n'est-ce pas ? Celle dans la salle des fêtes. Tu sais, celle qui tenait le chiot dalmatien ?

Si, c'est elle, répondis-je en me souvenant que Putnam avait montré la même photo dans son diaporama.

Marie était dans l'arrière-salle et ne l'avait donc pas vue.

— Celle dont le visage nous semble familier. Et tu pensais qu'elle était peut-être la fille de Putnam. Mais je n'ai jamais vu la fille de Putnam, donc elle ne devrait pas me sembler familière.

— Je sais, dis-je en essayant de suivre son raisonnement. Et…?

— Et j'ai besoin de revoir cette photo, répliqua-t-elle en saisissant son sac banane. Allons-y.

* * *

Les ponts étaient déserts. Toute personne saine d'esprit était en train de dormir. À l'exception des invités du mariage, bien sûr, qui étaient soit mis sur le gril par le FBI, soit en pleurs dans leur cabine fermée à double tour, soit occupés à entrer des données dans leur assistant numérique personnel. Ou portés disparu, comme Mitch De Palma. Même si ce dernier ne faisait pas partie des invités, Kirsty avait appris à se reposer sur lui, et cela lui était maintenant impossible puisqu'il était introuvable.

La salle des fêtes était déserte, elle aussi.

Je suivis Marie en secouant la tête et en me rappelant comment, quelques jours plus tôt, j'avais été surprise de voir

Sam émerger du passé et se présenter dans cette même salle et comment, quelques minutes plus tard, nous étions tombés à genoux près d'un Paul Putnam ivre et à peine conscient. C'était cette même nuit que j'avais remarqué les problèmes de diabète de notre planificatrice, quand son taux de sucre avait brutalement chuté et qu'elle avait laissé tomber son sac à main contenant ses médicaments et ses lunettes — oups, j'avais toujours ses lunettes dans la main. Je m'arrêtai près de Marie pour examiner le mur de photos, d'un peu plus près maintenant que les agents de sécurité avaient retiré les rubans de sécurité. C'était toujours la pagaille.

— La voici, dit Marie en caressant la patte du chiot dalmatien. Je continue de penser que je la connais. Tu n'arrives pas à te souvenir de son nom ?

— Non, répondis-je, en regardant fixement le visage sur la photo.

Un double menton, d'épaisses mèches de cheveux foncés, des sourcils broussailleux surplombant de grands yeux expressifs — de magnifiques yeux bleus laissant soupçonner une certaine vulnérabilité. Marie avait raison. Ces gars étaient de vrais chacals, Putnam et Worley et…

« Oh, non ! »

Je levai les yeux vers Marie, qui me faisait un signe de la tête.

— Tu vois ce que je vois ?

Elle glissa le doigt sur un visage, puis sur un autre, et toucha les nombreuses agrafes qui avaient été disposées d'une façon méticuleuse. Les X de métal placés sur les yeux de…

— Nos victimes, soufflai-je. Et dans l'ordre : Putnam, Gordy, Dale et… Sam ?

Je m'approchai et touchai les agrafes posées sur les yeux de Sam.

— Mais Sam n'a pas été blessé.

Marie se remit à caresser le dalmatien du bout des doigts.

— Non, mais il est mêlé à cette blague cruelle, et je suis prête à parier que les gars qui avaient planifié cela sont...

Elle répéta les noms en même temps que moi :

— Putnam, Gordy et Dale.

— Je viens de me souvenir de quelque chose, dis-je. Sam m'a dit qu'un membre de la famille de cette femme était malade — peut-être qu'il était hospitalisé ?

— Cela expliquerait pourquoi je la connais, moi aussi, fit Marie à voix basse.

Les sourcils froncés et le cerveau en ébullition même après le café et les pâtes, je repris :

— Mais quelle différence cela fait-il ? Elle ne fait pas partie des invités de la noce.

— Peut-être n'est-elle pas une invitée, mais le paquebot est grand, ma belle.

Je lançai un coup d'œil à ma montre, et mon cœur bondit dans ma poitrine.

— Le jour va bientôt se lever. Devrions-nous descendre et essayer d'interrompre les entrevues ? Donner cette information à Scott ?

— Il faudrait que nous puissions lui donner un nom, Darcy, répondit Marie en secouant la tête.

— D'accord, dis-je en regardant une dernière fois la photo et le visage qui ne portait pas d'agrafes. Allons trouver Sam. Il connaît son nom. Tu vas à l'avant du bateau, et moi je vais à l'arrière.

Le problème était que Sam, tout comme Mitch avant lui, semblait avoir disparu.

* * *

Ryan Galloway, assis devant un Bloody Mary dans un coin du bar des Sports vide, fut le seul invité du mariage que je pus trouver et véritablement la dernière personne avec qui j'avais envie de parler. Quelle était la règle quand une demoiselle d'honneur devait s'adresser à un garçon d'honneur qui avait saboté le mariage tout entier ? En vérité, j'aurais voulu lui botter les fesses tout le long du pont ou le secouer jusqu'à ce que ses dents s'entrechoquent. Mais lorsque Ryan, pas rasé, les cheveux en bataille et ses grands yeux gris reflétant une grande détresse, leva la tête vers moi, je ne pus rien faire. Derrière lui, les écrans de télévision bourdonnaient sous les images de résultats sportifs, de cours de golf et d'un match de soccer espagnol, le tout ponctué par le tintement de verres alors qu'un serveur réapprovisionnait son stock. J'observai Ryan en me disant que je retrouvais finalement le pompier ténébreux dont je me souvenais ; cependant, son cœur semblait avoir été évidé avec une cuiller à soupe.

— Hé, Darcy, dit-il d'un ton monotone en esquissant un sourire. Je croyais être le dernier rat d'un bateau qui sombre. Attendez, oubliez cela. Je ne voulais pas dire que vous étiez un rat. C'est seulement que…

— Pas de problème, m'empressai-je de répondre, me rendant compte à présent que ses yeux étaient injectés de sang et que ses cils étaient humides.

Bonté divine, il ressemblait à un gamin d'environ douze ans. J'essayais d'être la plus gentille possible, mais, que diable, il méritait ce qui lui arrivait. Et je devais découvrir la raison de son comportement.

— Pourquoi avez-vous créé tous ces problèmes, Ryan ? Pourquoi avez-vous tout fait pour faire échouer…

— Je l'aime, répondit-il d'une voix rauque, sans me laisser le temps de finir ma phrase.

Il passa une main fébrile dans ses cheveux.

— Depuis longtemps. Bien avant Kyle.

— Alors, vous et Patti Ann…

J'essayai de me remémorer à quelle époque ils étaient sortis ensemble, mais je m'étais tellement déconnectée de tout après avoir rompu avec Sam ! Je ne me rappelais pas avoir entendu Patti Ann mentionner quoi que ce soit au sujet de Ryan.

— Jamais, fit-il avec un rire plaintif. Elle n'a d'yeux que pour Kyle. Que diable, ce gars soulève deux cent quatre-vingt-quinze livres au développé-couché et chevauche des taureaux. Qui pourrait se mesurer à lui ? Et puis, soudain, Patti Ann m'a invité à son mariage. Elle m'a même dit que j'avais toujours été un si grand ami. J'ai pensé que je pourrais le supporter, mais…

— Et cette histoire de Kyle avec une autre fille, est-ce exact ?

— Oui, répondit-il en se renfrognant. C'était il y a plusieurs mois, et je ne sais pas jusqu'où ça a été. Peut-être que ça n'a jamais dépassé le stade des baisers. Probablement pas. Mais quand j'ai vu Patti Ann dans cette robe de mariée et quand j'ai pensé à la chance de ce foutu gars… comme j'aurais voulu que ce soit moi ! Vous savez ce que je veux dire ? Je crois que je suis devenu fou, en quelque sorte. Et maintenant, elle pleure et… *merde*.

Il prit sa tête entre ses mains en se lamentant.

« Oh, mon Dieu ! »

Une partie de moi aurait voulu lui parler comme une sœur l'aurait fait, tandis qu'une autre aurait voulu lui mettre une bonne volée, mais, après avoir regardé ma montre, la partie égoïste l'emporta. Oublier Ryan. Le jour allait bientôt se lever. Je le pris par les épaules et le secouai.

— Ryan, j'ai besoin de savoir où est Sam. C'est important. L'avez-vous vu ?

Il leva les yeux vers moi comme si j'étais folle à lier.

— Vous plaisantez, je suppose ?

— Pourquoi le ferais-je ? Qu'est-ce qui vous fait penser cela ?

Ryan poussa un soupir et reprit :

— Il est parti pour vous rencontrer il y a environ vingt minutes, juste après avoir reçu votre appel. Il était comme un enfant à Noël.

Ryan me lança un regard méfiant.

— Hé… Vous commencez par lui envoyer des courriels lui demandant de venir participer à cette croisière et maintenant vous faites comme si vous ne lui aviez jamais demandé de vous rencontrer. Qu'est-ce que c'est que ça ? Êtes-vous en train de jouer un mauvais tour à Jamieson ? Pour être quitte, peut-être ?

« Quoi ? »

Je tentai de démêler les fils de mon cerveau fatigué pour mieux comprendre. Une angoisse sourde m'étreignit la gorge.

— Sam a reçu un appel ? Je ne comprends pas. Où est-il allé ?

Ryan hocha la tête et me gratifia d'un sourire amer.

— La cabane de l'amour 1505, comme si vous ne le saviez pas. Pas très original, Darcy, souffla-t-il en levant son verre de Bloody Mary pour porter un toast.

Cinq minutes plus tard, mes sandales claquant et les anneaux d'orteils me pinçant la peau, je tentai de monter les escaliers aussi vite que possible. J'avalai les marches en agitant les bras, ma veste en jean se balançant autour de moi et les cheveux volant dans tous les sens… le palier du premier pont, prochaine volée de marches, prochain palier… quatre volées de marche jusqu'au pont supérieur arrière. Depuis la poupe du bateau, sept étages au-dessus des eaux froides du Pacifique. Puis, je sortis et glissai sur le pont, qui venait juste d'être arrosé dans la fraîcheur de l'aube.

J'étais hors d'haleine, et mon cœur battait si fort dans mes oreilles que je ne pouvais pas être certaine d'avoir entendu les pales d'un hélicoptère au-dessus de ma tête. Mais je n'avais pas le temps d'y réfléchir. Je devais aller à la remise 1505. Quelque chose n'allait vraiment pas.

* * *

— Sam ?

Ma voix résonna à l'intérieur de la remise faiblement éclairée, et la porte métallique grinça sur ses gonds lorsque je la poussai pour l'ouvrir plus largement. Je clignai des yeux sous la lueur blanc-vert d'une lanterne d'urgence. L'air était humide et la pièce était remplie de l'odeur forte des couvertures de laine, des toiles, de l'alcool ancien et… de beaucoup plus. Je frissonnai d'appréhension.

— Es-tu là ?

Je jetai un coup d'œil par-dessus mon épaule vers la masse imposante du bateau, à la recherche de ce téléphone que j'avais vu par ici. Il semblait préférable que j'appelle quelqu'un et… Une voix à l'intérieur de la réserve attira mon attention. Quelqu'un m'appelait par mon nom.

— C'est toi, Sam ?

Le balbutiement des pales de l'hélicoptère couvrit ma voix alors que je mettais un pied à l'intérieur de la remise, guettant la réponse de Sam et m'arrêtant un instant pour que mes yeux s'adaptent à la pénombre. Quand ce fut fait, je poussai un soupir de soulagement. Sam était là. Dieu merci.

Dans la lueur de la lanterne, je pouvais voir sa silhouette sur un lit de camp contre le mur, ses larges épaules légèrement penchées sur le côté comme s'il… dormait ? Je fis un pas en avant en secouant la tête, bien trop fatiguée pour jouer à cette heure-ci.

— Sam, hé, si tu essaies de me faire peur… Aïe !

Mon cœur fit un bond lorsqu'une main serra douloureusement mon bras et m'attira d'un coup sec dans la pénombre.

VINGT

— QUE DIABLE, QUE...

Retrouvant mon équilibre, je me dégageai de la prise et me figeai, étonnée et confuse de voir Kirsty Pelham. Pourquoi était-elle ici ? Je me frottai le bras et tournai la tête pour observer le visage de Sam, très calme, les yeux fermés. Et pire. Un filet de sang coulait d'une ecchymose décolorée à la naissance de ses cheveux et séchait en formant une raie sombre le long de sa joue. Son souffle était lent, profond, et de la salive s'écoulait du coin de sa bouche. La lueur de la lanterne fit étinceler quelque chose sur sa joue : deux morceaux de métal parallèles y étaient plantés ... Mes yeux s'agrandirent.

— Oh, mon Dieu, Kirsty ! dis-je en faisant un pas vers le lit. Qu'est-il arrivé à Sam ?

J'avais fait un autre pas vers lui lorsque je remarquai le sac à main renversé près du lit et son contenu éparpillé sur le sol. Même sous la faible lueur de la lanterne, je n'en crus pas mes yeux : des fioles de médicaments, des seringues, le familier marteau rose... et la grosse agrafeuse qui avait disparu.

« Oh là là ! »

Mon estomac se révulsa tandis que je me retournais… pour faire face à Kirsty, qui tenait un revolver dans sa main.

— Ne le touchez pas, Darcy.

Kirsty serra les paupières pendant une brève seconde, mais tint fermement le revolver des deux mains, en visant le centre de ma poitrine. Sa voix était caverneuse et froide, comme si elle sortait du fond d'un puits.

— Pourquoi êtes-vous ici ? Il ne devait y avoir que Sam, gronda-t-elle.

— Euh, attendez Kirsty, ne…

« Oh, mon Dieu ! »

Les idées se bousculèrent dans ma tête, et ma voix se cassa tandis que je la regardais d'un air incrédule. Finalement, un seul mot s'échappa de mes lèvres :

— Pourquoi ?

Kirsty fit un pas de côté, et je pus mieux la distinguer dans la lumière de la lanterne et la lueur pâle de l'aube qui entrait par la porte entrouverte. Son magnifique visage, exempt de maquillage, et les cheveux relevés en une queue de cheval, elle était presque méconnaissable. Elle portait un survêtement ample, vieux et usé, et si grand que son cou et ses avant-bras fins qui en émergeaient la faisaient ressembler à un épouvantail. Ses yeux bleus, sans les épaisses lentilles, laissaient entrevoir une fragilité de petite fille et une tristesse lourde à porter. Son survêtement portait, sur le devant, le motif défraîchi d'un chiot dalmatien dans une pose câline comme s'il était tenu dans les bras. Presque comme le chiot dalmatien sur cette photo à la caserne…

« Oh, non. »

Je la regardai droit dans les yeux, des yeux qui avaient été cachés derrière ces épais verres ordinaires, mais maintenant... Je portai la main à ma bouche tandis que toutes les pièces du puzzle se mettaient en place. Ma gorge se serra.

— Je m'appelle Karen, dit-elle doucement, en me regardant. J'ai changé légalement mon nom, qui était Karen Pinkel. Je ne crois pas que ce soit important que vous l'appreniez maintenant. J'avais l'habitude de vous voir à l'hôpital quand j'allais voir ma mère. Vous étiez gentille avec elle.

— Vous faisiez partie du groupe... dis-je en ravalant les derniers mots. Vous êtes la volontaire ? demandai-je, toute confuse.

Comment pouvait-elle être la même femme qui apparaissait sur la photo ? Elle ne lui ressemblait pas du tout. Qu'avait-elle fait à Sam ? Et — pitié, mon Dieu — comment pouvais-je l'empêcher de me faire la même chose ? J'essayai de me souvenir de quelque chose, n'importe quoi, que l'on nous aurait enseigné pendant les ateliers de formation sur la gestion des comportements agressifs. La seule chose qui me revenait en mémoire était qu'il fallait éviter de recevoir des postillons dans les yeux. Parfait. Vu sous cet angle, un postillon dans l'œil me semblait préférable, et de loin, à une balle dans la poitrine.

Le visage de Kirsty s'enlaidit d'un sourire de dédain.

— Allez-y, continuez : la groupie, la bonne à tout faire, la brosse des toilettes.

Elle serra le revolver dans une main et la plaça avec l'autre sur le devant de son survêtement.

— Grassette. C'était le nom que me donnait Dale pour me ridiculiser.

Elle reporta le regard sur mon visage confus et laissa échapper un rire torturé.

— Taille vingt-quatre. Je pense que je méritais ce surnom. Mais avec les cheveux décolorés, les sourcils épilés à la cire et les lunettes... c'était vraiment la partie la plus facile.

Elle mordit l'intérieur de sa lèvre inférieure et plissa les yeux.

— Vous voulez voir la partie difficile, Darcy ? Pourrez-vous le supporter ?

Je ne voulais rien voir d'autre que l'extérieur de ce local et les paupières de Sam ouvertes de nouveau, mais je regardai, en état de choc, la planificatrice soulever son immense survêtement décoloré.

« Sainte mère de Dieu ! »

— Vous êtes infirmière, dit-elle en me dévisageant. Des complications opératoires, c'est bien ce que vous dites ? Pour nous rappeler, à nous les vilains petits canards, que la vanité comporte une part de risques ?

Je regardai la masse d'épaisses cicatrices qui ravageaient son abdomen — violacées, avec de profondes crevasses sombres —, un effet digne d'un mauvais film d'horreur.

— Des agrafes. Une réduction gastrique par agrafage, dit-elle en laissant retomber son survêtement, avec en plus le syndrome de dumping et des chutes brutales du taux de sucre, des infections, des adhérences et... des fistules. De dégoûtants petits trous dans mes entrailles vers l'extérieur. Vous voulez savoir ce que c'est que d'avoir du pus qui coule pendant six mois ? Laissez-moi vous dire que cela n'a rien pour attirer les hommes.

Elle jeta un coup d'œil vers Sam, et ses yeux s'embrumèrent.

— Le plus drôle est qu'au début j'ai cru que je faisais tout cela pour Sam. Pour être une belle femme et qu'il me désire. Maintenant, je veux tout simplement leur faire payer. Paul, Gordy et Dale et…

Elle agita le revolver dans la direction de Sam en laissant échapper un rire aigu.

— Les agrafes sont du plus bel effet, vous ne trouvez pas ?

— Hum.

Je ne savais pas quoi dire. Je savais seulement que je devais la faire parler jusqu'à ce que je trouve une façon de lui faire baisser son arme. Où avait-elle eu ce revolver, au fait ? J'avais à peine pu faire passer ma lime à ongles sous le scanneur de la sécurité. Je pris une profonde inspiration.

— Je sais qu'ils ont été cruels avec vous cette nuit-là, derrière la caserne, dis-je d'un ton aussi gentil que possible. J'en suis désolée. Mais ce n'est pas la faute de Sam.

Je tendis les mains, paumes en avant, dans une sorte de supplication.

— Il m'a dit qu'il n'était même pas là et que…

— Alors, il a menti ! gronda-t-elle, en bondissant et en pointant le revolver sur moi. Il m'a envoyé ce billet pour me donner rendez-vous.

Ses lèvres se tordirent en un rictus dédaigneux.

— C'est drôle que ce soit une imposture qui le fasse tomber à son tour. Ces courriels que je lui ai envoyés pour lui demander de venir faire cette croisière ? Il m'a aussi été très facile de le faire venir ici cette nuit. Il m'a suffi d'évoquer votre prénom.

Elle secoua la tête.

— Vous êtes si jolie, Darcy. Mais, pourquoi voudriez-vous avoir affaire avec lui ? Il s'est moqué de vous aussi. Il vous a menti au sujet de sa femme.

— C'est exact, dis-je, ne sachant pas vraiment de quelle façon je devais le prendre et remarquant, avec un frisson de peur, que le pompier en question s'était enfoncé plus profondément dans le lit de camp et que son visage garni d'agrafes était pâle et brillant de transpiration. Mais c'est du passé, pour vous et pour moi, Kirsty. Nous sommes des femmes fortes. Qui peut s'intéresser à de tels perdants ? Nous n'avons pas besoin de faire payer n'importe qui pour…

Je sursautai en voyant Kirsty faire de nouveau un bond en avant, et secouer la tête, avec un regard déchaîné.

— Ne pas payer pour avoir tué ma mère ? cria-t-elle. À cause d'eux, je l'ai laissée seule cette nuit-là… et tout cela pour que je sois le jouet de leur mauvaise farce ?

Ses yeux s'agrandirent à ce souvenir.

— L'avoir laissée mourir dans ce feu ? Je n'avais jamais osé la laisser seule la nuit avant, à cause de son diabète, de son attaque et de son manque de vigilance avec les cigarettes…

Des larmes se mirent à couler sur les joues de Kirsty.

Un feu ? Sam m'avait bien dit que la blague avait été interrompue par un appel au feu. Le feu dans la maison de sa mère ?

— Je suis vraiment désolée, lui dis-je d'un ton compatissant, mais je vous jure que Sam…

— Sam va mourir, lui aussi ! hurla-t-elle. Si l'insuline ne fait pas effet, alors je…

De l'insuline ? Je lançai un regard sur la fiole près du marteau rose.

— Attendez. Vous l'avez frappé avec ce marteau et ensuite… vous lui avez injecté de l'insuline ? L'insuline de votre mère ?

Un mouvement en direction de la porte attira mon regard. L'uniforme d'un steward, peut-être. Pas sûr. Je fis une prière silencieuse et continuai à parler afin que Kirsty ne le remarque pas, elle aussi.

— Quelle quantité d'insuline lui avez-vous donnée, Kirsty ? Combien d'unités ? De quelle sorte, régulière ou à action prolongée ?

Kirsty serra les paupières et gronda :

— J'ai mis presque toutes les pilules de ma mère dans le vin qu'a bu Mitch, donc il ne me restait plus que de l'insuline et... Ne me posez pas tant de questions ! Vous me perturbez !

Mitch ? Elle s'en était prise à Mitch ? Oh, mon Dieu, le revolver ! C'était celui de Mitch.

Le revolver trembla dans ses mains.

— J'avais pourtant tout bien planifié, et maintenant rien ne va plus.

Une autre larme coula sur sa joue et son regard était désespéré.

— Je n'ai jamais voulu vous faire du mal, Darcy, mais vous ne me laissez pas le choix.

— Non, attendez une minute, Kirsty, il doit y avoir une autre solution. Je vous procurerai de l'aide. Je...

— La ferme ! hurla-t-elle en bondissant vers moi et en me repoussant sur le côté. J'ai promis de le faire pour maman. J'ai dépensé tout l'argent de l'assurance pour me rendre jusqu'ici et je ne vais pas abandonner maintenant. Peu importe ce qui m'arrivera. Comment puis-je encore m'intéresser à ce qui va m'arriver ?

Remplie d'effroi, je la regardai baisser le revolver sur la tête de Sam.

— Non ! Ne faites pas ça !

Je risquai un pas en avant pour lui prendre son arme, juste au moment où elle se retourna en entendant un bruit provenant de l'entrée. Une voix qui m'appelait. Mon cœur fit un bond dans ma gorge lorsque je la reconnus.

« Oh, mon Dieu, non ! »

Je lui avais demandé de me retrouver là. *Luke.*

— Darcy ?

— Non ! criai-je. Luke, ne…

Il y eut un bruit assourdissant et l'odeur âcre de la poudre, puis un profond soupir et un léger grognement. Luke recula de quelques pas en vacillant, puis s'écroula sur le pont.

— Luke ! criai-je en faisant quelques pas dans sa direction.

D'un bond, Kirsty me dépassa avec un regard déchaîné et pointa de nouveau le revolver. Cette fois, sur moi. Il n'était plus temps de penser ; il fallait réagir. Et c'est ce que nous fîmes en même temps, quand des bruits précipités de pas se firent entendre. L'interphone du bateau crachota au-dessus de nos têtes. Je me précipitai vers Luke une fraction de seconde avant que Kirsty ne se sauve en courant. De nombreux agents de sécurité et probablement une demi-douzaine d'agents fédéraux, se faisant passer pour des avocats, partirent à sa poursuite. Et quelque part, dans toute cette agitation, j'aurais juré entendre la voix de Marie qui criait mon nom.

— Oh, mon Dieu, Luke !

Tombant à genoux près de lui, je me mis à chercher frénétiquement, à travers le sang chaud et collant, l'endroit où la balle l'avait blessé. Il grogna et tenta de s'asseoir, puis, d'un geste nerveux, il essaya de m'écarter pour atteindre son étui de revolver. Je lui pris la main, ne sachant pas si je devais pleurer ou me sentir frustrée devant son impossible entêtement.

— Arrête ! Tu es blessé, bon sang. Calme-toi. Je dois arrêter le sang de couler.

Je retirai ma veste et la roulai en boule.

— Je… vais… bien, euh, calme-toi, murmura Luke tandis que je pressais ma compresse improvisée sur la blessure sanguinolente de son épaule. Laisse-moi me lever, Darcy.

Son visage devenait pâle et ses yeux étaient dilatés par la douleur, mais, Dieu merci, sa respiration était normale.

« Et s'il était blessé à l'épaule et non à la poitrine — par pitié, pas sa poitrine —, alors peut-être… »

— Il n'en est pas question, Skyler, dis-je, ma gorge étouffant sous une montée de larmes. C'est moi qui donne les ordres. Tu es autorisé à répondre « oui, madame ».

Tout en pressant la paume de ma main sur sa blessure, je posai mon menton sur le dessus de sa tête alors qu'il cessait de s'agiter et se penchait contre moi. Je le serrai plus fort quand je vis des uniformes se précipiter autour de nous. Puis, je vis Marie. Elle était suivie par Kyle et Patti Ann, qui portait une mallette de premiers secours. Je n'avais jamais été aussi contente de les voir.

— Ryan est juste derrière nous, avec une civière et le personnel infirmier, dit Marie, en s'accroupissant près de moi et en refermant la main sur le bras de Luke.

Ses doigts se glissèrent habilement vers son poignet pour prendre son pouls et elle secoua la tête en signe de soulagement. Patti Ann s'agenouilla à côté de nous et se mit à poser doucement des questions à Luke sur ses symptômes en ouvrant des sachets de coussinets de gaze.

Marie se pencha vers moi et profita de la diversion pour murmurer à mon oreille :

— Les agents fédéraux ont réussi à retrouver l'expéditeur des courriels et à identifier Kirsty alors que Luke venait de partir pour te retrouver. Ils ont trouvé Mitch inanimé dans sa cabine.

Elle chercha mes yeux.

— Tu vas bien, Darcy ?

— Oui, répondis-je en tournant la tête vers la remise. Je vais bien. Mais Sam est toujours à l'intérieur. Elle lui a injecté de l'insuline... il est totalement sans connaissance. Vérifie son sac. Elle transporte toujours du glucose injectable et...

Marie se précipita vers l'entrée de la remise avant que j'aie pu finir ma phrase, en criant à Patti Ann et à Kyle de la suivre.

Je serrai Luke contre moi, en fermant les yeux et en remerciant le ciel. Pour Luke, Sam, Mitch. Puis, l'interphone annonça :

— Un homme à la mer !

Je levai les yeux vers l'agent Scott, qui venait de s'agenouiller près de Luke. Il répondit à ma question avant même que j'aie eu le temps de la poser.

— Kirsty Pelham est passée au-dessus du bastingage.

VINGT ET UN

LES MAINS EN COUPE AUTOUR DE LA BOUCHE, JE ME MIS À crier en direction de la proue :

— Vas-y, Marie ! Tu es au plus près du vent. Ramène le foc.

— Bien, commandant. Je l'ai !

Marie pinça les lèvres autour de son cigarillo et tira sur le filin des deux mains. Puis, avec un large sourire, elle cria contre le vent :

— Tu fais un drôle de marin !

— Merci beaucoup, répondis-je en souriant, le visage brûlant par les coups de soleil... et tant d'autres souvenirs. C'est mon entraîneur qu'il faut blâmer.

Je pressai la rallonge de la barre à tribord pour diriger le *Trèfle tatoué* vers la brise marine et le sentis se dresser, retomber et clapoter doucement dans les vagues. Derrière nous, le panorama de San Francisco étincelait de rose, d'argent et de lavande sous les rayons du soleil couchant, et au loin le Golden Gate se dressait fièrement dans la baie, majestueuse travée vermillon et orange, festonnée de câbles comme... du glaçage sur un gâteau de mariage.

— Tu ne vas pas te plaindre, non ? plaisantai-je en lançant un regard vers la proue, où Marie, vêtue d'un coupe-vent et d'un short en madras, se prélassait. Ai-je besoin de te rappeler qu'il y a tout juste deux semaines, nous fermions la fermeture à glissière de nos robes à pois de demoiselles d'honneur au son d'une machine à pets ?

Marie glissa les fesses le long du pont, balança les jambes au-dessus de l'étroite entrée de la cabine et, d'un bond, alla s'asseoir sur le banc en face de moi. Elle me regarda à travers la frange de ses cheveux et au-dessus de la bôme.

— Cela ne semble toujours pas possible, n'est-ce pas ? Mais je ne crois pas que je serai de nouveau capable de me servir d'une agrafeuse sans…

— Je sais, m'empressai-je de répondre en portant les mains sur les boutons de ma vieille veste brodée en jean.

J'avais jeté l'autre veste sans me préoccuper de savoir si les taches de sang partiraient au lavage. Certaines choses ne s'effacent pas, même avec du Spray 'n Wash.

— Mais, Dieu merci, nos anges gardiens nous ont protégées. Nous avons eu de la chance que les fédéraux trouvent Mitch à temps et que Patti Ann et toi ayez pu injecter aussi vite du sucre à Sam.

Je fis une grimace.

— Et qu'il ait été trop confus pour sentir la doc lui retirer les agrafes du visage.

Je me laissai aller pendant un moment à me demander comment Chloé avait réagi à tout cela. Mais la vraie chose à me demander était de savoir si Sam était réellement retourné vers elle. Ou s'il allait apparaître à Morgan Valley un de ces jours.

Marie roula des yeux.

— Jamieson est un homme très séduisant, Darcy. Quelques petites cicatrices sur sa joue ne peuvent qu'attirer plus de groupies, comme…

Elle s'interrompit brusquement, ses yeux gris cherchant les miens.

— Je n'en reviens toujours pas qu'elle ait pu s'en sortir avec seulement une jambe cassée après avoir fait une chute d'une hauteur de deux ponts.

Je frottai la paume de ma main le long du pli de mon capri rose en hochant la tête.

— Kirsty ne savait pas que le taud du canot de sauvetage se trouvait là quand elle a sauté ; elle voulait…

Je souris.

— Mais maintenant, elle va enfin pouvoir obtenir de l'aide. C'est un tel gâchis.

Marie enroula le filin du foc autour de sa main en souriant.

— Mais Patti Ann et Kyle ont fini par se marier. Et, même si c'était avec deux jours de retard et si ça ne s'est pas déroulé exactement comme ils l'avaient souhaité, ils paraissaient très heureux. Du moins, si les cent soixante-dix photos de mon courriel d'arrivée prouvent quelque chose. Et Patti Ann a même fini par avoir une amie d'Alabama en robe à pois. Et elle a descendu l'allée au bras de Galloway, imagine un peu.

— Ils ont fait un arrangement, je suppose, déclarai-je en haussant les épaules. Patti Ann m'a dit qu'elle était sûre de ses sentiments pour Kyle.

Je gloussai.

— Elle a dit qu'elle se marierait même en plein milieu d'un rodéo s'il le fallait. Heureusement qu'à la place, elle a reçu un tas de tulipes dans les jardins de Victoria.

— Ouais, approuva Marie.

Elle tourna la tête en entendant un bruit provenant de la cabine. Elle me fit un clin d'œil et haussa la voix.

— Mais cela ne bat quand même pas le fait de profiter du budget fédéral en se faisant passer pour malade. N'est-ce pas ?

— C'est diablement vrai, s'écria Luke qui fit son apparition sur le pont, les cheveux ébouriffés après avoir dormi, en clignant des yeux sous la lumière du soleil.

Il avait passé un jean délavé et un polo sport sous son vieux blouson d'aviateur en cuir, dont la manche gauche pendait sur son bras en écharpe. Mais, Dieu merci, la balade en bateau d'aujourd'hui avait chassé la pâleur qui persistait depuis la fusillade. Sa peau hâlée lui donnait un teint rayonnant de santé, et, à en juger par la lueur coquine de son regard, la sieste lui avait aussi fait du bien. Je gloussai, et Luke m'adressa un de ces sourires tendres et nonchalants qui faisaient fondre mon cœur. Puis, nous regardant à tour de rôle Marie et moi, il ajouta :

— Et maintenant, gentilles infirmières, l'une d'entre vous pourrait-elle aider un homme blessé à ouvrir une bouteille de champagne ?

J'eus l'air surpris lorsqu'il exhiba une bouteille qui était cachée derrière son dos.

« Qu'est-ce…? »

Après lui avoir pris la bouteille des mains, Marie inspecta l'étiquette et s'exclama en haussant les sourcils :

— Waouh, bébé ! Hé, Darcy, j'espère que tu as quelque chose de meilleur que des macaronis au fromage dans ton panier ! Le gouvernement a fait des efforts aujourd'hui.

Elle regarda Luke vérifier les voiles et se glisser sur le banc près de moi.

— Alors, que fêtons-nous ? lui demanda-t-elle alors qu'il bloquait la barre pour ralentir notre course.

Luke, la brise jouant dans ses cheveux, se tourna vers moi. Ses yeux bleus étaient chaleureux, et quelque chose dans son expression incita mon cœur à se calmer. Il sourit en écartant une longue mèche de cheveux qui était venue se coller sur mes lèvres.

— On boit toujours du champagne pour une journée spéciale, expliqua-t-il en me regardant dans les yeux.

« Spéciale ? Oh, mon Dieu. »

Luke glissa son bras droit autour de moi et me serra tellement fort contre sa poitrine que je pus sentir les battements profonds de son cœur. Par-dessus son épaule, je vis les yeux de Marie s'agrandir et ses lèvres formuler :

— Une journée spéciale ?

— Je devrais peut-être aller chercher des verres. Je suppose que les fédéraux en ont envoyé aussi ?

— Nous avons pensé à tout, répliqua Luke en gloussant, les lèvres enfouies dans mes cheveux. Regarde dans le placard au-dessus de l'évier de la cuisinette.

Elle les apporta, ouvrit la bouteille, puis, sans même me regarder, remplit son verre et disparut dans la pénombre de la cabine comme une discrète … et perfide petite marmotte.

Si vous avalez très vite une grande rasade de champagne bon marché, les bulles vous brûlent le nez et, au matin, vous vous sentez si mal que les bulles dans le nez ressemblent à une bénédiction du pape. Mais, assurément, ce champagne français, cuvée 1975, correspondant à l'année de ma naissance et valant plus que ce que je dépensais en épicerie pendant tout un mois, fit paraître tout ce qui m'entourait chaleureux, merveilleux et…. très, très agréable.

Et j'appréciais tout particulièrement ce qu'il goûtait sur les lèvres de Luke, surtout après avoir failli le perdre.

« Mon Dieu, et si je l'avais perdu ? »

Luke m'embrassa de nouveau et, après s'être penché en arrière, il lança un regard vers la porte de la cabine.

— Marie est partie se cacher dans la cabine ?

— Probablement. N'oublie pas qu'elle est au courant de notre escapade dans le canot de sauvetage, tu te rappelles ?

— Ah, si je me rappelle !

Il soupira, et son visage devint sérieux.

— J'ai eu des nouvelles du Bureau. Je dois partir pour Boston la semaine prochaine.

Le champagne n'eut plus le même goût, et le souffle me manqua.

— Mais, ton bras est en écharpe. J'ai besoin… pardon, tu as besoin… de plus de temps.

— Je vais rester derrière un bureau pendant quelque temps, et si tu…

Il laissa sa phrase inachevée, comme s'il avait été sur le point de dire quelque chose avant de changer d'avis. Il pressa alors ses lèvres contre mon front et, son souffle réchauffant ma peau, il murmura :

— Je t'aime.

Mes yeux s'emplirent de larmes, sans que je puisse en rejeter le blâme sur le vent parce qu'il n'y en avait pas. Ce n'était pas la première fois qu'il prononçait ces mots, bien sûr. Il les avait susurrés à plusieurs reprises dans la pénombre de nos chambres, en avait déjà plaisanté en présence d'un des autres agents et les avait même criés une fois pour mettre fin à une querelle ridicule. Mais c'était la première fois qu'il m'avouait son amour alors que j'avais failli le perdre. Et, pour quelque folle raison, cela me fit penser à ce moment au pont Capilano, où j'avais posé cette importante question à Patti Ann. Où je lui avais demandé comment elle pouvait être sûre de vouloir se marier avec

Kyle. Sa réponse avait été tellement simple : parce qu'elle l'aimait, m'avait-elle dit, mais surtout parce qu'elle faisait confiance à ses sentiments.

Elle avait fait comme si la confiance était une sorte de clé. Elle m'avait dit la même chose pour m'aider à traverser le pont :

— Tu dois te faire confiance, Darcy.

Bon, eh bien, je l'avais peut-être fait. Et, à présent, j'étais peut-être prête à traverser un pont encore plus difficile.

Je levai les yeux vers ceux de Luke et réalisai que la magie du champagne était toujours présente et que la brise s'était de nouveau levée. Et je sus alors qu'il n'y avait aucune raison pour que je sois effrayée de dire...

— Je t'aime aussi, Luke.

Il commença à m'embrasser, puis s'arrêta pour fouiller maladroitement d'une main dans la poche de son blouson de cuir.

— Attends, j'ai quelque chose pour toi. Bon sang, je ne peux...

Son air se rembrunit, et il commença à glisser son bras blessé hors de l'écharpe.

— Non, murmurai-je, la bouche sèche. Laisse-moi faire.

J'enfonçai la main dans sa poche jusqu'à ce que mes doigts touchent l'écrin de velours.

« Pont... confiance... pont... amour... Oh, mon Dieu ! »

— Voici ce qui accompagne le champagne, dit Luke, en baissant les yeux vers l'écrin niché au creux de ma main. J'ai failli te l'offrir plusieurs fois, mais je suis heureux d'avoir attendu jusqu'à aujourd'hui.

J'hésitai et fermai les yeux pendant un instant, luttant contre l'image d'un tee-shirt avec l'inscription en lettres brillantes : *JE SUIS LA FUTURE MARIÉE*. Un instant. Nous pourrions être fiancés tout en étant séparés pendant un temps… et alors nous allions peut-être trouver un compromis et…

« Oh, bonté divine ! »

— Vas-y, ouvre-le. J'espère que cela te plaira.

Je ne pus m'empêcher de jeter un coup d'œil à Marie, qui était figée à l'entrée de la cabine comme Vil Coyote après être tombé d'une falaise. Je souris autant pour m'apaiser que pour la rassurer. Puis, je pris une profonde inspiration et fis basculer le couvercle en arrière pour enfin voir… *des boucles d'oreilles* ?

— Joyeux anniversaire, dit Luke, en glissant son bras autour de moi. Je les ai fait faire dans cette bijouterie que tu as aimée à Carmel. Elles sont en platine, avec six diamants… tu sais, un pour chacun des mois que nous avons passés ensemble.

Il glissa le bout du doigt sur le design délicat.

— Regarde. Des petits bateaux, parce que nous nous sommes rencontrés sur un bateau et à cause de cette balade que nous sommes en train de faire et peut-être aussi à cause du canot de sauvetage et… Qu'y a-t-il ? Tu ne les aimes pas ?

J'ouvris la bouche et la refermai aussitôt. Et, pendant une drôle de minute, je ne sus pas ce que je ressentais. J'aurais dû être soulagée, mais… C'est alors que j'entendis Marie se précipiter dans les escaliers pour s'enfoncer dans la cabine en laissant échapper un léger reniflement.

Je passai le bout du doigt sur les petits bateaux en platine sertis de diamants et levai la tête vers Luke avec un large sourire.

— Elles sont parfaites, déclarai-je d'un ton sincère. Merci beaucoup et bon anniversaire à toi aussi, Skyler.

Nous priâmes Marie de revenir sur le pont pour manœuvrer le foc et pour porter un toast à notre anniversaire ; après tout, elle était témoin de tout depuis le début, riant comme elle le faisait maintenant, alors qu'elle allumait un autre satané cigare et me lançait un de ces regards à la Yoda qui signifiait : « Je te l'avais bien dit. »

Puis, nous reprîmes notre traversée sur le *Trèfle tatoué* en direction de la marina, en discutant de sujets plus urgents. Par exemple, de mes dernières stratégies pour régler le problème de ma grand-mère. Et en tentant de répondre à des questions profondes : pourquoi n'avais-je pas pensé que les suppléments de ginkgo pouvaient provoquer une réaction cutanée ? Tous les médicaments du monde peuvent causer des réactions cutanées, que diable. Puis, il y eut des dilemmes : où était passée la machine à pets de Dale après avoir disparu des stocks des agents fédéraux ? Et, finalement, que ferais-je si les affiches de mes pieds, enfoncés jusqu'aux chevilles ornées des serpents métalliques dans la crème-dessert au chocolat, étaient postées sur Internet ?

Je me blottis contre Luke pendant qu'il stabilisait la barre pour se diriger vers le soleil couchant et riait en voyant ma meilleure amie tenter de se débarrasser en soufflant d'un anneau de ses illustres cigares. Je secouai la tête. Cet agent spécial ne se moquait pas de moi. Il se demandait déjà comment faire pour être réaffecté en Californie. Ce gars était vraiment fou de moi. Et, dans le fond de mon cœur, je savais qu'il me demanderait en mariage un de ces prochains jours. Entre-temps, que diable, il voyageait en hélicoptère, non ? Alors, il n'y avait plus aucun doute. Il reviendrait.

AU SUJET DE L'AUTEURE

CANDY CALVERT EST UNE INFIRMIÈRE DIPLÔMÉE QUI BLÂME son sens aiguisé de l'humour dans *Survival tactics learned in the trenches of the ER*. Née dans le nord de la Californie et mère de deux enfants, elle vit maintenant avec son mari dans la magnifique ville de Hill Country, au Texas. Au cours des nombreuses croisières qu'elle a entreprises dans le cadre de ses recherches, elle a chanté avec un groupe de musique country de Nouvelle-Écosse, parcouru les ruines de Pompéi, dansé le limbo en haut d'un catamaran à moteur et nagé avec des raies. Vous pouvez visiter son site Internet au **www.candycalvert.com**.

AdA Inc.

www.AdA-inc.com
info@AdA-inc.com